OpenStack
云计算实战手册（第2版）

[英] Kevin Jackson
[美] Cody Bunch 著

黄凯 杜玉杰 译

人民邮电出版社

北京

图书在版编目（CIP）数据

OpenStack云计算实战手册：第2版／（英）杰克逊
(Jackson, K.)，（美）邦奇 (Bunch, C.) 著；黄凯，杜
玉杰译. -- 北京：人民邮电出版社，2014.11
书名原文：OpenStack cloud computing cookbook,
second edition
ISBN 978-7-115-36654-2

Ⅰ. ①O… Ⅱ. ①杰… ②邦… ③黄… ④杜… Ⅲ. ①
计算机网络—手册 Ⅳ. ①TP393-62

中国版本图书馆CIP数据核字(2014)第236994号

♦ 著 [英] Kevin Jackson [美] Cody Bunch
  译 黄 凯 杜玉杰
  责任编辑 杨海玲
  责任印制 彭志环

♦ 人民邮电出版社出版发行 北京市丰台区成寿寺路 11 号
  邮编 100164 电子邮件 315@ptpress.com.cn
  网址 http://www.ptpress.com.cn
  北京艺辉印刷有限公司印刷

♦ 开本：800×1000 1/16
  印张：20.25
  字数：389 千字 2014 年 11 月第 1 版
  印数：1－3 500 册 2014 年 11 月北京第 1 次印刷
  著作权合同登记号 图字：01-2013-9041 号

定价：59.00 元
读者服务热线：(010)81055410 印装质量热线：(010)81055316
反盗版热线：(010)81055315

内容提要

OpenStack 是一个用于构建公有云和私有云的开源软件。本书全面讲解 OpenStack 的方方面面，每一章均提供每种服务的真实且实用的示例，使读者能使用和实践 OpenStack 的最新特性，旨在帮助读者快速上手 OpenStack，在理解的基础上将 OpenStack 应用到自己的数据中心。

本书涵盖了安装和配置一个私有云的各种内容：如何安装和配置 OpenStack 的所有核心组件，并运行一个可管理和可运维的环境；如何掌握一个完整的私有云软件栈，从计算资源的扩容到管理高冗余、高可用的对象存储服务。这是第一本除了介绍 OpenStack 核心组件，还对运维和高可用性有更多实际描述的书籍。

本书适合熟悉云计算平台并正在从虚拟化环境过渡到云计算环境的系统管理员和技术架构师阅读。

译者简介

    黄凯 有超过 12 年的 IT 行业经验，是一名技术跨度很广的 IT 专家，大部分时间使用各种语言在编程或者撰写技术资料，有着企业级数据中心、SOA、语义网、编译系统、分布式计算和保险金融业务系统方面的技术背景和专利，以及 EMC、VMware、IBM、微软等多项认证。目前，他在 IBM x86 软件团队担任云计算解决方案资深架构师，研究私有/混合/公有云计算环境的管理运维和开源云平台的应用创新工作，并主持撰写了 OpenStack 企业参考架构红皮书。过往的工作经历包括在一家全球领先的数据存储公司担任首席工程师，以及在一家中间件平台公司担任虚拟服务器架构师。

    黄凯拥有应用数学的学士学位和软件工程的硕士学位，目前已婚并有一个儿子。他经常应邀在一些技术博客上撰文或作为创业项目的评委，并不定期在他的微博 www.weibo.com/topkai 上发表关于云计算技术的见解和点评。平时有空的时候，他会弹弹钢琴或者编曲，以及参加社区的网球比赛和足球比赛。

    杜玉杰 硕士，开源顾问，中国 OpenStack 社区（COSUG）发起人，关注社区运营和商务拓展相关方向，先后为 IBM、HP、EMC、VMWare 等企业提供开源相关咨询服务，目前担任 OpenStack 基金会懂事，企业级云计算联盟（ECA）副秘书长、华为开源顾问、红帽 OpenStack 认证培训讲师、HP 培训部兼职讲师，曾为北航云计算硕士班、上海交大移动去计算硕士班授课。可以通过微博@ben_杜玉杰交流开源相关话题。

译者序

OpenStack 作为一个大规模合作开发的云计算开源软件,可以让你在短时间内组建起一个与硬件无关的企业级私有云或公有云平台。同时,它从设计伊始便支持分布式和可扩展性,让你可以在运行期动态增加和删除存储和计算资源,像搭积木一样达到真正的按需计算。例如,Rackspace 这样的企业已经使用 OpenStack 成功建立了一个大规模的公有云服务。然后,OpenStack 并不是那种一键安装的傻瓜软件,只有了解了包括操作系统、脚本编程和系统的数据中心方面的知识,才能构建一个可以运行的云基础服务。这是一个悖论:如果想要极大的灵活性,就必须面对极大的复杂性,代价就是大量的系统参数和组件间的各种集成。

翻译这本书的初衷很简单:在我工作的团队,我曾带着一茬茬的新人从 OpenStack 小白成长为合格的 OpenStack 开发者,他们经历过的甘苦很多人是心知肚明的。在接触到越来越多的 OpenStack 用户咨询后,我开始意识到一本完整的 OpenStack 中文资料是多么的重要。这时,虽然我的浏览器收藏夹里面已经有超过 100 个 OpenStack 资料和文章的链接,也在工作中顺手拈来地写过许多技术轻博客,但如果让我系统而全面地向一个用户阐述 OpenStack,恐怕一天一夜也说不完。然后,某一天本书的译者杜玉杰短信问我,有没有兴趣一起翻译一本 OpenStack 的书?我翻看一下原书,发现这是第一本除了介绍 OpenStack 核心组件之外,还对运维和高可用性有更多实际描述的书籍,我意识到本书的作者肯定有着大量实际 OpenStack 的一线部署与运维经验。这种现成的经验和技巧,绝对是不要白不要的。于是我们一拍即合。接下来的无数个周末,还有五一劳动节和端午节,我就这样一个人一杯咖啡一整天地泡在电脑前,唯恐拖慢了翻译的进度,因为 OpenStack 项目的更新实在太快了。

　　这本书里面没有什么奇技淫巧，但是许多你在使用 OpenStack 时碰到的实际问题和需求大都能在这本书中找到答案或解决方案。虽然对于大多数应用场景来说，进一步阅读代码和 Google 一下是不可避免的，但是它会给你一个很高的起点。

　　本书不是那种从头读到尾的教程，它更多的是一本提供快速参考的工具书。通过阅读本书，你应该能够熟练地搭建一个最基础的 OpenStack 云计算环境，并且在遇到问题的时候也知道如何寻找解决方法。如果你有一些 Linux 和数据库运维方面的知识，还可以为这个 OpenStack 增加一点高可用性或者更多的自动化管理。众所周知，OpenStack 每半年发布一个版本，尽管我在翻译本书的时候已经日以继夜，但是无论如何还是赶不上最新的 OpenStack 版本。所以，我推荐读者在阅读本书的同时关注社区上的最新文档或 StackOverflow 等论坛或邮件列表，以达到最佳的学习效果。

　　在这里，我想要感谢我的妻子陶斯曼，她的支持让我能在本书的翻译上花这么多的时间。也要感谢人民邮电出版社能够给我这个机会参与这么优秀的技术书籍的翻译。另外，我还要特别感谢我的同事徐贺杰，他作为 OpenStack nova 的核心程序员给我提供了很多代码方面的细节指导，节省了我不少的时间。最后要感谢一下 OpenStack 社区等技术社区的人，虽然我不知道他们的真名，但是他们不遗余力地解答让我不得不钦佩这些职业程序员的技术修养。

黄凯

前言

OpenStack 是一个用于构建公有云和私有云的开源软件。它是一个全球性的成功，由全球数千名人员开发和支持，并得到当今云计算领域巨头的鼎力支持。

本书设计的初衷在于帮助读者快速上手 OpenStack，在理解的基础上将 OpenStack 更有信心地应用到自己的数据中心。

从 VirtualBox 中的测试安装，到使用 Razor 和 Chef 自动化安装脚本在产品环境中扩容，本书涵盖了安装和配置一个私有云的各种内容。

❑ 如何安装和配置 OpenStakc 的所有核心组件，并运行一个类似 Rackspace、HP 云计算或其他云平台那样可管理和可运维的环境。

❑ 如何掌握一个完整的私有云软件栈，从计算资源的扩容到管理高冗余、高可用的对象存储服务。

❑ 每一章均提供了每种服务的真实和实用的例子，使读者在应用到自己的环境中时也能充满信心。

本书为成功安装和运行读者自己的私有云提供了一个清晰的按部就班的指导。它包含丰富而实用的脚本，使读者能使用和实践 OpenStack 的最新特性。

本书涵盖的内容

第 1 章带领读者安装和配置 Keystone，它支撑着其他 OpenStack 服务。

第 2 章介绍如何安装、配置和使用 OpenStack 环境中的镜像服务。

第 3 章介绍如何创建和使用 OpenStack 的计算服务，并针对如何在 VirtualBox 环境中起步提供示例。

第 4 章介绍如何配置和使用 OpenStack 对象存储，并展示一个在 VirtualBox 中运行该服务的例子。

第 5 章介绍如何使用存储服务储存和提取文件和对象。

第 6 章带领读者使用各种工具和技巧在数据中心中运行 OpenStack 存储服务。

第 7 章介绍如何在 OpenStack 计算环境中安装和配置提供给实例使用的持久化块存储服务。

第 8 章介绍如何安装和配置包括 Nova Network 和 Neutron 的 OpenStack 网络。

第 9 章介绍如何安装和使用网页界面，并通过它进行用户的创建、安全组的修改和启动实例等操作。

第 10 章介绍如何设置 Razor 和 Chef 来安装 OpenStack。

第 11 章介绍一些让 OpenStack 服务变得弹性和高可用的工具和技巧。

第 12 章带领读者了解各类日志，以及当 OpenStack 环境运行中遇到问题时去哪里寻求帮助。

第 13 章介绍如何通过安装和配置各种开源工具来监控已安装的 OpenStack。

阅读本书需要的准备

要使用本书，需要能够访问计算机和带有虚拟化能力的服务器。要建立一个实验环境，需要安装和使用 Oracle 的 VirtualBox 和 Vagrant。另外，还需要一个 Ubuntu 12.04 的 ISO 镜像，因为书中介绍的方法都是在 Ubuntu 环境中执行的。

本书的目标读者

本书面向的是那些熟悉云计算平台，并正在从虚拟化环境过渡到云计算环境的系统管理员和技术架构师。读者需要有虚拟化和 Linux 管理的知识，如果具有 OpenStack 方面的知识和经验，对阅读本书是有帮助的，但不是必须的。

书中的排版约定

读者会发现在本书中使用了一些文本格式用以区分不同类型的信息。这里介绍一下这些格式的一些例子和含义。

文中的代码、数据库表名、文件夹名称、文件名、文件的扩展名、路径和用户输入等都用等宽字体表示。

代码块表示方式如下：

```
nodes = {
'controller' => [1, 200],
}
Vagrant.configure("2") do |config|
```

命令行输入和输出都是以如下样式书写的：

```
vagrant up controller
```

新术语和重要词语用粗体表示。以页面、菜单和对话框中出现的词语为例，读者会看到这样的样式："点击 **Next** 按钮切换到下一屏。"

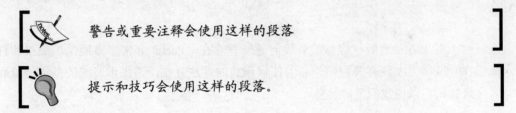

警告或重要注释会使用这样的段落

提示和技巧会使用这样的段落。

读者反馈

我们一直非常欢迎读者的反馈。请告诉我们你觉得这本书怎么样——喜欢哪些内容，不喜欢哪些内容。读者的反馈对我们至关重要，让我们能写出使读者获益更多的书。

普通的反馈只需发送邮件到 feedback@packtpub.com，并在邮件标题中注明相应的书名即可。

如果你是某个领域的专业人士，并且对写作和撰稿感兴趣，请参考我们的作者指南，相关网址：www.packtpub.com/authors。

客户支持

现在你已经成为 Packt 图书的尊贵所有者，我们将极尽所能让你能从本书的购买中获得最多的价值。

勘误

无论我们如何仔细确认文中内容的准确性，错误总是在所难免。如果你发现书中的某个错误，不管是文字还是代码，请告知我们，我们将感激不尽。这可以让其他读者避免因这些错误而沮丧，也会帮助我们改进该书的后续版本。请通过 http://www.packtpub.com/ 来提交发现的错误。选择对应的书名，然后点击提交提交勘误表单的链接，并填入错误的详细信息。一旦提交的错误被确认，你所提交的错误信息将被接受并上传到我们的网站，或加入该书的勘误部分的错误列表中。你可以访问 http://www.packtpub.com/support，选择书名，查看已有的勘误。

版权

互联网上对于各种有版权媒体的盗版问题一直存在。Packt 非常严肃地保护版权和许可。如果在互联网上发现有关我们作品的任何形式的非法复制，请提供对应的网络地址和网站名称给我们，以便我们及时补救。

请通过 copyright@packtpub.com 联系我们，并附上可疑盗版材料的链接。

我们感谢你为保护作者权益提供的帮助，你的协助也保障了我们带给你更多有价值内容的能力。

提问

对本书有任何方面的疑问，都可以通过 questions@packtpub.com 练习我们，我们会尽力解决。

作者简介

Kevin Jackson 已婚并有三个小孩。他是一名经验老道的 IT 专业人士，为在线企业处理小型业务。他有各种 Linux 和 Unix 操作系统的丰富经验。他在英国绍斯波特的家中办公，专注于 Rackspace 的 OpenStack，负责 Big Cloud Solutions 团队的国际市场。他的 twitter 账号是@itarchitectkev。他还是本书第 1 版的作者。

我要将本书献给我的父母，他们度过了难熬的 6 个月。感谢我的太太 Charlene 在本书第 2 版的写作过程中一直支持我——写这本书的工作量超过了我的预期！同时，特别要感谢本书的另一位作者 Cody Bunch，他帮我让本书能一直这么成功，也感谢技术编辑们所做的大量工作。我还要感谢一些 Rackspace 和 OpenStack 社区的人，他们总能让事情朝正确的方向发展，他们是 Florian Otel、Atul Jha、Niki Acosta、Scott Sanchez 和 Jim Curry，还有 OpenStack 基金会的各位——那些我在写作过程中有幸遇到的人们——特别是那些帮我解决了疑难问题的人，如 Endre Karlson。

Cody Bunch 是 Rackspace 主机业务的一名私有云架构师。他在 IT 行业有 15 年的经验，从事过 SaaS、VoIP、虚拟化等方面的工作，目前的工作是云计算系统。他是《Automating vSphere 5 with vCenter Orchestrator on VMware press》一书的作者。他同时是一个每周更新的 OpenStack 播客频道#vBrownBags 的作者。他也经常在 openstack.prov12n.com 上发表博客，写一些与 OpenStack 相关的技巧。他的 twitter 账号是@cody_bunch。

　　首先，我想感谢我的太太，她在忍受我写第一本的时候对我说过"下不为例"。但当我告知她要写这本的时候，她报以微笑并继续做我最好的后盾。

　　我还要感谢 Kevin 给我提供写这一版的机会，尽管某种程度上来说是我逼他的。否则，我是无论如何不会学到如此多关于 OpenStack 和开源的知识。

　　另外，我还要感谢我的雇主 Rackspace 为我提供所需的时间和工作上的灵活性，让我可以向社区交付本书。

　　最后，我还想感谢一下我的父母、教师和一些朋友，他们让本书出版成为可能。

审稿人简介

Mike Dugan 过去 14 年里从事了多种 IT 岗位，是一名技术经验丰富的 IT 通才。目前，他在 Converged Infrastructure 的 CTO 办公室担任首席技术专员，进行技术开拓。他目前的研究重点包括技术产品战略和有关私有/混合/公有云计算环境的管理、虚拟化、开源云平台以及下一代应用方面的创新工作。Mike 过往的经历包括在一家全球领先的数据存储公司担任高级技术支持和首席工程师，他还在一家纽约财务公司做过技术基础设施管理员。

Mike 拥有佩斯大学（Pace University）信息系统学士学位。目前已婚并有两个儿子，住在纽约城的郊区。他还是当地 STEM（Science、Technology、Engineering、Math）联盟的积极会员，该联盟致力于帮助和促进本地社区和学校的 STEM 创意和实践。Mike 很喜欢学习新技术以及直面新技术带来的挑战。他是纽约扬基队和巨人队的忠实球迷，爱和自己的两个儿子一起看球、打球并教他们球技。他还喜欢各类手工制造的啤酒。

Lauren Malhoit 在 IT 领域有超过 10 年的经验。她现在是数据中心虚拟化方面的售后工程师。她为 TechRepublic 和 TechRepublic Pro 供稿超过一年，同时还主持一个双周更新的名为 AdaptingIT 的播客频道（http://www.adaptingit.com/）。她也作为代表参加了 Tech Field Day 活动。

我想要感谢我的妈妈 Monica Malhoit，她一直是我的榜样，她供我上学并教给了我很多学校里学不到的东西。

Paul Richards 在 IT 领域有超过 18 年的经验，目前在 World Wide Technology（WWT）领导 OpenStack 实践。作为 WWT 的解决方案架构师，Paul 与很多用户一起设计和实施过

云计算方案。在加入 WWT 之前，Paul 在 SunGard 负责带领工程师团队。

他时不时会在他的博客 eprich.com 上发表技术文章，并主持 OpenStack Philly 讨论小组。Paul 平时喜欢酿酒和烧烤。

Trevor Roberts Jr. 是 VCE 的一名高级组织架构师，他帮助客户成功实施虚拟化和云计算解决方案。Trevor 平时喜欢在 http://www.VMTrooper.com 和 Twitter 账号 @VMTrooper 上分享关于数据中心技术的一些见解。

> 我想要感谢我的妻子 Ivonne，她支持我花如此多的时间在本书的实验工作上。
>
> 我还想感谢 OpenStack 社区让我分享他们的专业知识。学习一个新的平台不是一件容易的事情，但这些社区专家让这件事变得更简单。

Maish Saidel-Keesing 是一名在以色列工作的系统架构师。他早在 Commodore 64 和 ZX Spectrum 上市的时候就开始捣鼓计算机。他有着 15 年的微软基础架构方面的 IT 经验，并有近 7 年的 VMware 环境的工作经验。他参与撰写了《VMware vSphere Design》一书，并因为对虚拟化社区的贡献，在 2010～2013 年里连续 4 年被授予 VMware vExpert 头衔。他拥有 VMware、Microsoft、IBM、RedHat 和 Novell 等国际厂商的多项认证。

他同时还作为 http://searchservervirtualization.techtarget.com 的服务器虚拟化顾问理事会的成员，定期发表关于虚拟化产业的见解和贡献。他会在自己的博客 Technodrone（http://technodrone.blogspot.com）上定期撰写关于 VMware、架构、虚拟化、Windows、PowerShell、PowerCLI 脚本及如何在物理世界中向虚拟化转变的文章。有空的时候，他喜欢去听听音乐，或和家人一起打发时间。不过总的说来，他花在计算机上的时间实在是太多了。

Sean Winn 是一名在 IT 行业有超过 20 年经验的云计算架构师。她来自佛罗里达的劳德代尔，后来和家人移居加利福尼亚州的旧金山港湾区。Sean 是 OpenStack 基金会的活跃会员，她跟用户和操作者联系非常紧密，一同实施和运营基于 OpenStack 的云。Sean 经常参加在森尼维耳的山景城和加利福尼亚州的旧金山的 OpenStack（及其他各类）用户组会议。

Eric Wright 是一名系统架构师，有着虚拟化、业务连续性、PowerShell 脚本以及金融、医疗、工程企业等行业的系统自动化方面的技术背景。他不光是技术和虚拟化博客 www.DiscoPosse.com 的作者，还是一家位于加拿大多伦多的社区推动的技术组织 VMUG

的主要贡献者。可以通过 www.twitter.com/DiscoPosse 联系 Eric。

Eric 在不做技术的时候会弹弹吉他，参加当地的自行车比赛，或者攀爬 Tough Mudder 障碍路线。Eric 也会定期参加慈善自行车骑行和跑步活动，通过各种组织唤起人们对癌症研究的意识和筹措资金。

我想要感谢每一个人，请允许我对我的家庭、朋友和每一位激励我从事技术工作的人说一声谢谢。感谢这个迷人和受欢迎的技术社区，它让我能够分享我的知识，并让我从推进社区的这些智慧的头脑中学到很多。

目录

第1章

Keystone OpenStack 身份认证服务

本章将讲述以下内容：
- ❏ 使用 VirtualBox 和 Vagrant 创建一个沙盒环境
- ❏ 配置 Ubuntu Cloud archive
- ❏ 安装 OpenStack 身份认证服务
- ❏ 创建租户
- ❏ 配置角色
- ❏ 添加用户
- ❏ 定义服务端点
- ❏ 配置服务对应的租户和用户

1.1 介绍

OpenStack 身份认证服务（Identity Service），即 **Keystone**，是为 OpenStack 云环境中的用户的账户和角色信息提供认证和管理服务的。这是一个关键的服务，OpenStack 云环境中所有服务之间的鉴权和认证都需要经过它，所以它也是 OpenStack 环境中第一个安装的服务。经 OpenStack 身份认证服务认证通过之后，它会返回一个在 OpenStack 各个服务之间传输用的鉴权密钥。接下来就可以用这个密钥来为某个具体服务做鉴权和验证，如 OpenStack 的存储和计算服务。因此，第一步就要配置 OpenStack 身份认证服务，并为用户创建合适的角色，以及服务、租户、用户账户和服务 API endpoints，这些服务构成了我们的云基础设施。

本章结尾将设置一个图 1-1 所示的环境。

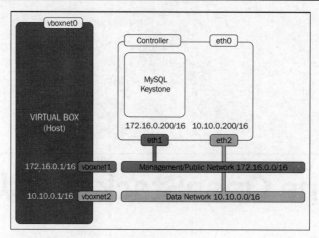

图 1-1

1.2 使用 VirtualBox 和 Vagrant 创建一个沙盒环境

用 VirtualBox 和 Vagrant 创建一个沙盒环境，来帮助我们探索和尝试 OpenStack 相关服务。VirtualBox 使我们能够玩转虚拟机和网络，而不影响我们其他的工作环境，VirtualBox 的 Windows、Mac OSX 和 Linux 版本可以免费从 http://www.virtualbox.org 下载。Vagrant 可以帮助自动化管理这些任务，这就意味着可以少花时间创建测试环境，把时间多用在使用 OpenStack 上。Ubuntu 系统上可以直接安装 Vagrant 包，对于其他系统，请访问 http://www.vagrantup.com/，这个测试环境还可以用于其他章节。

这里假设用来搭建测试环境的计算机具有足够强的处理能力，支持硬件虚拟化（如 Intel VT-X 和 AMD-V 技术）并且至少有 8GB 内存。时刻牢记，我们正在创建一个虚拟环境用来玩转虚拟机，所以机器的内存容量越大越好。

准备工作

首先，必须从 http://www.virtualbox.org/ 下载 VirtualBox，然后按照安装步骤操作。

此外，还需要下载安装 Vagrant，后面的章节将会详述。

本书所有操作都假设你安装 OpenStack 的底层操作系统是 Ubuntu 12.04 LTS。但无须下载 Ubuntu12.04 ISO 镜像，因为 Vagrant 会帮我们搞定。

操作步骤

为了使用 VirtualBox 创建一个沙盒环境，我们将使用 Vagrant 定义一个独立的虚拟机，使我们能够创建运行云实例所需的所有 OpenStack 服务。该虚拟机将用作 OpenStack 控制节点，它的配置至少需要 2GB 内存和 20GB 硬盘空间和三个网络接口。Vagrant 自动设置虚拟机上的一个接口——**NAT**（**Network Address Translate**）接口，该接口允许虚拟机连接到 VirtualBox 的外部网络下载软件包。这个 NAT 接口没有在 Vagrantfile 中涉及，但会显示为虚拟机的 eth0。这里配置的第一个 OpenStack 环境使用的接口是我们 OpenStack 计算节点的公共网络接口；第二个接口是私有网络接口，用作与不同的 OpenStack Compute 主机之间进行内部通信用；第三个接口当在学习第 8 章 时会做为外部网络使用。

执行以下步骤，使用 Vagrant 创建运行 OpenStack 计算服务的虚拟机。

1. 从 http://www.virtualbox.org 下载安装 VirtualBox，如果使用 Ubuntu 12.04 LTS 自带的版本将会遇到一些问题。

　　　本书使用的是 VirtualBox 4.2.16。

2. 从 http://www.vagrantup.com 下载安装 Vagrant，如果使用 Ubuntu 12.04 LTS 自带的版本将会遇到一些问题。

　　　本书使用的是 Vagrant 1.2.7。

3. 安装之后，在 Vagrantfile 文件中设置虚拟机和网络。为此，创建一个工作目录（如创建～/cookbook 目录），在该目录下编辑 Vagrantfile 文件，命令如下：

```
medir ~/cookbook
cd ~/cookbook
vim Vagrantfile
```

4. 编辑该文件配置 Vagrant 如下：

```
# -*- mode: ruby -*-
# vi: set ft=ruby :

nodes = {
  'controller'  =>  [1, 200],
}

Vagrant.configure("2") do |config|
  config.vm.box = "precise64"
  config.vm.box_url = "http://files.vagrantup.com/precise64.box"

  # Forescout NAC workaround
  config.vm.usable_port_range = 2800..2900
```

```
nodes.each do |prefix, (count, ip_start)|
  count.times do |i|
    hostname = "%s" % [prefix, (i+1)]

    config.vm.define "#{hostname}" do |box|
      box.vm.hostname = "#{hostname}.book"
      box.vm.network :private_network, ip:
        "172.16.0.#{ip_start+i}", :netmask =>"255.255.0.0"
      box.vm.network :private_network, ip:
        "10.10.0.#{ip_start+i}", :netmask =>"255.255.0.0"
      box.vm.network :private_network, ip:
        "192.168.100.#{ip_start+i}", :netmask =>"255.255.255.0"

      # Otherwise using VirtualBox
      box.vm.provider :virtualbox do |vbox|
        # Defaults
        vbox.customize ["modifyvm", :id, "--memory",2048]
        vbox.customize ["modifyvm", :id, "--cpus", 1]
      end
    end
  end
end
end
```

5. 现在可以准备启动控制节点了。只需执行：

vagrant up controller

 祝贺你！你已成功创建了一个运行 Ubuntu 12.04 系统的 VirtualBox 虚拟机用来安装 OpenStack 控制服务。

工作原理

我们通过 Vagran 定义并创建了一个 VIrtualBox 虚拟机。Vagrant 基于工作目录（存储和运行 VirtualBox 虚拟机的目录）下的 Vagrantfile 文件来配置该虚拟机。虽然文件是基于 Ruby 语法的，但是内容基本上都一目了然。具体设置如下。

❑ 主机名为 controller。

❑ VM 是基于 Precise64，Ubuntu 12.04 LTS 64 位系统的别名。

❑ 指定了 2GB RAM、1 CPU 和一个外部磁盘挂在名为 controller-cinder.vdi 的虚拟机上。

然后，通过 Vagrant 命令启动该虚拟机。

vagrant up

该命令将会启动 Vagrantfile 配置好的虚拟机。这里只设置一个虚拟机，所以命令将会启动这台唯一的虚拟机。

执行以下命令，登录到新创建的虚拟机：

```
vagrant ssh controller
```

更多参考

除了使用 Vagrant 和 VirtualBox 配置测试环境，还可以使用其他虚拟化产品来学习 OpenStack，如 VMware Server、VMware Player、VMware Fusion 等。

延伸阅读

❑　参见第 10 章。

1.3　配置 Ubuntu Cloud Archive

Ubuntu21.04 LTS（本书使用的版本）提供两个可安装 OpenStack 的资源库。标准资源库所配置的是 Essex 版，本书写作时已可以通过设置 Ubuntu Cloud Archive 支持 Grizzly 版。我们下面将使用 Ubuntu Cloud Archive 提供的 Grizzly 发布版本来安装和配置 OpenStack 身份认证服务（以及其他服务）。

准备工作

确保登录到安装 OpenStack 身份认证服务的服务器或用来安装 OpenStack 身份认证服务的 OpenStack 控制节点。

操作步骤

要配置 Ubuntu12.04 LTS 使用 Ubuntu Cloud Archive，需要执行以下步骤。

1. 为了能够访问 Ubuntu Cloud Archive 资源库，添加以下列表到 `apt sources` 文件：

```
echo "deb http://ubutnu-cloud.archive.canonical.com/ubuntu \
echo \
"deb http://ubutnu-cloud.archive.canonical.com/ubuntu \
   preceies-proposed/grizzly main "
   |sudo tee /etc/apt/sources.list.d/grizzly.list
```

2. 使用之前，还需要执行以下命令来添加 Ubuntu Cloud Archive 密钥：

```
sudo apt-get update
sudo apt-get -y install ubuntu-cloud-keyring
```

工作原理

这里所做的是在系统中添加一个外部的资源库。它提供一个完全支持 Ubuntu 12.0 LTS 的并经测试过的 OpenStack 软件包。该软件包将被用来安装 OpenStack。

更多参考

更多关于 Ubuntu Cloud Archive 的信息可以从以下地址获取。https://wiki.ubuntu.com/ServerTeam/CloudArchive。该网站解释了发布过程和能够获取到的最新的 OpenStack 版本，OpenStack 每六个月发布一个新版，Ubuntu 长期支持版每两年才发布一个版本。

使用其他版本

如果希望使用稳定版本以外的分支，特别是需要开发调试 OpenStack 或所需要的功能不在当前版本中时，只需添加不同的 **Personal Package Archives**（PPA）到系统中。请到 http://wiki.openstack.org/PPAs 查看 OpenStack PPAs。为了使用它们，首先需要安装一个工具来帮助添加 PPAs。

```
sudo apt-get update
sudo apt-get -y install python-software-properties
```

要使用指定的 PPA，例如 Havana 测试分支，执行以下命令：

```
sudo add-apt-repository ppa:openstack-ubuntu-testing/havana-trunk-testing
sudo add-apt-repository ppa:openstack-ubuntu-testing/havana-trunk-testing
```

1.4　安装 OpenStack 身份认证服务

我们将会使用 Ubuntu Cloud Archive 安装和配置 OpenStack 身份认证服务，也就是 Keystone 项目。配置完成之后，连接到 OpenStack 云环境都需经过这里所安装的 OpenStack 身份认证服务。

OpenStack 身份认证服务的默认后台数据库是 MySQL 数据库。

准备工作

为保证运行的是 Ubuntu Cloud Archive，必须配置 Ubunut 12.04 安装使用该服务。

我们将配置 Keystone 使用 MySQL 作为数据库后端，因此，安装 Keystone 之前需要安装 MySQL。如果 MySQL 尚未安装，请执行以下步骤安装配置 MySQL：

```
MYSQL_ROOT_PASS=openstack
```

```
MYSQL_HOST=172.16.0.200
# To enable non-interactive installations of MySQL, set the following
echo "mysql-server-5.5 mysql-server/root_password password \
    $MYSQL_ROOT_PASS" | sudo debconf-set-selections
echo "mysql-server-5.5 mysql-server/root_password_again password \
    $MYSQL_ROOT_PASS" | sudo debconf-set-selections
echo "mysql-server-5.5 mysql-server/root_password seen true" \
    | sudo debconf-set-selections
echo "mysql-server-5.5 mysql-server/root_password_again seen true" \
    | sudo debconf-set-selections


export DEBIAN_FRONTEND=noninteractive
sudo apt-get update
sudo apt-get -q -y install mysql-server
sudo sed -i "s/^bind\-address.*/bind-address = ${MYSQL_HOST}/g" \
    /etc/mysql/my.cnf
sudo service mysql restart

mysqladmin -uroot password ${MYSQL_ROOT_PASS}

mysql -u root --password=${MYSQL_ROOT_PASS} -h localhost \
    -e "GRANT ALL ON *.* to root@\"localhost\" IDENTIFIED BY \"${MYSQL_
ROOT_PASS}\" WITH GRANT OPTION;"

mysql -u root --password=${MYSQL_ROOT_PASS} -h localhost \
    -e "GRANT ALL ON *.* to root@\"${MYSQL_HOST}\" IDENTIFIED BY
\"${MYSQL_ROOT_PASS}\" WITH GRANT OPTION;"

mysql -u root --password=${MYSQL_ROOT_PASS} -h localhost \
    -e "GRANT ALL ON *.* to root@\"%\" IDENTIFIED BY \"${MYSQL_ROOT_
PASS}\" WITH GRANT OPTION;"

mysqladmin -uroot -p${MYSQL_ROOT_PASS} flush-privileges
```

接下来，请确保已经登录到 OpenStack 身份认证服务器或者需要安装 Keystone 的 OpenStack 控制节点上，并且确保该服务器可以被其他的 OpenStack 主机访问到。

执行以下命令，登录到使用 Vagrant 创建的 OpenStack 控制节点：

```
vagrant ssh controller
```

操作步骤

要安装 OpenStack 身份认证服务，需要执行如下指令。

1. 安装 OpenStack 身份认证服务可通过指定安装 Ubuntu 资源库里的 keystone 软件包来完成。只需执行如下命令：

```
sudo apt-get update
sudo apt-get -y install keystone python-keyring
```

2. 安装好之后，需要配置后台数据库存储。首先需要在 MySQL 里创建一个 keystone 数据库，按照如下步骤来执行（在本例中，假定 MySQL 的用户名是 root，对应的密码是 openstack，该用户有创建数据库的权限）：

```
MYSQL_ROOT_PASS=openstack
mysql -uroot -p$MYSQL_ROOT_PASS -e "CREATE DATABASE \
    keystone;"
```

3. 一个最佳实践是在数据库中为 OpenStack 身份认证服务单独创建一个特定的用户。创建命令如下：

```
MYSQL_KEYSTONE_PASS=openstack
mysql -uroot -p$MYSQL_ROOT_PASS -e "GRANT ALL PRIVILEGES \
    ON keystone.* TO 'keystone'@'%'"
mysql -uroot -p$MYSQL_ROOT_PASS -e "SET PASSWORD FOR \
    'keystone'@'%' = PASSWORD('$MYSQL_KEYSTONE_PASS');"
```

4. 接下来，配置 OpenStack 身份认证服务来使用该数据库。编辑配置文件 /etc/keystone/keystone.conf，修改 sql_connection 行来匹配数据库证书。命令如下所示：

```
MYSQL_HOST=172.16.0.200
sudo sed -i "s#^connection.*#connection = \
    mysql://keystone:openstack@172.16.0.200/keystone#" \
    /etc/keystone/keystone.conf
```

5. 超级用户 admin 的 token 在/etc/keystone/keystone.conf 文件中，需要配置该 token。

```
sudo sed -i "s/^# admin_token.*/admin_token = ADMIN" \
    /etc/keystone/keystone.conf
```

6. Grizzly 版本发布后，Keystone 支持 PKI 架构的 token 签名加密。如果不使用该功能，可编辑/etc/keystone/ keystone.conf 文件，使用非签名的 token。

```
sudo sed -i "s/^#token_format.*/token_format = UUID" \
    /etc/keystone/keystone.conf
```

7. 现在重启 keystone 服务。

```
sudo stop keystone
sudo start keystone
```

8. Keystone 启动之后，用如下命令为 keystone 数据库填充必需的数据表：

```
sudo keystone-manage db_sync
```

 恭喜！现在已经为 OpenStack 环境安装好了 OpenStack 身份认证服务。

工作原理

通过使用 Ubuntu 的包，可以便捷地为 OpenStack 环境安装好 OpenStack 身份认证服务。安装完成之后，在 MySQL 数据库服务器中配置了 keystone 数据库，并且设置了 keystone.conf 文件来使用它。启动 Keystone 服务之后，运行 keystone-manage db_sync 命令来为 keystone 数据库填充合适的数据表，以方便向其中添加 OpenStack 环境中所必需的用户（user）、角色（role）和租户（tenant）。

1.5　创建租户

一个租户（tenant）在 OpenStack 里就是一个项目。在创建一个用户时必须首先为该用户分配一个租户，否则将无法创建此用户，所以首先要创建租户。在这一节中，将为用户创建一个名为 cookbook 的租户。

准备工作

在开始之前，必须确认已经登录到已经安装了 OpenStack 身份认证服务的 OpenStack 控制节点上，或者有一个已经连接到安装了 OpenStack 身份认证服务的服务器上的 Ubuntu 客户端。

执行以下命令，登录到使用 Vagrant 创建的 OpenStack 控制节点：

```
vagrant ssh controller
```

如果 keystone 客户端工具尚未安装，可以通过如下命令在 Ubuntu 客户端上安装以便管理 OpenStack 身份认证服务：

```
sudo apt-get update
sudo apt-get -y install python-keystoneclient
```

确保已经设置了正确的环境变量，以便能访问 OpenStack 环境。

```
export ENDPOINT=172.16.0.200
export SERVICE_TOKEN=ADMIN
export SERVICE_ENDPOINT=http://${ENDPOINT}:35357/v2.0
```

操作步骤

要在 OpenStack 环境中创建一个租户，需要执行如下步骤。

1. 执行如下命令来创建一个名为 cookbook 的租户：

```
keystone tenant-create\
    --name cookbook\
    --description "Default Cookbook Tenant"\
    --enabled true
```

输出如图 1-2 所示。

```
+-------------+-------------------------------------+
|  Property   |                Value                |
+-------------+-------------------------------------+
| description |        Default Cookbook Tenant      |
|   enabled   |                 True                |
|     id      |  8ec8e07a759e46d2abb316ee368d0e5b   |
|    name     |               cookbook              |
+-------------+-------------------------------------+
```

图 1-2

2. 同样需要一个 `admin` 租户，该租户下的用户能够访问整个环境。因此，使用同样的方式：

```
keystone tenant-create\
    --name admin \
    --description "Admin Tenant" \
    --enabled true
```

工作原理

通过 `keystone` 客户端很容易创建租户，只需要指定 `tenant-create` 相关选项，语法如下所示：

```
keystone tenant-create \
    --name tenant_name \
    --description "A description" \
    --enabled true
```

`tenant_name` 是一个不包含空格的任意字符串。创建租户时，`keystone` 会返回一个与租户相对应的 ID，可以通过这个 ID 来将用户添加到这个租户里。如果想查看环境中所有租户和它们所对应的 ID 的列表，可以执行如下命令：

```
keystone tenant-list
```

1.6 配置角色

角色是分配给一个租户中的用户的权限。在这里配置两个角色，一个用于管理云环境的 admin 角色和另一个用于分配给使用云环境的普通用户的 Member 角色。

准备工作

在开始之前，必须确认已经登录到已经安装了 OpenStack 身份认证服务的 OpenStack 控制节点上，或者有一个已经连接到安装了 OpenStack 身份认证服务的服务器上的 Ubuntu

客户端。

登录到使用 Vagrant 创建的 OpenStack 控制节点，执行以下命令：

```
vagrant ssh controller
```

如果 keystone 客户端工具尚未安装，可以通过如下命令在 Ubuntu 客户端上安装以便管理 OpenStack 身份认证服务：

```
sudo apt-get update
sudo apt-get -y install python-keystoneclient
```

确保已经设置了正确的环境变量，能访问到 OpenStack 环境。

```
export ENDPOINT=172.16.0.200
export SERVICE_TOKEN=ADMIN
export SERVICE_ENDPOINT=http://${ENDPOINT}:35357/v2.0
```

操作步骤

要在我们的 OpenStack 环境中创建必需的角色，需要执行如下步骤。

1. 创建 admin 角色。

```
# admin role
keystone role-create --name admin
```

输出如图 1-3 所示。

```
+----------+----------------------------------+
| Property |              Value               |
+----------+----------------------------------+
|    id    | e20157f33ae14cfab3ddd193b57ce747 |
|   name   |              admin               |
+----------+----------------------------------+
```

图 1-3

2. 用同样的命令来创建 Member 角色，只是把 name 选项指定为 Member。

```
# Member role
keystone role-create --name Member
```

工作原理

通过 keystone 客户端创建一个角色很容易实现，只需要在运行 keystone 时指定 role-create 选项，语法如下所示：

```
keystone role-create --name role_name
```

role_name 的属性值不是任意的。admin 角色已经在/etc/keystone/policy.json 配置文件中被设置为具有管理员权限。

```
{
    "admin_required": [["role:admin"], ["is_admin:1"]]
}
```

并且，当配置 OpenStack Dashboard（即 Horizon）的时候，它会把 Member 角色配置成通过控制面板接口创建用户的默认角色。

创建角色时，`keystone` 会返回一个与角色相对应的 ID，可以通过这个 ID 来把角色关联到某个用户。如果想查看环境中所有角色和它们所对应 ID 的列表，可以执行如下命令：

```
keystone role-list
```

1.7　添加用户

在 OpenStack 身份认证服务中添加用户时，必须要有一个能容纳该用户的租户，还需要定义一个能分配给该用户的角色。在本节中，创建了两个用户。第一个用户名为 admin，它在 `cookbook` 租户中被分配为 admin 角色。第二个用户名为 demo，同样在 `cookbook` 租户中，它被分配为 Member 角色。

准备工作

在开始之前，必须确认已经登录到已经安装了 OpenStack 身份认证服务的 OpenStack 控制节点上，或者有一个已经连接到安装了 OpenStack 身份认证服务的服务器上的 Ubuntu 客户端。

执行以下命令，登录到使用 Vagrant 创建的 OpenStack 控制节点：

```
vagrant ssh controller
```

如果 `keystone` 客户端工具尚未安装，可以通过如下命令在 Ubuntu 客户端上安装以便管理我们的 OpenStack 身份认证服务：

```
sudo apt-get update
sudo apt-get -y install python-keystoneclient
```

确保已经设置了正确的环境变量，能访问到 OpenStack 环境。

```
export ENDPOINT=172.16.0.200
export SERVICE_TOKEN=ADMIN
export SERVICE_ENDPOINT=http://${ENDPOINT}:35357/v2.0
```

操作步骤

要在 OpenStack 环境中创建用户，需要执行如下步骤。

1. 如果要在 cookbook 租户中创建一个用户，首先要获得 cookbook 租户的 ID。通过 keystone 命令，指定 tenant-list 选项，就可以得到该 ID，然后将其存储在 TENANT_ID 变量中，命令如下所示：

```
TENANT_ID=$(keystone tenant-list \
    | awk '/\ cookbook\ / {print $2}')
```

2. 现在已经得到了租户的 ID。接下来，用如下命令在 cookbook 租户中创建 admin 用户，注意要使用 user-create 选项，还需要为该用户设置密码：

```
PASSWORD=openstack
keystone user-create \
    --name admin \
    --tenant_id $TENANT_ID \
    --pass $PASSWORD \
    --email root@localhost \
    --enabled true
```

输出如图 1-4 所示。

```
+-----------+----------------------------------+
| Property  |              Value               |
+-----------+----------------------------------+
|   email   |          root@localhost          |
|  enabled  |               True               |
|    id     | b5f7f18eea8b46e5ba8832b27be771fd |
|   name    |              admin               |
| tenantId  | 8ec8e07a759e46d2abb316ee368d0e5b |
+-----------+----------------------------------+
```

图 1-4

3. 在创建 admin 用户时，为了赋予它 admin 角色，需要先获得 admin 角色的 ID。和第一步中查找租户 ID 的方法相似，用 role-list 选项取出 admin 角色的 ID，然后将其存储在一个变量里。

```
ROLE_ID=$(keystone role-list \
    | awk '/\ admin\ / {print $2}')
```

4. 为了将角色赋予 admin 用户，需要用到创建 admin 用户时返回的用户 ID。执行如下的 keystone 命令，通过 usr-list 选项列出所有的用户，从而得到 admin 用户的 ID：

```
USER_ID=$(keystone user-list \
    | awk '/\ admin\ / {print $2}')
```

5. 最后，根据租户 ID、用户 ID，以及对应的角色 ID，通过 user-role-add 选项把角色赋予对应的用户。

```
keystone user-role-add \
    --user $USER_ID \
    --role $ROLE_ID \
```

```
--tenant_id $TENANT_ID
```

 注意，成功执行该命令之后是没有输出的。

6. 为了管理整个环境，admin 用户也需要在 admin 租户中。为此，需要获得 admin 租户的 ID 并使用新租户的 ID 重复前面的步骤：

```
ADMIN_TENANT_ID=$(keystone tenant-list \
    | awk '/\ admin\ / {print $2}')
keystone user-role-add \
    --user $USER_ID \
    --role $ROLE_ID \
    --tenant_id $ADMIN_TENANT_ID
```

7. 接下来要在 cookbook 租户里创建一个 demo 用户，并赋予其 Member 角色，类似前 5 步，命令如下所示：

```
# Get the cookbook tenant ID
TENANT_ID=$(keystone tenant-list \
    | awk '/\ cookbook\ / {print $2}')

# Create the user
PASSWORD=openstack
keystone user-create \
    --name demo \
    --tenant_id $TENANT_ID \
    --pass $PASSWORD \
    --email demo@localhost \
    --enabled true

# Get the Member role ID
ROLE_ID=$(keystone role-list \
    | awk '/\ Member\ / {print $2}')

# Get the demo user ID
USER_ID=$(keystone user-list \
    | awk '/\ demo\ / {print $2}')

# Assign the Member role to the demo user in cookbook
keystone user-role-add \
    --user $USER_ID \
    --role $ROLE_ID \
    --tenant_id $TENANT_ID
```

工作原理

在向 OpenStack 身份认证服务里添加用户之前，必需先创建该用户对应的租户和角色。

创建好之后，需要取得它们的 ID，通过身份认证服务的命令行客户端程序将其和对应的用户关联起来。要注意同一个用户可以同时是多个租户的成员，并且在不同的租户里可以被赋予不同的角色。

创建用户的命令选项是 `user-create`，语法如下所示：

```
keystone user-create \
    --name user_name \
    --tenant_id TENANT_ID \
    --pass password \
    --email email_address \
    --enabled true
```

user_name 属性可以是任意名称，但不能包含空格。password 属性是必需的，在之前的例子里，它们都被设为 openstack。email_address 属性也是必需的。

赋予一个用户某个角色的命令选项是 `user-role-add`，语法如下所示：

```
keystone user-role-add \
    --user USER_ID \
    --role ROLE_ID \
    --tenant_id TENANT_ID
```

这表示在赋予角色之前，必须先取得用户的 ID、角色的 ID 及租户的 ID。这些 ID 可以通过如下命令得到：

```
keystone tenant-list
keystone role-list
keystone user-list
```

1.8　定义服务端点

云环境中的每一个服务都运行在一个特定的 URL 和端口上，也就是这些服务的端点地址。当一个客户端程序连到云环境中时，Keystone 身份认证服务负责向其返回云环境中的各个服务的端点地址，以便客户端程序使用这些服务。为启用该功能，必须先定义这些端点。在云环境中，可以定义多个区域，可以把不同的区域理解为不同的数据中心，它们各自有不同的 URL 和 IP 地址。在 OpenStack 身份认证服务里，还可以在每一个区域里定义分别定义 URL 端点。在这里，只有一个区域，标识为 RegionOne。

准备工作

在开始之前，必须确认已经登录到安装了 OpenStack 身份认证服务的 OpenStack 控制节点上，或者有一个已经连接到安装了 OpenStack 身份认证服务的服务器上的 Ubuntu 客户端。

登录到使用 Vagrant 创建的 OpenStack 控制节点，执行以下命令：

vagrant ssh controller

如果 keystone 客户端工具尚未安装，则可以通过如下命令在 Ubuntu 客户端上安装以便管理 OpenStack 身份认证服务：

```
sudo apt-get update
sudo apt-get -y install python-keystoneclient
```

确保已经设置了正确的环境变量，能访问到 OpenStack 环境。

```
export ENDPOINT=172.16.0.200
export SERVICE_TOKEN=ADMIN
export SERVICE_ENDPOINT=http://${ENDPOINT}:35357/v2.0
```

操作步骤

通过运行 keystone 客户端命令在 OpenStack 身份认证服务中定义各个服务和服务端点，这些定义对应了云环境中运行的各个服务以及它们的 URL。即使某些服务现在还没有在云环境中运行起来，也可以先在 OpenStack 身份认证服务中配置好，以便将来使用。通过如下步骤来在 OpenStack 环境中为各个服务定义端点。

1. 现在来定义一些云环境中 OpenStack 身份认证服务需要知道的服务。

```
# OpenStack Compute Nova API Endpoint
keystone service-create \
    --name nova \
    --type compute \
    --description 'OpenStack Compute Service'

# OpenStack Compute EC2 API Endpoint
keystone service-create \
    --name ec2 \
    --type ec2 \
    --description 'EC2 Service'

# Glance Image Service Endpoint
keystone service-create \
    --name glance \
    --type image \
    --description 'OpenStack Image Service'

# Keystone Identity Service Endpoint
keystone service-create \
    --name keystone \
    --type identity \
    --description 'OpenStack Identity Service'

# Cinder Block Storage Endpoint
```

```
keystone service-create \
    --name volume \
    --type volume \
    --description 'Volume Service'
```

2. 逐个添加上述服务对应的服务端点。添加服务端点时需要用到各个服务的 ID 号，这些 ID 号在上一步命令操作之后会分别被返回输出。它们是配置服务端口 URL 的命令中的参数。

> OpenStack 身份认证服务可以被配置成在三个 URL 上接受服务请求：一个面向公有的 URL（被终端用户使用），一个面向管理员 URL（被以管理员权限登录的用户使用，可以是一个不同的 URL），以及一个面向内部的 URL（当这些服务是在公有的 URL 的防火墙内提供服务时）。

对于下面的服务，我们根据自己的环境需求将公有的和内部的服务 URL 配置成相同的内容。

```
# OpenStack Compute Nova API
NOVA_SERVICE_ID=$(keystone service-list \
    | awk '/\ nova\ / {print $2}')

PUBLIC="http://$ENDPOINT:8774/v2/\$(tenant_id)s"
ADMIN=$PUBLIC
INTERNAL=$PUBLIC

keystone endpoint-create \
    --region RegionOne \
    --service_id $NOVA_SERVICE_ID \
    --publicurl $PUBLIC \
    --adminurl $ADMIN \
    --internalurl $INTERNAL
```

输出如图 1-5 所示。

```
+-------------+----------------------------------------+
|  Property   |                 Value                  |
+-------------+----------------------------------------+
|  adminurl   | http://172.16.0.200:8774/v2/$(tenant_id)s |
|     id      |     e64eca45d255414e984a84877e902423   |
| internalurl | http://172.16.0.200:8774/v2/$(tenant_id)s |
|  publicurl  | http://172.16.0.200:8774/v2/$(tenant_id)s |
|   region    |                RegionOne               |
|  service_id |     0999b3e54a874a95a995e6fa7adc300f   |
+-------------+----------------------------------------+
```

图 1-5

3. 继续定义服务端点的剩余部分，具体步骤如下：

```
# OpenStack Compute EC2 API
```

```
EC2_SERVICE_ID=$(keystone service-list \
    | awk '/\ ec2\ / {print $2}')

PUBLIC="http://$ENDPOINT:8773/services/Cloud"
ADMIN="http://$ENDPOINT:8773/services/Admin"
INTERNAL=$PUBLIC

keystone endpoint-create \
    --region RegionOne \
    --service_id $EC2_SERVICE_ID \
    --publicurl $PUBLIC \
    --adminurl $ADMIN \
    --internalurl $INTERNAL

# Glance Image Service
GLANCE_SERVICE_ID=$(keystone service-list \
    | awk '/\ glance\ / {print $2}')

PUBLIC="http://$ENDPOINT:9292/v1"
ADMIN=$PUBLIC
INTERNAL=$PUBLIC

keystone endpoint-create \
    --region RegionOne \
    --service_id $GLANCE_SERVICE_ID \
    --publicurl $PUBLIC \
    --adminurl $ADMIN \
    --internalurl $INTERNAL

# Keystone OpenStack Identity Service
KEYSTONE_SERVICE_ID=$(keystone service-list \
    | awk '/\ keystone\ / {print $2}')

PUBLIC="http://$ENDPOINT:5000/v2.0"
ADMIN="http://$ENDPOINT:35357/v2.0"
INTERNAL=$PUBLIC

keystone endpoint-create \
    --region RegionOne \
    --service_id $KEYSTONE_SERVER_ID \
    --publicurl $PUBLIC \
    --adminurl $ADMIN \
    --internalurl $INTERNAL

# Cinder Block Storage Service
CINDER_SERVICE_ID=$(keystone service-list \
    | awk '/\ volume\ / {print $2}')

PUBLIC="http://$ENDPOINT:8776/v1/%(tenant_id)s"
ADMIN=$PUBLIC
INTERNAL=$PUBLIC

keystone endpoint-create \
    --region RegionOne \
```

```
    --service_id $CINDER_SERVER_ID \
    --publicurl $PUBLIC \
    --adminurl $ADMIN \
    --internalurl $INTERNAL
```

工作原理

在 OpenStack 身份认证服务中配置服务和端点是通过 keystone 客户端命令来完成的。首先通过 keystone 客户端的 service-create 选项来添加服务，语法如下所示：

```
keystone service-create \
    --name service_name \
    --type service_type \
    --description 'description'
```

service_name 可以是任意的名字和标签用以标识服务的类型。在定义端点的时候，可以通过这个名字来取得它对应的 ID 号。

type 选项可以是下列几个选项中的一个：compute、object-store、image-service 和 identity-service。注意，在这一步没有配置 OpenStacke 的对象存储服务（type 是 object-store）或 Cinder。

description 字段同样是一个任意字段，用于描述该服务。

添加好各个服务之后，通过 keystone 客户端的 endpoint-create 选项来定义各个服务对应的端点。只有这样，OpenStack 身份认证服务才能知道如何访问它们。语法如下所示：

```
keystone endpoint-create \
    --region region_name \
    --service_id service_id \
    --publicurl public_url \
    --adminurl admin_url \
    --internalurl internal_url
```

service_id 是在第一步里创建的服务的 ID 号。可以通过如下命令来列出所有服务和它们对应的 ID 号：

```
keystone service-list
```

OpenStack 被设计为一个适合全球部署的系统，一个区域（region）可以表示一个实际的数据中心或者一个包含多个互相连通的数据中心的地域范围。在这里，仅定义一个区域——RegionOne。region 字段可以是任意的名字，用于标识数据中心/地域，可以通过这个字段来告知客户端使用哪些区域。所有的服务都可以被配置成运行在三个不同 URL 之上，如下所述，这取决于人们希望如何来配置 OpenStack 云环境。

❑ public_url 是供终端用户连接的 URL。在一个公有云环境中，公有的 URL 会被解析成公有的 IP 地址。

❑ admin_url 只用于管理员访问。在公有部署中，通常会配置一个和 public_url 不同的 admin_url。有些模块的管理服务有不同的 URI，这就需要配置这个属性。

❑ internal_url 只用与本地私有网络。通过 internal_url，你可以从云环境内部连接到各个服务，而不需要外部地址空间，因此避免了交换数据的传输过程暴露在因特网上。这也带来了更好的安全性和更少的复杂性。

 首先创建好初始化的 keystone 数据库，然后在 OpenStack 身份认证服务器上运行 keystone-manage db_sync 命令，最后就可以使用 keystone 客户端来实现远程管理了。

1.9　配置服务的租户和服务的用户

服务端点创建完成以后，接下来配置它们以便其他 OpenStack 服务能够调用它们。为此，要为每个服务都配置一个特定的 service 租户，并指定对应的用户名和密码。这样的目的是保证更高的安全性、以及用来为云环境做故障排除和审计等工作。对于每一个需要 OpenStack 身份认证服务来验证和授权的服务，都需要在该服务启动之前，在其相关的配置文件里详细写明用于 Keystone 验证的用户名和密码。例如，glance 服务是在/etc/glance/glance-registry-api.ini 文件中指定，当 OpenStack 身份认证服务使用时，必须与之前创建的相匹配。

```
[filter:authtoken]
paste.filter_factory = keystone.middleware.auth_token:filter_factory
service_protocol = http
service_host = 172.16.0.200
service_port = 5000
auth_host = 172.16.0.200
auth_port = 35357
auth_protocol = http
auth_uri = http://172.16.0.200:5000/
admin_tenant_name = service
admin_user = glance
admin_password = glance
```

准备工作

在开始之前，必须确认已经登录到已经安装了 OpenStack 身份认证服务的 OpenStack 控制节点上，或者有一个已经连接到安装了 OpenStack 身份认证服务的服务器上的 Ubuntu 客户端。

登录到使用 Vagrant 创建的 OpenStack 控制节点，执行以下命令：

```
vagrant ssh controller
```

如果 keystone 客户端工具尚未安装，则可以通过如下命令在 Ubuntu 客户端上安装以便管理 OpenStack 身份认证服务：

```
sudo apt-get update
sudo apt-get -y install python-keystoneclient
```

确保已经设置了正确的环境变量，能访问到 OpenStack 环境。

```
export ENDPOINT=172.16.0.200
export SERVICE_TOKEN=ADMIN
export SERVICE_ENDPOINT=http://${ENDPOINT}:35357/v2.0
```

操作步骤

要配置一个合适的服务租户，需要执行如下步骤。

1. 创建服务租户，命令如下所示：

```
keystone tenant-create \
    --name service \
    --description "Service Tenant" \
    --enabled true
```

输出如图 1-6 所示。

```
+-------------+----------------------------------+
|  Property   |              Value               |
+-------------+----------------------------------+
| description |          Service Tenant          |
|   enabled   |               True               |
|     id      | ffb9576f8fe847f883fb73784ca6ab48 |
|    name     |             service              |
+-------------+----------------------------------+
```

图 1-6

2. 记录下服务租户的 ID，以方便后面使用。

```
SERVICE_TENANT_ID=$(keystone tenant-list \
    | awk '/\ service\ / {print $2}')
```

3. 对于本节中的所有服务，都会为其创建一个用户账户，用户名和密码都和服务名称一致。例如，会在服务租户里用 user-create 选项创建一个用户名和密码均为 nova 的用户，命令如下所示：

```
keystone user-create \
    --name nova \
    --pass nova \
    --tenant_id $SERVICE_TENANT_ID \
    --email nova@localhost \
    --enabled true
```

输出如图 1-7 所示。

```
+-----------+------------------------------------+
| Property  |               Value                |
+-----------+------------------------------------+
|   email   |           nova@localhost           |
|  enabled  |                True                |
|    id     |  44021f9a74fc4c98bb0a0e2a50b401fe  |
|   name    |                nova                |
|  tenantId |  ffb9576f8fe847f883fb73784ca6ab48  |
+-----------+------------------------------------+
```

图 1-7

4. 重复上一步，继续为其他用到 OpenStack 身份认证功能的服务创建用户。

```
keystone user-create \
    --name glance
    --pass glance \
    --tenant_id $SERVICE_TENANT_ID \
    --email glance@localhost \
    --enabled true

keystone user-create \
    --name keystone \
    --pass keystone \
    --tenant_id $SERVICE_TENANT_ID \
    --email keystone@localhost \
    --enabled true

keystone user-create \
    --name cinder \
    --pass cinder \
    --tenant_id $SERVICE_TENANT_ID \
    --email cinder@localhost \
    --enabled true
```

5. 现在为这些服务租户里的用户分配 admin 角色。为此，需要先取得 nova 用户的用户 ID，然后在用 user-role-add 选项来分配角色。例如，为了将 admin 角色分配给服务租户里的 nova 用户，命令如下所示：

```
# Get the nova user id
NOVA_USER_ID=$(keystone user-list \
    | awk '/\ nova\ / {print $2}')

# Get the admin role id
ADMIN_ROLE_ID=$(keystone role-list\
    | awk '/\ admin\ / {print $2}')

# Assign the nova user the admin role in service tenant
keystone user-role-add\
    --user $NOVA_USER_ID\
    --role $ADMIN_ROLE_ID\
    --tenant_id $SERVICE_TENANT_ID
```

6. 接下来，重复上一步，继续为其他服务租户（glance、keystone 和 cinder 用户）分配角色。

```
# Get the glance user id
GLANCE_USER_ID=$(keystone user-list\
    | awk '/\ glance\ / {print $2}')

# Assign the glance user the admin role in service tenant
keystone user-role-add\
    --user $GLANCE_USER_ID\
    --role $ADMIN_ROLE_ID\
    --tenant_id $SERVICE_TENANT_ID

# Get the keystone user id
KEYSTONE_USER_ID=$(keystone user-list\
    | awk '/\ keystone\ / {print $2}')

# Assign the keystone user the admin role in service tenant
keystone user-role-add\
    --user $KEYSTONE_USER_ID\
    --role $ADMIN_ROLE_ID\
    --tenant_id $SERVICE_TENANT_ID

# Get the cinder user id
CINDER_USER_ID=$(keystone user-list\
    | awk '/\ cinder \ / {print $2}')

# Assign the cinder user the admin role in service tenant
keystone user-role-add\
    --user $CINDER_USER_ID\
    --role $ADMIN_ROLE_ID\
    --tenant_id $SERVICE_TENANT_ID
```

工作原理

　　创建服务租户，然后在其中添加 OpenStack 运行必需的各个服务的用户，这两步操作和在系统中添加需要 admin 角色的其他用户没什么不同。为每个拥有 admin 角色的用户分配用户名和密码，并确保它们存在于服务租户内。然后，使用这些凭证来配置服务 OpenStack 的身份认证服务。

第2章

Glance OpenStack 镜像服务

本章将讲述以下内容：

❑ 安装 OpenStack 镜像服务

❑ 用 MySQL 配置 OpenStack 镜像服务

❑ 用 OpenStack 身份认证服务配置 OpenStack 镜像服务

❑ 用 OpenStack 镜像服务管理镜像

❑ 注册一个远程存储的镜像

❑ 在租户间共享镜像

❑ 查看共享镜像

2.1　简介

OpenStack 镜像服务（Image Service），即 Glance，可以让用户在 OpenStack 环境中注册、查找和检索虚拟机用到的镜像文件，OpenStack 镜像服务支持将镜像文件存储在各种类型的存储环境，例如本地文件系统或 OpenStack 存储服务提供的分布式文件系统。

如果按照第 1 章的内容做完，那么当本章结束时，将设置好图 2-1 所示的环境。

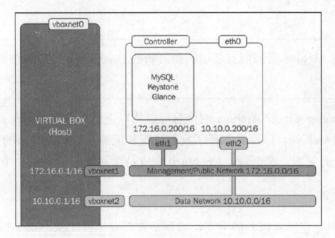

图 2-1

2.2　安装 OpenStack 镜像服务

Ubuntu 资源库提供了便利的软件包安装方式，所以，从 Ubuntu Cloud Archive 资源库安装专为 Ubuntu 12.04 版本打包好的 OpenStack 镜像服务很简单。

准备工作

在开始之前，必须确认已经登录到已经安装了 OpenStack 身份认证服务的 OpenStack 控制节点上，或者有一个已经连接到安装了 OpenStack 身份认证服务的服务器上的 Ubuntu 客户端。

登录到使用 Vagrant 创建的 OpenStack 控制节点，执行以下命令：

```
vagrant ssh controller
```

只有保证 Ubuntu 12.04 LTS 版本使用 Ubuntu Cloud Archive，才能使用 Grizzly。

操作步骤

使用 apt 安装 OpenStack 镜像服务很简单，使用下面的命令即可：

```
sudo apt-get update
sudo apt-get -y install glance
```

在其他使用 OpenStack 镜像服务的机器上安装管理和使用的客户端则不需要登录到服务器，只需要在客户机上输入如下命令：

```
sudo apt-get update
sudo apt-get -y install glance-client
```

工作原理

Ubuntu Cloud Archive 资源库有要用到的最新的 OpenStack 镜像服务。

更多参考

更多关于 Ubuntu Cloud Archive 的信息可以从以下地址获取。https://wiki.ubuntu.com/ServerTeam/CloudArchive。该网站解释了发布过程和能够获取到的最新的 OpenStack 版本，OpenStack 每六个月发布一个新版，Ubuntu 长期支持版每两年才发布一个版本。

使用其他版本

如果希望使用稳定版本以外的分支，特别是在开发调试 OpenStack 时或所需要的功能不在当前版本中时，只需添加不同的 Personal Package Archives（PPA）到系统中。查看 OpenStack PPA，请到 http://wiki.openstack.org/PPAs。为了使用它们，首先需要安装一个工具来帮助添加 PPA。

```
sudo apt-get update
sudo apt-get -y install python-software-properties
```

为了使用指定的 PPA，例如 Havana 测试分支，执行以下命令：

```
sudo add-apt-repository ppa:openstack-ubuntu-testing/havana-trunk-testing
sudo add-apt-repository ppa:openstack-ubuntu-testing/havana-trunk-testing
```

延伸阅读

❑　参见第 1 章。

2.3　用 MySQL 配置 OpenStack 镜像服务

默认情况下，OpenStack 镜像服务，即 Glance，被配置使用本地 SQL 数据库存储。为了弹性扩展，必须配置一个中心的、可扩展且更具可靠的数据库层。因此，可使用 MySQL 数据库来达到这个目的。

准备工作

请在开始前确认已经登录到一个已经安装了 OpenStack 镜像服务的服务器上。

登录到使用 Vagrant 创建的 OpenStack 控制节点，执行以下命令：

```
vagrant ssh controller
```

操作步骤

执行下列步骤。

1. 安装 OpenStack 镜像服务后，可使用下面的方法创建 MySQL 数据库，命名为 glance。

```
MYSQL_ROOT_PASSWORD=openstack

mysql -uroot -p$MYSQL_ROOT_PASSWORD \
    -e 'CREATE DATABASE glance;'
```

2. 接下来，创建一个对该数据库有权限的用户 glance，其密码设置为 openstack，方法如下：

```
MYSQL_GLANCE_PASSWORD=openstack

mysql -uroot -p$MYSQL_ROOT_PASSWORD \
    -e "GRANT ALL PRIVILEGES ON glance.* TO 'glance'@'%'
IDENTIFIED BY '${MYSQL_GLANCE_PASSWORD}';"
mysql -uroot -p$MYSQL_ROOT_PASSWORD \
    -e "GRANT ALL PRIVILEGES ON glance.* TO 'glance'@'localhost'
IDENTIFIED BY '${MYSQL_GLANCE_PASSWORD}';"
```

3. 然后，需要通过编辑 OpenStack 镜像服务的配置文件 /etc/glance/glance-registry.conf 和 /etc/glance/glance-api.conf，修改其数据库名称及连接相关信息，使得 OpenStack 镜像服务能使用刚才创建的数据库。

```
sudo sed -i "s,^sql_connection.*,sql_connection = \
    mysql://glance:${MYSQL_DB_PASSWORD}@172.16.0.200/glance," \
    /etc/glance/glance-{registry,api}.conf
```

4. 用下面的方式重启 glance-registry 服务。

```
sudo stop glance-registry
sudo start glance-registry
```

5. 同样重启 glance-api 服务。

```
sudo stop glance-api
sudo start glance-api
```

6. 该 glance 数据库将通过 Ubuntu 12.04 升级或降级服务版本。首先设置版本为 0，执行：

```
glance-manage version_control 0
```

7. 同步数据库，确保插入正确的表结构。为此，使用以下命令：

```
sudo glance-manage db_sync
```

工作原理

OpenStack 镜像服务是由两个服务组成的，glance-api 和 glance-registry 服务，

其中，glance-registry 服务连接到后端数据库，glance-registry 会根据我们先前设定的 glance 数据库和用户设置对数据库进行操作。

完成之后，可以通过修改/etc/glance/glance-registry.conf 和/etc/glance/glance-registry.conf 文件中相应的设置，让 glance 知道从什么地址、用什么方式、连接哪个数据库。其配置遵循标准的 SQLAlchemy 链接，语法如下：

```
sql_connection = mysql://USER:PASSWORD@HOST/DBNAME
```

2.4 使用 OpenStack 身份认证服务配置 OpenStack 镜像服务

为了保证 OpenStack 计算服务正确运行，必须对 OpenStack 镜像服务（Image Service）作适当配置，以保证其能正常使用 OpenStack 身份认证服务。

准备工作

在开始之前，必须确认已经登录到已经安装了 OpenStack 身份认证服务的 OpenStack 控制节点上，或者有一个已经连接到安装了 OpenStack 镜像服务的服务器上的 Ubuntu 客户端。

执行以下命令，登录到使用 Vagrant 创建的 OpenStack 控制节点：

```
vagrant ssh controller
```

操作步骤

要配置 OpenStack 镜像服务中与 OpenStack 身份认证服务连接有关的部分，具体步骤如下。

1. 首先编辑/etc/glance/glance-api-paste.ini 文件，修改其中[filter:authtoken]部分的配置，以匹配之前定义的 glance 用户。

```
[filter:authtoken]
paste.filter_factory = keystoneclient.middleware.auth_token:filter_
factory
admin_tenant_name =servcie
admin_user = glance
admin_password = glance
```

2. 保存文件之后，在/etc/glance/glance-api.conf 文件的末尾添加如下内容，告知 OpenStack 镜像服务如何使用 OpenStack 身份认证服务以及 glance-api-paste.ini 文

件中保存的信息。

```
[keystone_authtoken]
auth_host = 172.16.0.200
auth_port = 35357
auth_protocol = http
admin_tenant_name = service
admin_user = glance
admin_password = glance
[paste_deploy]
config_file = /etc/glance/glance-api-paste.ini
flavor = keystone
```

3. 同样，需要在/etc/glance/glance-registry-paste.ini 文件中的[filter: authtoken]部分里配置 glance 用户。

```
[filter:authtoken]
paste.filter_factory = keystoneclient.middleware.auth_
token:filter_factory
admin_tenant_name = service
admin_user = glance
admin_password = glance
```

4. 然后，在/etc/glance/glance-registry 配置文件中同样添加如下内容来使用 OpenStack 身份认证服务。

```
[keystone_authtoken]
auth_host = 172.16.0.200
auth_port = 35357
auth_protocol = http
admin_tenant_name = service
admin_user = glance
admin_password = glance

[paste_deploy]
config_file = /etc/glance/glance-registry-paste.ini
flavor = keystone
```

5. 最后，重启 OpenStack 镜像服务来使更改生效。

```
sudo restart glance-api
sudo restart glance-registry
```

工作原理

OpenStack 镜像服务运行两个进程。其中，glance-api 是客户端及其他服务与 glance 通信的接口，而 glance-registry 用于管理存储在硬盘和 registry 数据库中的对象。这两个进程都需要在它们的配置文件中设置好验证凭证，以方便 OpenStack 身份认证服务对其用户进行鉴权。

2.5 用 OpenStack 镜像服务管理镜像

在 OpenStack 存储中上传和管理镜像都是通过 glance 命令行工具实现的,它提供了一系列 OpenStack 环境中上传、删除、修改存储镜像相关信息的命令，非常方便。

准备工作

开始时，请确认登录到了可以运行 glance 工具的 Ubuntu 系统或者已经在 OpenStack 镜像服务直接运行在其上的 OpenStack 控制节点上。可以通过下面的方法安装 glance 客户端工具：

```
sudo apt-get update
sudo apt-get -y install glance-client
```

为了保证环境变量设置正确，admin 用户和密码应和之前创建的保持一致，执行以下操作：

```
export OS_TENANT_NAME=cookbook
export OS_USERNAME=admin
export OS_PASSWORD=openstack
export OS_AUTH_URL=http://172.16.0.1:5000/v2.0/
export OS_NO_CACHE=1
```

操作步骤

可以有多种方式上传和查看 OpenStack 镜像服务中的镜像文件，本书中将介绍其中一种。按照下面的步骤上传镜像文件和查看上传镜像的详细信息。

上传 Ubuntu 镜像文件

Ubuntu 提供的镜像可以方便地添加到 OpenStack 环境之中。

1. 首先，从 http://uec-images.ubuntu. com 上下载 Ubuntu 云系统镜像。

```
wget http://uec-images.ubuntu.com/precise/current/precise-server-
cloudimg-amd64-disk1.img
```

2. 然后上传这个文件：

```
glance image-create \
    --name='Ubuntu 12.04 x86_64 Server' \
    --disk-format=qcow2 \
    --container-format=bare \
    --public < precise-server-cloudimg-amd64-disk1.img
```

输出如图 2-2 所示。

```
+-------------------+------------------------------------------+
| Property          | Value                                    |
+-------------------+------------------------------------------+
| checksum          | 3c75fd737ef13da4979a05dc977bc4fb         |
| container_format  | bare                                     |
| created_at        | 2013-03-03T21:45:57                      |
| deleted           | False                                    |
| deleted_at        | None                                     |
| disk_format       | qcow2                                    |
| id                | 794dca52-5fcd-4216-ac8e-7655cdc88852     |
| is_public         | True                                     |
| min_disk          | 0                                        |
| min_ram           | 0                                        |
| name              | Ubuntu 12.04 x86_64 Server               |
| owner             | 8ec8e07a759e46d2abb316ee368d0e5b         |
| protected         | False                                    |
| size              | 251527168                                |
| status            | active                                   |
| updated_at        | 2013-03-03T21:45:59                      |
+-------------------+------------------------------------------+
```

图 2-2

列出镜像文件

要列出 OpenStack 镜像服务资源库中的镜像文件，可以直接使用 glance 客户端来询问镜像服务或使用 nova 客户端来管理 OpenStack 环境，这将在第 3 章中详细介绍。

要列出用户可用的镜像，需要使用下面的命令：

glance image-list

可得到类似图 2-3 所示的结果。

```
+------------------------------------------+----------------------------+-------------+------------------+-----------+--------+
| ID                                       | Name                       | Disk Format | Container Format | Size      | Status |
+------------------------------------------+----------------------------+-------------+------------------+-----------+--------+
| 49043d38-c5aa-489d-bb20-38e23ca042cc     | Ubuntu 12.04 x86_64 Kernel | aki         | aki              | 4954288   | active |
| 794dca52-5fcd-4216-ac8e-7655cdc88852     | Ubuntu 12.04 x86_64 Server | qcow2       | bare             | 251527168 | active |
| 9fb61fdc-5b8c-48c2-ba37-61554078bbe2     | Ubuntu 12.04 x86_64 Ramdisk| ari         | ari              | 91708     | active |
+------------------------------------------+----------------------------+-------------+------------------+-----------+--------+
```

图 2-3

查看镜像文件详细信息

需要查看资源库中更详细的镜像信息时，可以通过下面的命令获得：

glance image-show IMAGE_ID

例如：

glance image-show 794dca52-5fcd-4216-ac8e-7655cdc88852

它将返回一个关于相关镜像文件的详细列表。

删除镜像文件

在一个 OpenStack 云计算环境中，将会有很多情况下需要删除已经有的镜像文件。可以通过下面的方式删除私有或公共的镜像文件。

1. 使用如下命令删除镜像文件：

glance image-delete IMAGE_ID

例如：

glance image-delete 794dca52-5fcd-4216-ac8e-7655cdc88852

2. 当成功执行删除镜像后，OpenStack Image 不会产生输出。可以通过执行 glance image-list 验证结果。

将私有镜像文件设为公开镜像文件

当上传镜像文件时，这些镜像文件将只有上传者才拥有权限，即私有镜像文件。如果使用上述方式上传了镜像文件，但又希望它可以给其他用户使用时，在 OpenStack 环境下，可以使用下面的方法将其设为公开。

1. 首先，查看镜像文件确认哪一个需要公开。在本书的例子中，选择了最初上传的镜像。

glance image-show IMAGE_ID

例如：

glance image-show 2e696cf4-5167-4908-a769-356a51dc5728

这个命令会得到类似图 2-4 所示的反馈信息。

```
+------------------+--------------------------------------+
| Property         | Value                                |
+------------------+--------------------------------------+
| checksum         | 3c75fd737ef13da4979a05dc977bc4fb     |
| container_format | bare                                 |
| created_at       | 2013-03-09T14:51:32                  |
| deleted          | False                                |
| deleted_at       | None                                 |
| disk_format      | qcow2                                |
| id               | 2e696cf4-5167-4908-a769-356a51dc5728 |
| is_public        | False                                |
| min_disk         | 0                                    |
| min_ram          | 0                                    |
| name             | Ubuntu 12.04 x86_64 Server           |
| owner            | 8ec8e07a759e46d2abb316ee368d0e5b     |
| protected        | False                                |
| size             | 251527168                            |
| status           | active                               |
| updated_at       | 2013-03-09T14:51:34                  |
+------------------+--------------------------------------+
```

图 2-4

2. 这时，可以将其设为公开镜像，使本环境内所有用户均可以使用这个镜像文件。

**glance image-update 2e696cf4-5167-4908-a769-356a51dc5728 **
    --is-public True

3. 使用 glance 查看详细信息。

```
glance image-show 2e696cf4-5167-4908-a769-356a51dc5728
```

输出如图 2-5 所示。

```
+------------------+--------------------------------------+
| Property         | Value                                |
+------------------+--------------------------------------+
| checksum         | 3c75fd737ef13da4979a05dc977bc4fb     |
| container_format | bare                                 |
| created_at       | 2013-03-09T14:51:32                  |
| deleted          | False                                |
| deleted_at       | None                                 |
| disk_format      | qcow2                                |
| id               | 2e696cf4-5167-4908-a769-356a51dc5728 |
| is_public        | True                                 |
| min_disk         | 0                                    |
| min_ram          | 0                                    |
| name             | Ubuntu 12.04 x86_64 Server           |
| owner            | 8ec8e07a759e46d2abb316ee368d0e5b     |
| protected        | False                                |
| size             | 251527168                            |
| status           | active                               |
| updated_at       | 2013-03-09T14:54:27                  |
+------------------+--------------------------------------+
```

图 2-5

工作原理

从私有云环境来看，OpenStack 镜像服务是一个非常灵活的镜像管理系统，它允许用户进行多种镜像管理方式，从添加新镜像，删除镜像，到更新信息，比如文件的命名方式，它让用户很方便的能识别这些镜像文件，还能将私有镜像转换为共有镜像。当然，还可以将共有镜像转换为私有镜像。

要做到这一切，只需要使用 glance 工具。为了使用 glance 工具，需要查看源头的 OpenStack 身份认证服务的认证信息。

2.6 注册远程存储的镜像

OpenStack 镜像服务提供了一种机制，它可以远程添加一个存储在外部位置的镜像文件，利用这种机制，可以很方便地实现在私有云中使用第三方服务器中上传的镜像文件。

准备工作

要做这个实验，应确认已经登录到一台 Ubuntu 客户机，且已经具有 glance 工具。如果没有该工具，可通过以下方法安装：

```
sudo apt-get update
```

```
sudo apt-get -y install glance-client
```

为了保证环境变量设置正确，admin 用户和密码应和之前创建的保持一致。执行以下操作：

```
export OS_TENANT_NAME=cookbook
export OS_USERNAME=admin
export OS_PASSWORD=openstack
export OS_AUTH_URL=http://172.16.0.200:5000/v2.0/
export OS_NO_CACHE=1
```

操作步骤

参照下列步骤远程存储镜像文件到 OpenStack 镜像服务中。

1. 为了注册一个远程虚拟镜像，这里使用了 location 参数指定镜像文件的位置，而不是之前通过管道的方式指定镜像文件。

```
glance image-create \
    --name='Ubuntu 12.04 x86_64 Server' \
    --disk-format=qcow2 \
    --container-format=bare \
    --public \
    --location http://webserver/precise-server-cloudimg-amd64-disk1.img
```

2. 该命令返回类似于图 2-6 所示的信息，与本地存储不同的是 location 部分。

```
| Property         | Value                                |
| checksum         | None                                 |
| container_format | bare                                 |
| created_at       | 2013-03-11T20:48:59                  |
| deleted          | False                                |
| deleted_at       | None                                 |
| disk_format      | qcow2                                |
| id               | 8eb5f782-1877-4944-9eca-dfb68658505f |
| is_public        | True                                 |
| min_disk         | 0                                    |
| min_ram          | 0                                    |
| name             | Ubuntu 12.04 x86_64 Server           |
| owner            | 8ec8e07a759e46d2abb316ee368d0e5b     |
| protected        | False                                |
| size             | 251527168                            |
| status           | active                               |
| updated_at       | 2013-03-11T20:48:59                  |
```

图 2-6

工作原理

用 glance 工具将远程镜像文件添加到这个 OpenStack 镜像服务资源库中，非常便捷和快速。这个方法得以实现主要是 localtion 参数的灵活性，在设定参数中其他元数据的同时，用指定本地镜像文件一样的方法，通过设置 location 参数就可以指定远程镜像文件。

2.7　租户间共享镜像

当一个镜像是私有的时候，租户中只有上传者才能访问该镜像。OpenStack 镜像服务提供了一种机制，可以让私有镜像在不同的租户之间共享。这需要对镜像有灵活的控制权限，才能够限制不同租户的访问权限。

准备工作

要做这个实验，应确认已经登录到一台 Ubuntu 客户机，且已经具有 glance 工具。如果没有该工具，可通过以下方法安装：

```
sudo apt-get update
sudo apt-get -y install glance-client
```

为了保证环境变量设置正确，admin 用户和密码应和之前创建的保持一致。执行以下操作：

```
export OS_TENANT_NAME=cookbook
export OS_USERNAME=admin
export OS_PASSWORD=openstack
export OS_AUTH_URL=http://172.16.0.1:5000/v2.0/
export OS_NO_CACHE=1
```

操作步骤

要共享 cookbook 租户中的私有镜像文件给其他租户，执行下列步骤。

1. 首先需要获取租户 ID，才能够访问镜像。

```
keystone tenant-list
```

2. 然后列出镜像。

```
glance image-list
```

3. 如果有一个 demo 租户，其 ID 为 04a1f9957fcb49229ccbc5af55ac9f76，有一个镜像，其 ID 为 2e696cf4-5167-4908-a769-356a51dc572，可以通过以下命令共享该镜像。

```
glance member-create \
    2e696cf4-5167-4908-a769-356a51dc5728 \
    04a1f9957fcb49229ccbc5af55ac9f76
```

工作原理

glance 命令中的 member-create 选项可以用来与其他租户共享镜像，语法如下：

```
glance [--can-share] member-create image-id tenant-id
```

该命令有一个可选参数--can-share，可以指定哪个租户可以共享该镜像。

2.8　查看共享镜像

当使用 member-create 选项时，可以查看为某个租户共享了哪些镜像，允许在 OpenStack 环境中管理和控制哪些用户可以访问什么类型的镜像。

准备工作

要做这个实验，应确认已经登录到一台 Ubuntu 客户机，且已经具有 glance 工具。如果没有该工具，可通过以下方法安装：

```
sudo apt-get update
sudo apt-get -y install glance-client
```

为了保证环境变量设置正确，admin 用户和密码应和之前创建的保持一致。执行以下操作：

```
export OS_TENANT_NAME=cookbook
export OS_USERNAME=admin
export OS_PASSWORD=openstack
export OS_AUTH_URL=http://172.16.0.1:5000/v2.0/
export OS_NO_CACHE=1
```

操作步骤

要查看共享给某个租户镜像，执行以下步骤。

1. 首先需要获取租户 ID，才能够访问镜像。

```
keystone tenant-list
```

2. 然后列出已经与租户共享的镜像。

```
glance member-list --tenant-id \
    04a1f9957fcb49229ccbc5af55ac9f76
```

3. 输出如图 2-7 所示。

```
+--------------------------------------+--------------------------------------+-----------+
| Image ID                             | Member ID                            | Can Share |
+--------------------------------------+--------------------------------------+-----------+
| 2e696cf4-5167-4908-a769-356a51dc5728 | 04a1f9957fcb49229ccbc5af55ac9f76     |           |
+--------------------------------------+--------------------------------------+-----------+
```

图 2-7

工作原理

glance 命令中的 member-list 选项可以用来查看哪些镜像被共享给其他租户，语法如下：

```
glance member-list --image-id IMAGE_ID
glance member-list --tenant-id TENANT_ID
```

第 **3** 章

认识 OpenStack 计算服务

本章将讲述以下内容：

❑ 安装 OpenStack 计算服务控制节点

❑ 使用 VirtualBox 和 Vagrant 创建一个沙盒计算环境

❑ 安装 OpenStack 计算服务

❑ 配置数据库服务

❑ 配置 OpenStack 计算服务

❑ 使用 OpenStack 身份认证服务配置计算服务

❑ 停止和启动 Nova 服务

❑ 命令行工具安装

❑ 验证 OpenStack 计算服务

❑ 上传一个镜像

❑ 管理安全组

❑ 创建和管理密钥

❑ 启动第一个云实例

❑ 终止实例

3.1 介绍

　　OpenStack 计算服务，也就是 Nova 项目，也是开源云操作系统 OpenStack 的计算组件。该组件可以在任意数量运行有 OpenStack 计算服务（Compute Service）的主机上运行多个虚拟机实例，通过这种方式可以创建一个高可扩和高冗余的云环境。这个开源项目力求与硬件和虚拟机管理程序无关。OpenStack 计算服务已经为多个大规模提供计算的云平台提供动力支持，如 Rackspace 的 OpenCloud。

为了帮助读者快速上手，本章将提供相关知识，帮助用户在台式机上创建一个可运行的云环境。在本章最后，将使用 OpenStack 工具来创建和访问虚拟机。本章结束后，将完成图 3-1 所示的环境的搭建。

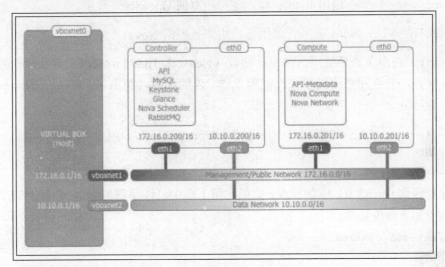

图 3-1

 在本章的多节点模式中，使用默认的 Nova Networking 的 VLAN Manager，而不是最新的 Neutron 里的软件定义网络（Software Defined Networking）。

3.2　安装 OpenStack 计算控制节点服务

在创建一个运行 OpenStack 计算服务来运行实例之前，需要将一些服务与 OpenStack 身份认证服务和镜像服务一起提前安装在控制节点上。把控制服务和计算服务分离开可以为 OpenStack 提供水平扩展的能力。

为此，首先安装一些服务到控制节点上，这个节点也就是之前第 1 章和第 2 章中安装过的 Keystone 和 Glance 服务的节点。具体服务如下。

❑　`nova-scheduler`：调度器选择某个服务器来响应运行实例的请求。

❑ nova-api：发出请求给 OpenStack 来操作一个服务，例如调用该服务来启动一个新的 Nova 实例。

❑ nova-conductor：Grizzly 引入的一个新的服务，代替了计算服务直接调用数据库操作。

❑ nova-objectstore：文件存储服务。

❑ nova-common：通用 Python 库，支持所有的 OpenStack 环境。

❑ nova-cert：Nova 证书管理服务，用来授权给 Nova。

❑ ntp：在多节点环境下网络时间协议（Network Time Protocol）是一个非常重要的服务，节点间必须同步（只能容忍 5 s 内的延时，超出 5 s 可能会遇到不能预测的后果）。

❑ dnsmasq：DNS 转发和 DHCP 服务，OpenStack 环境中的实例分配地址。

准备工作

确保登录到 OpenStack 控制节点。如果在第 1 章中已经使用 Vagrant 创建好该节点，可以直接使用如下命令访问：

```
vagrant ssh controller
```

操作步骤

在 Ubuntu 12.04 下安装 OpenStack 服务只需使用 apt-get 工具，因为 OpenStack 包已经可以从 Ubuntu Cloud Archive 资源库中获取。

1. 使用以下命令安装所需软件包：

```
sudo apt-get update
sudo apt-get -y install rabbitmq-server nova-api \
    nova-conductor nova-scheduler nova-objectstore dnsmasq
```

2. 安装完成之后，需要安装配置 NTP：

```
sudo apt-get -y install ntp
```

3. NTP 对于多节点环境非常重要。在 OpenStack 环境中必须依赖它来同步服务器之间的时间。为此，需要编辑/etc/ntp.conf 文件内容。

```
# Replace ntp.ubuntu.com with an NTP server on
# your network
server ntp.ubuntu.com
server 127.127.1.0
fudge 127.127.1.0 stratum 10
```

4. NTP 配置完成后，需要重启执行更新：

```
sudo service ntp restart
```

工作原理

从 Ubuntu Cloud Archive 软件包资源库中安装 OpenStack 计算控制节点非常轻松，并且可以及时获取最新的 OpenStack 功能。同时也添加了一份稳定的保证，确保不会偏离或远离主干分支的升级路线。

3.3　用 VirtualBox 和 Vagrant 创建沙盒计算服务器

用 VirtualBox 和 Vagrant 来创建一个沙盒服务器来探索和尝试 OpenStack 计算服务非常方便。VirtualBox 能够玩转虚拟机和网络，而不影响其他工作环境，VirtualBox 的 Windows、Mac OSX 和 Linux 版本可以免费从 http://www.virtualbox.org 下载。Vagrant 提供自动化管理功能，意味着可以避免将过多精力浪费在创建测试环境上，而用更多的时间来专注使用 OpenStack。Vagrant 使用 Ubuntu 包管理工具安装，对于其他系统可以访问 http://www.vagrantup.com/。这个测试环境还可以用于其他章节部分。

这里假设用来搭建测试环境的计算机具有足够强的处理能力，支持硬件虚拟化（现代 AMD 和 Intel iX 处理器）并且至少有 8 GB 内存。注意，为了创建一个虚拟环境来玩转虚拟机，内存越大越好。

准备工作

首先，确保已经安装好 VitualBox 和 Vagrant，并且已经按照第 1 章描述的那样设置好网络。

操作步骤

为了使用 VirtualBox 创建沙盒环境，使用 Vagrant 来定义第二个虚拟机，以便启动运行云实例所需的 OpenStack 计算服务。该虚拟机配置至少需要 3 GB 内存、2 个 CPU、20 GB 硬盘空间和 3 个网络接口。第一个是 NAT 接口，允许虚拟机连接到 VirtualBox 的外部网络，下载软件包；第二个接口是 OpenStack 计算服务的公共接口；第三个接口将用作私有网络接口，OpenStack 计算服务用它与不同的 OpenStack 计算服务之间进行内部通信。

执行下列步骤，使用 Vagrant 创建用于运行 OpenStack 计算服务的虚拟机。

1. 执行第 1 章中涉及的使用 Virtualbox 创建沙盒环境的步骤。

2. 编辑 Vagrant 文件，在计算服务节点的配置上添加以下内容：

```ruby
# -*- mode: ruby -*-
# vi: set ft=ruby :

nodes = {
    'controller' => [1, 200],
    'compute' => [1, 201],
}

Vagrant.configure("2") do |config|
    config.vm.box = "precise64"
    config.vm.box_url = "http://files.vagrantup.com/precise64.box"

    nodes.each do |prefix, (count, ip_start)|
        count.times do |i|
            hostname = "%s" % [prefix, (i+1)]

            config.vm.define "#{hostname}" do |box|
                box.vm.hostname = "#{hostname}.book"
                box.vm.network :private_network, ip:
                    "172.16.0.#{ip_start+i}", :netmask =>
                    "255.255.0.0"
                box.vm.network :private_network, ip:
                    "10.10.0.#{ip_start+i}", :netmask =>
                    "255.255.0.0"

                # If using VirtualBox
                box.vm.provider :virtualbox do |vbox|
                    vbox.customize ["modifyvm", :id, "--memory", 1024]
                    if prefix == "compute"
                        vbox.customize ["modifyvm", :id, "--memory", 3172]
                        vbox.customize ["modifyvm", :id, "--cpus", 2]
                    end
                end
            end
        end
    end
end
```

3. 现在可以启动计算节点了。只需简单执行以下命令：

`vagrant up compute`

恭喜！你已经在 Ubuntu12.04 上成功创建了 VirtualBox 虚拟机，可以用它来运行 OpenStack 实例了。

工作原理

这里所做的就是使用 Vagrant 创建一个 VirtualBox 虚拟机，它是 OpenStack 计算服务的基础。Vagrant 通过 Vagrant 文件来配置虚拟机，同时，虚拟机也会保存和运行在该文件所在目录。该文件基于 Ruby 语法，但每一行都很简单明了。它设定了以下内容。

❑ 主机名为 compute。

❑ 虚拟机基于 Precise64，Ubuntu 12.04 LTS 64 位系统的别称。

❑ 使用 3 GB 内存和 2 个 CPU。

然后，通过下面的命令使用 Vagrant 启动这个 VirtualBox 虚拟机：

```
vagrant up compute
```

更多参考

还有一些虚拟化产品也可以用于尝试 OpenStack，如 VMware Server、VMware Player 和 VMware Fusion。

延伸阅读

❑ 参见第 11 章。

3.4　安装 OpenStack 计算软件包

有了一个可以运行 OpenStack 计算服务的虚拟机后，便可以通过安装相应的软件包运行 OpenStack 计算服务，进而生成虚拟机实例。

为此，创建一个虚拟机来运行 OpenStack Nova 所需的相应的服务。具体服务如下。

❑ nova-compute：运行虚拟机实例的核心服务。

❑ nova-network：网络配置服务，控制 DHCP、DNS 和路由。同时还管理并运行 dnsmasq 服务。

❑ nova-api-metadata：Nova API 元数据前端。用来在运行多主机 Nova 网络中为计算服务提供元数据下载功能。

❑ nova-compute-qemu：在计算服务节点上提供 Qemu 服务。只有在不支持硬件虚拟化的环境下才会使用（在 VirtualBox 下运行 OpenStack 就会用到）。

❑ ntp：在多节点环境中 NTP 网络时间协议是必不可少的，使得各节点具有相同的时间（误差在 5 秒之内，否则将会得到不可预知的结果）。

准备工作

确保已登录到 OpenStack 计算节点，可以使用下面的命令做到这一点：

```
vagrant ssh compute
```

操作步骤

由于 OpenStack 包可以从 Ubuntu Cloud Archive 资源库中获取，因此在 Ubuntu12.04 下安装 OpenStack。可以使用大家熟悉的 apt-get 工具。

 请参考 1.3 节的内容，设置该服务器上的 Ubuntu Cloud Archive 资源库。

1. 用下面的命令安装需要的软件包：

```
sudo apt-get update
```

```
sudo apt-get -y install nova-compute nova-network \
    nova-api-metadata nova-compute-qemu
```

2. 安装完成后，需要安装和配置 NTP。

```
sudo apt-get -y install ntp
```

3. NTP 在任何多节点环境中都是非常重要的，而且在 OpenStack 环境中需要用它来与服务器同步时间。尽管这里只配置了一个节点，但它不仅可以在排除故障时准确计时，还让环境在需要时更便于扩展。为此，按以下内容编辑/etc/ntp.conf 文件：

```
# Replace ntp.ubuntu.com with an NTP server on your network
server ntp.ubuntu.com
server 127.127.1.0
fudge 127.127.1.0 stratum 10
```

4. 正确配置好 NTP 后，重新启动服务使变更生效。

```
sudo service ntp restart
```

工作原理

从 Ubuntu Cloud Archive 软件包资源库中安装 OpenStack 计算服务非常简单易懂，通过它可以方便地在 Ubuntu 服务器上搭建最新的 OpenStack。使用该方法还能为 OpenStack 的稳定运行和升级带来更高的可靠性，因为始终可以和主（main）归档文件保持一致。

更多参考

安装 OpenStack 还有多种方式，从源代码构建到从包安装都可以，但以上方法是最简单和最常用的。另外，还有其他 OpenStack 发布版本可以获取。使用 Ubuntu Cloud Archive 还可以从 Ubuntu12.04 LTS 平台获取不同的 OpenStack 版本。

使用其他版本

当正参与 OpenStack 开发或调试时，或者所需要的功能不在当前发布版本时，不选择稳定版本也是可以的。要想使用其他发布版本，需要添加不同的 **Personal Package Archives**（**PPA**）到系统中。访问 http://wiki.openstack.org/ppas，查看 OpenStack PPA，要使用它们，需要先安装一个工具就能够轻松地将 PPA 添加到系统中。

```
sudo apt-get update
sudo apt-get -y install python-software-properties
```

为了使用特定版本的 PPA，如 Havana Trunk Testing，可以使用以下命令：

```
sudo add-apt-repository ppa:openstack-ubuntu-testing/havana-trunk-testing
sudo add-apt-repository ppa:openstack-ubuntu-testing/havana-trunk-testing
```

3.5　配置数据库服务

OpenStack 支持多种数据库，如内置的 SQLite 数据库（默认），以及 MySql 数据库、Postgres 数据库。SQLite 只用于测试，不支持或不用于生产环境，选择 MySQL 或 Postgres 取决于数据库管理员的经验。本书后续章节推荐使用 MySQL。

设置 MySQL 很简单，配置好 MySQL 后本书将带领读者逐步扩展这个实验环境。

准备工作

由于要将 OpenStack 控制服务配置为使用 MySQL 作为数据库后端，所以需要先于 OpenStack 计算服务的安装。

　设置 MySQL 的指令参见 1.4 节。

如果还没有登录到 OpenStack 控制节点，则使用 Vagrant 命令 ssh 登录到该服务器：

```
vagrant ssh controller
```

操作步骤

要使用 OpenStack 计算服务（Nova），首先需要保证有一个名为 nova 的后台数据库。为此，需要执行以下命令在控制节点上创建。

1. 运行 MySQL，配置一个名为 nova 的数据库用户，OpenStack 计算服务拥有使用权：

```
MYSQL_ROOT_PASS=openstack

mysql -uroot -p$MYSQL_ROOT_PASS -e 'CREATE DATABASE nova;'

MYSQL_NOVA_PASS=openstack

mysql -uroot -p${MYSQL_ROOT_PASSWORD} \
    -e "GRANT ALL PRIVILEGES ON nova.* TO 'nova'@'%' IDENTIFIED BY
'${MYSQL_NOVA_PASSWORD}';"
mysql -uroot -p${MYSQL_ROOT_PASSWORD} \
    -e "GRANT ALL PRIVILEGES ON nova.* TO 'nova'@'localhost'
IDENTIFIED BY '${MYSQL_NLOVA_PASSWORD}';"
```

2. 现在，需在/etc/nova/nova.conf 文件中简单地引用这个 MySQL 服务器。添加 sql_connection 标志就可以使用 MySQL 了：

```
sql_connection=mysql://nova:openstack@172.16.0.200/nova
```

工作原理

MySQL 对于 OpenStack 来说是个基础的服务，很多服务都将依赖于它。正确配置 MySQL 才能确保服务器顺利运行。添加一个名为 nova 的数据库，它最终会被 OpenStack 计算服务的相关表和数据填充。同时授予 nova 数据库所需的用户权限以便能够访问它。

最后，在 OpenStack 计算服务安装过程指定配置详情以使用 nova 数据库。

延伸阅读

❑ 参见 11.2 节。

3.6 配置 OpenStack 计算服务

/etc/nova/nova.conf 文件是一个重要的配置文件，本书将会多次引用。该文件描述了每个 OpenStack 计算服务如何运行的，以及需要链接到哪里才能与终端用户通信。当环境不断扩展时，该文件将在节点间被复制。

同一个 /etc/nova/nova.conf 文件可以被环境中所有的
OpenStack 计算服务节点使用。一旦创建好，就可以复制给环境中
的所有其他节点使用。

准备工作

首先需要在控制主机和计算主机上配置/etc/nova/nova.conf 文件。

要登录到使用 Vagran 创建的控制主机和计算主机，可以在不同主机的 shell 中执行以下命令：

```
vagrant ssh controller
vagrant ssh compute
```

操作步骤

为了运行沙盒环境，需要配置 OpenStack 计算服务使之能够被 host 主机访问。还要配置 API 服务监听的外网接口，这样客户端工具才能与这些服务通信。本节将逐行介绍沙盒环境使用的整个 nova.conf 文件。这里将把环境配置为仍在广泛使用的 Nova Networking 服务模式（而不是最新的 Neutron）。

1. 首先为/etc/nova/nova.conf 文件添加以下内容：

```
DEFAULT]
dhcpbridge_flagfile=/etc/nova/nova.conf
dhcpbridge=/usr/bin/nova-dhcpbridge
logdir=/var/log/nova
state_path=/var/lib/nova
lock_path=/var/lock/nova
root_helper=sudo nova-rootwrap /etc/nova/rootwrap.conf
verbose=True

api_paste_config=/etc/nova/api-paste.ini
enabled_apis=ec2,osapi_compute,metadata

# Libvirt and Virtualization
libvirt_use_virtio_for_bridges=True
connection_type=libvirt
libvirt_type=qemu

# Database
sql_connection=mysql://nova:openstack@172.16.0.200/nova

# Messaging
rabbit_host=172.16.0.200

# EC2 API Flags
```

```
ec2_host=172.16.0.200
ec2_dmz_host=172.16.0.200
ec2_private_dns_show_ip=True

# Networking
public_interface=eth1
force_dhcp_release=True
auto_assign_floating_ip=True

# Images
image_service=nova.image.glance.GlanceImageService
glance_api_servers=172.16.0.200:9292

# Scheduler
scheduler_default_filters=AllHostsFilter

# Object Storage
iscsi_helper=tgtadm

# Auth
auth_strategy=keystone
```

2. 重复第 1 步，在计算节点上创建 /etc/nova/nova.conf 文件。

3. 通过命令确保数据库拥有正确的表结构，并且填入正确的初始数据信息。

sudo nova-manage db sync

  该命令执行成功是没有输出的。

4. 继续创建 OpenStack 计算服务实例内部的私有网络。

```
sudo nova-manage network create privateNet \
    --fixed_range_v4=10.0.10.0/24 \
    --network_size=64 \
    --bridge_interface=eth2
```

5. 由于这里设定了一个标记使得实例启动时可以自动分配到一个浮动 IP 地址，因此需要设置一个公有网络地址区间供给 OpenStack 计算实例。

```
sudo nova-manage floating create --ip_range=172.16.10.0/24
```

工作原理

/etc/nova/nova.conf 文件在 OpenStack 环境中非常重要，所有的计算节点和控制节点都会使用同样的文件。它只需创建一次，然后在所有的节点上都能使用，下面是 /etc/nova/nova.conf 配置文件里的标志。

❑ `dhcpbridge_flatfile=`：指定了 `dhcpbridge` 服务的配置文件位置。

❑ `dhcpbridge=`：指定了 `dhcpbridge` 服务的位置。

❑ `force_dhcp_release`：当实例终止时释放 DHCP 分配的 IP 地址。

❑ `logdir=/var/log/nova`：记录所有服务的日志，该区域只能由 root 用户写。

❑ `state_path=/var/lib/nova`：主机上 Nova 用于维护运行着的服务状态的位置。

❑ `lock_path=/var/lock/nova`：Nova 写锁文件位置。

❑ `root_helper=sudo nova-rootwrap`：指定一个帮助脚本，允许 OpenStack 计算服务获取 root 特权。

❑ `verbose`：设置是否需要更多下信息显示出来。

❑ `api_paste_config`：解析文件的位置，包括 `nova-api` 服务的 `paste.deploy` 配置。

❑ `connection_type=libvirt`：指定用来使用 libvirt 的链接。

❑ `libvirt_use_virtio_for_bridges`：桥接使用的 virtio 驱动。

❑ `libvirt_type=qemu`：设置虚拟化模式。**Qemu** 是软件虚拟化，底层需要运行 **VirtualBox**。其他选项包括 `kvm` 和 `xen`。

❑ `sql_connection=mysql://nova:openstack@172.16.0.200/nova`：前面章节创建的 SQL 链接。它表示"用户:密码@主机地址/数据库"名称（本例中是 `nova`）。

❑ `rabbit_host=172.16.0.200`：通知 OpenStack 服务到哪里去查找 rabbitmq 消息队列服务。

❑ `ec2_host=172.16.0.200`：表示 `nova-api` 服务的外部 IP 地址。

❑ `ec2_dmz_host=172.16.0.200`：表示 `nova-api` 服务的内部 IP 地址。

❑ `ec2_private_dns_show_ip`：如果设为 `true`，返回 IP 地址，否则返回私有主机名。

❑ `public_interface=eth1`：运行 nova 的主机接口，客户端将使用它来访问你的实例。

❑ `force_dhcp_release`：实例终止时释放 DHCP 分配的私有 IP 地址。

❑ `auto_assign_floating_ip=true`：在该标志被设置为 `true` 时，它自动为我们创

建的实例分配一个浮动 IP 地址。浮动的地址区间必须在启动该实例之前定义。这样就可以从宿主计算机（它代表网络的其余部分）访问该实例了。

- ❏ image_service=nova.image.glance.GlanceImageService：指定安装时使用 Glance 来管理镜像。

- ❏ glance_api_servers=172.16.0.200:9292：指定用来运行 Glance 镜像服务的服务器。

- ❏ scheduler_default_filters=AllHostsFilter：指定调度器能发送请求到所有的计算节点。

- ❏ iscsi_helper=tgtadm：指定了使用 tgtadm 守护进程作为 iSCSI 用户工具。

网络设置完成之后，内部虚拟机可以在地址区间 10.0.0.0/24 中获取网络 IP。这里指定只使用该地址区间中的 64 个地址。请留意需要多少 IP 地址。虽然创建大段的网络地址很容易，但是数据库也需要很长时间来创建，因为每个地址在 nova.fixed_ips 表里都占用一行，这些信息最终都需要记录和更新。先创建一个小段的网络地址用于学习 OpenStack 计算，将来若要扩展也会很容易。

更多参考

还有很多选项用于配置 OpenStack 计算服务。接下来的章节将会继续介绍这些选项，毕竟 nova.conf 文件是大部分 OpenStack 计算服务的基础。

关于配置项的在线信息

可以在 OpenStack 网站（http://wiki.openstack.org/ NovaConfigOptions）上查看每个配置项的用途描述。

3.7 使用 OpenStack 身份认证服务配置计算服务

安装和配置好 OpenStack 身份认证服务（Keystone）之后，接下来，需要告知 OpenStack 计算服务（Nova），如何用身份认证服务来认证用户和服务了。

 以下步骤将会在环境中所有的控制节点和计算节点上重复操作。

准备工作

在开始之前，确认已经登录到 OpenStack 计算节点和控制节点上。如果是使用 Vagrant 创建的 OpenStack 节点，可以在各个 shell 中执行以下命令：

```
vagrant ssh controller
vagrant ssh compute
```

操作步骤

执行如下几个简单步骤即可在更换 OpenStack 计算沙盒环境中的认证机制。

1. 首先需要确保在 OpenStack 计算节点上已安装好必需的 python-keystone 软件包。如果该计算节点是一个单机（standalone）的计算节点，则执行如下命令：

```
sudo apt-get update
sudo apt-get -y install python-keystone
```

2. 为了将 OpenStack 计算服务配置为可以使用 OpenStack 身份认证服务的模式，第一步要在/etc/ nova/api-paste.ini 文件中的[filter:authtoken]部分中添加第 1 章中我们为 Nova 服务用户创建的详细信息，如下：

```
[filter:authtoken]
paste.filter_factory = keystone.middleware.auth_token:filter_factory
service_protocol = http
service_host = 172.16.0.200
service_port = 5000
auth_host = 172.16.0.200
auth_port = 35357
auth_protocol = http
auth_uri = http://172.16.0.200:5000/
admin_tenant_name = service
admin_user = nova
admin_password = nova
```

3. api-paste.ini 文件配置好之后，编辑/etc/nova/nova.conf，在[default]部分里添加如下几行来告诉 nova 使用 paste 文件并把 keystone 设置为其认证机制。

```
api-paste_config=/etc/nova/api-paste.ini
keystone_ec2_url=http://172.16.0.200:5000/v2.0/ec2tokens
auth_strategy=keystone
```

4. OpenStack 身份认证服务运行起来后，重启 OpenStack 计算服务来使认证机制的修改生效，命令如下：

```
ls /etc/init/nova-* | cut -d '/' -f4 | cut -d '.' -f1 | while read
S; do sudo stop $S; sudo start $S; done
```

工作原理

为了将所有 OpenStack 计算服务配置为可以使用 OpenStack 身份认证服务，先要编辑

/etc/nova/api-paste.ini 文件，在[filter:authtoken]部分里添加上节中创建的
nova 用户的详细信息。

然后配置/etc/nova/nova.conf 文件，以指明 paste 文件的位置，同时将 auth_strategy
选项设置为 keystone。

3.8 停止和启动 Nova 服务

配置好 OpenStack 计算服务的安装环境后，便可以启动 OpenStack 虚拟机（控制节点
和计算节点）来运行服务了，然后准备好启动私有云实例。

准备工作

如果还没有做好准备，则以 ssh 登录到控制和计算节点虚拟机。如果是使用 Vagarnt 创
建的这些，在各个 shell 中分别使用以下命令：

```
vagrant ssh controller
vagrant ssh compute
```

这是确保能够访问虚拟机，因为需要从个人电脑连接过去启动实例。

沙盒中运行的 OpenStack 服务具体如下。

在控制节点上：

❑ nova-api；

❑ nova-objectstore；

❑ nova-scheduler；

❑ nova-conductor。

在计算节点上：

❑ nova-compute；

❑ nova-network；

❑ libvirt-bin。

操作步骤

执行以下步骤停止正在运行的 OpenStack 计算服务。

1. 在安装过程中，OpenStack 计算服务默认启动。因此，第一步需要通过以下命令停止服务。

在控制节点上上执行：

```
sudo stop nova-api
sudo stop nova-scheduler
sudo stop nova-objectstore
sudo stop nova-conductor
```

在计算节点上执行：

```
sudo stop nova-compute
sudo stop nova-network
```

 可以使用以下脚本停止所有 OpenStack 计算服务：
```
ls /etc/init/nova-* | cut -d '/' -f4 | cut -d '.' -f1 |
while read S; do sudo stop $S; done
```

2. 还有 `libvirt` 服务同样需要停止：

```
sudo stop libvirt-bin
```

执行以下步骤，启动 OpenStack 计算服务。

1. 启动 OpenStack 计算服务的过程和停止它们的过程类似。

在控制节点上执行：

```
sudo start nova-api
sudo start nova-scheduler
sudo start nova-objectstore
sudo start nova-conductor
```

在计算节点上执行：

```
sudo start nova-compute
sudo start nova-network
```

 使用以下命令可以一次性启动所有 OpenStack 的计算服务：
```
ls /etc/init/nova-* | cut -d '/' -f4 | cut -d '.' -f1 |
while read S; do sudo start $S; done
```

2. 安装的 `libvirt` 服务现在也是停止的。

```
sudo start libvirt-bin
```

在 Unbuntu 下使用 upstart 脚本来停止和启动 OpenStack 计算服务。使用这种方式，可以用 start 和 stop 命令并加上服务的名字来简单地控制服务的运行。

3.9　在 Ubuntu 上安装命令行工具

可以使用 Nova 客户端从命令行管理 OpenStack 计算。Nova 客户端工具使用 OpenStack Compute API 和 OS-API。该工具可以最大化的控制你的 OpenStack 环境。与理解云环境的灵活性和强大相比，理解这些工具是非常重要的，至少可以有助于创建强大的脚本来管理云。

准备工作

这些工具安装在正在运行 Ubuntu 的主机上，或安装在运行 Ubuntu 的机器上。假设运行的是 Ubuntu 的某个版本，这是获取 Nova 客户端软件包来管理云环境的最容易的方法。

操作步骤

Nova 客户端软件包可以很方便地从 Ubuntu 资源库获取。如果主机运行的不是 Ubuntu，在 OpenStack 计算虚拟机中创建一个 Ubuntu 虚拟机是使用这些工具的最简单的方式。

使用 Ubuntu 机器上的普通用户身份，输入下列命令：

```
sudo apt-get update
sudo apt-get -y install python-novaclient
```

工作原理

在 Ubuntu 上使用 Nova 客户端是管理 OpenStack 云环境的标准方式。安装非常简单，就像是标准 Ubuntu 打包的一部分。

3.10　检查 OpenStack 计算服务

至此，已经安装好 OpenStack 计算，接下来需要验证一下它是否像期望的那样做了配置。OpenStack 计算提供了许多工具来检测各部分的配置。同时，这里还会用到常用的系统命令来验证那些支撑 OpenStack 计算的底层服务是否也按预期运行。

准备工作

登录到 OpenStack 控制节点。如果这个节点是使用 Vagrant 创建的，可以使用如下命令访问：

```
vagrant ssh controller
```

操作步骤

要验证 OpenStack 计算服务正在运行，可以调用 nova-manage 工具查询关于环境的信息，如下所示。

❑　要检查 OpenStack 计算主机运行正常：

```
sudo nova-manage service list
```

会看到图 3-2 所示的输出，其中的:-)图标是一切正常的指示。

```
Binary          Host             Zone        Status    State Updated_At
nova-scheduler  controller.book  internal    enabled   :-)   2013-09-27 16:50:02
nova-conductor  controller.book  internal    enabled   :-)   2013-09-27 16:50:02
nova-compute    compute.book     nova        enabled   :-)   2013-09-27 16:50:08
```

图 3-2

❑　Nova 是否有问题：如果在应该出现:-)的地方看到了 **XXX**，就说明遇到了问题，如图 3-3 所示。

```
Binary          Host             Zone        Status    State Updated_At
nova-scheduler  controller.book  internal    enabled   :-)   2013-09-27 16:50:02
nova-conductor  controller.book  internal    enabled   :-)   2013-09-27 16:50:02
nova-compute    compute.book     nova        enabled   XXX   2013-09-26 12:43:07
```

图 3-3

本书末尾会阐述如何进行故障排除。如果看到 **XXX**，一般可以在/var/log/nova/目录下的日志里找到答案。

 若是看到某个服务的 **XXX** 和:-)图标交错出现，应先确保系统时钟同步。

❑　检查 Glance：没有专门检查 Glance 的工具，所以需要使用一些系统命令。

```
ps -ef | grep glance
netstat -ant | grep 9292.*LISTEN
```

这些命令会返回 Glance 的进程信息，确保它正在运行并且默认端口是 9292，这个端口已经在服务器上打开且处于 LISTEN 模式。

❑　其他需要检查的服务还有以下几个。

❑ rabbitmq：

sudo rabbitmqctl status

若一切运行正常，会看到 rabbitmqctl 有类似图 3-4 所示的输出。

```
Status of node rabbit@controller ...
[{pid,20299},
 {running_applications,[{rabbit,"RabbitMQ","2.7.1"},
                        {mnesia,"MNESIA  CXC 138 12","4.5"},
                        {os_mon,"CPO CXC 138 46","2.2.7"},
                        {sasl,"SASL  CXC 138 11","2.1.10"},
                        {stdlib,"ERTS  CXC 138 10","1.17.5"},
                        {kernel,"ERTS  CXC 138 10","2.14.5"}]},
 {os,{unix,linux}},
 {erlang_version,"Erlang R14B04 [erts-5.8.5] [source] [64-bit] [rq:1] [async-threads:30] [kernel-poll:true]\n"},
 {memory,[{total,29074440},
          {processes,12843432},
          {processes_used,12832224},
          {system,16231008},
          {atom,1124433},
          {atom_used,1120222},
          {binary,183856},
          {code,11134393},
          {ets,2461776}]},
 {vm_memory_high_watermark,0.3999999997144103},
 {vm_memory_limit,840366489}]
...done.
```

图 3-4

❑ ntp（Network Time Protocol，保持节点同步）：

ntpq -p

该命令会输出与 NTP 服务器通信相关的信息，如图 3-5 所示。

```
     remote          refid      st t when poll reach   delay   offset  jitter
==============================================================================
-linode.appus.or 127.67.113.92    2 u  446 1024  377  202.222   -9.417 103.918
+clock.team-cymr 172.16.32.4      2 u  817 1024  377  135.143    1.728  43.602
*va-time.techpro 129.6.15.29      2 u  925 1024  377  123.930    2.644  34.514
+repos.lax-noc.c 128.9.176.30     2 u  426 1024  377  176.102    4.646   3.554
```

图 3-5

❑ MySQL 数据库服务器：

MYSQL_ROOT_PASS=openstack
mysqladmin -uroot -p$MYSQL_ROOT_PASS status

如果 MySQL 正在运行，则会返回一些关于 MySQL 的统计数据，如图 3-6 所示。

```
Uptime: 4743  Threads: 36  Questions: 9386  Slow queries: 0  Opens: 255
Flush tables: 1  Open tables: 62  Queries per second avg: 1.978
```

图 3-6

工作原理

使用一些基本的命令与 OpenStack 计算服务和其他服务通信，可以查看它们是否都正常运行。这些基础的故障排除可以保证系统正在如预期的那样运行。

3.11　使用 OpenStack 计算服务

OpenStack 身份认证服务是所有 OpenStack 服务的基石。由于 OpenStack 镜像服务也同样配置为使用 OpenStack 认证服务，现在的 OpenStack 计算环境已经是可用的了。

准备工作

首先，登录到 Ubuntu 客户端并确保 Nova 客户端是可用的。如果不可用，则可以像下面这样安装：

```
sudo apt-get update
sudo apt-get -y python-novaclient
```

操作步骤

要使用 OpenStack 认证服务作为 OpenStack 环境中的认证机制，需要设置相应的环境变量。下面演示如何使用 demo 用户进行设置。

1. Nova 客户端安装完成后，还需要配置相应的环境变量才能使用它。具体步骤如下：

```
export OS_TENANT_NAME=cookbook
export OS_USERNAME=demo
export OS_PASSWORD=openstack
export OS_AUTH_URL=http://172.16.0.200:5000/v2.0/
export OS_NO_CACHE=1
```

将这几行命令加入到 home 目录的 novara 文件。这样每次只需执行如下命令即可简单地导入这些认证信息：

```
 . novarc
```

继续之前，应撤消 SERVICE_TOKEN 和 SERVICE_ENDPOINT 变量的设置。否则，这里设置的变量会被覆盖。

2. 要访问创建的 Linux 实例，必须先创建一个**密钥对**（keypair）来得到访问权限。密钥对是一对 SSH 私钥和公钥，有了它才能访问一个虚拟机。只要保证密钥的安全，公钥可以分发给任何人或任何机器而无须担心安全问题。因为只有私钥匹配才能获得虚拟机的授权。云主机实例就是依靠密钥对来控制访问的。接下来，使用 Nova 客户端创建一个密钥对。

```
nova keypair-add demo > demo.pem
chmod 0600 *.pem
```

3. 使用如下 nova 指令，测试一下密钥对是否创建成功：

```
nova list
nova credentials
```

工作原理

Nova 客户端需要使用 OpenStack 认证服务来进行认证和授权，这样它才能创建虚拟机实例。所以，这里手动为 OpenStack 认证服务创建了一个环境资源文件来保存所需的环境变量。

运行期环境会将 username、password 和 tenant 这些环境变量传递给 OpenStack 认证服务进行验证，并在后台返回一个相应的令牌确认用户身份。这样一来，租户（或项目）的运行手册中就可以直接启动虚拟机实例了。

3.12 管理安全组

安全组是虚拟机实例的防火墙，在云环境中必须进行设置。该防火墙存在于运行 OpenStack 计算的主机上，而非虚拟机自身内部的 iptable 规则。它通过开放或禁止对指定服务端口的服务权限来保护主机，同时保护虚拟机实例不会被运行在同一主机上的其他实例攻击。如果当前环境是 Flat 网络模式而非 VLAN 或隧道（tunnel）模式，安全组几乎是唯一可以用来隔离不同租户之间实例的办法。

准备工作

首先确保登录到一台可以运行 Nova 客户端工具的客户机上。这可以用如下命令安装：

```
sudo apt-get update
sudo apt-get -y install python-novaclient
```

同时确认已经设置好下列认证信息：

```
export OS_TENANT_NAME=cookbook
export OS_USERNAME=admin
export OS_PASSWORD=openstack
export OS_AUTH_URL=http://172.16.0.200:5000/v2.0/
export OS_NO_CACHE=1
```

操作步骤

以下部分将介绍如何在 OpenStack 环境中创建和修改安全组 T。

创建安全组

如果读者还有印象，之前书中曾创建了一个默认的安全组，它开放了端口 22 的 TCP

连接并允许任意 IP 访问以便 ping 虚拟机实例。

要开放另一个端口，只需将之前的命令再运行一次并将端口号赋予某个安全组。

例如，使用 Nova 客户端运行以下命令，将 80 端口和 443 端口的 TCP 连接权限开放给名为 webserver 的安全组。

```
nova secgroup-create webserver "Web Server Access"
nova secgroup-add-rule webserver tcp 80 80 0.0.0.0/0
nova secgroup-add-rule webserver tcp 443 443 0.0.0.0/0
```

通过将权限赋给一个特定的安全组，可以在创建实例通过 --security_groups 选项绑定该安全组从而开放实例的 80 端口，如下：

```
nova boot myInstance \
    --image 0e2f43a8-e614-48ff-92bd-be0c68da19f4
    --flavor 2 \
    --key_name demo \
    --security_groups default,webserver
```

从安全组中删除规则

运行 nova secgroup-delete-rule 可以从安全组中删除规则。例如，使用 Nova 客户端运行以下命令，将 HTTPS 规则从 webserver 安全组中删除：

```
nova secgroup-delete-rule webserver tcp 443 443 0.0.0.0/0
```

删除安全组

运行以下命令，删除 webserver 安全组。

```
nova secgroup-delete webserver
```

工作原理

创建一个安全组包含以下两个步骤。

1. 首先使用 nova secgroup-create 命令创建一个安全组。

2. 创建完以后，使用 nova secgroup-add-rule 命令在安全组里面添加规则。通过该命令，可以指定虚拟机实例对哪些网络开放哪些端口。

使用 Nova 客户端定义安全和规则

nova secgroup-create 命令的基本语法如下。

```
nova secgroup-create group_name "description"
```

nova secgroup-add-rule 命令的基本语法如下。

```
nova secgroup-add-rule group_name protocol port_from port_to source
```

要从安全组中删除一条规则，使用 `nova secgroup-delete-rule` 命令，语法与 `nova secgroup-add-rule` 命令类似。删除安全组使用 `nova secgroup-delete` 命令，语法与 `nova secgroup-create` 命令类似。

3.13　创建和管理密钥对

密钥对指的是 SSH 密钥对，包含公钥和私钥两部分。用 SSH 登录 Linux 主机时需要密钥对。公钥部分会在虚拟机实例启动时通过 `cloud-init` 服务注入实例。

`cloud-init` 可以做很多工作，管理公钥的注入是其中的一种。只有公钥和私钥匹配，才能被运行访问虚拟机实例。

准备工作

首先确保登录到一台可以运行 Nova 客户端工具的 Ubuntu 客户机上。该工具可以用如下命令安装：

```
sudo apt-get update
sudo apt-get -y install python-novaclient
```

同时确认已经设置好下列认证信息：

```
export OS_TENANT_NAME=cookbook
export OS_USERNAME=admin
export OS_PASSWORD=openstack
export OS_AUTH_URL=http://172.16.0.200:5000/v2.0/
export OS_NO_CACHE=1
```

操作步骤

使用 `nova keypair-add` 创建一个密钥对。同时为这个密钥对取一个名字，这样在虚拟机实例启动时可以通过这个名字指定密钥对。该命令的输出结果是一个 SSH 密钥，访问虚拟机实例系统界面时将会用到它。

1. 首先创建一个密钥对，如下：

```
nova keypair-add myKey > myKey.pem
```

2. 保护这个私钥文件，确保只有已登录的用户才能读取它。

```
chmod 0600 myKey.pem
```

该命令生成一个密钥对并将公钥保存在 OpenStack 环境核心的数据库中。私钥内容则写入客户机上的某个文件中。私钥文件要进行妥善保护，只允许虚拟机用户才能读取。

要使用这个新创建的密钥对，可以在 Nova 客户端下，使用 nova boot 命令，如下：

```
nova boot myInstance --image 0e2f43a8-e614-48ff-92bd-be0c68da19f4
    --flavor 2 --key_name myKey
```

当需要用 SSH 登录这个运行中的实例时，在 SSH 命令中用-i 选项指定私钥。

```
ssh ubuntu@172.16.1.1 -i myKey.pem
```

 大部分情况下，在 Unix 中的值和文件名都是区分大小写的。

使用 Nova 客户端列出和删除密钥对

要用 Nova 客户端列出和删除密钥对，执行下面几个小节中的命令集。

列出密钥对

要使用 Nova 客户端列出我们的项目中的密钥对，只要简单运行 nova keypair-list 即可，具体如下：

```
nova keypair-list
```

这会返回一个项目中的密钥对的列表，如图 3-7 所示。

```
+--------+-------------------------------------------------+
| Name   | Fingerprint                                     |
+--------+-------------------------------------------------+
| mykey  | d3:f2:41:57:5d:8c:37:48:f4:79:9d:67:19:ad:5a:23 |
+--------+-------------------------------------------------+
```

图 3-7

删除密钥对

要从项目中删除一个密钥对，只要在 keypair-delete 命令的选项中简单指定一下密钥对的名字即可运行 nova keypair-list 即可。

❑　删除 myKey 密钥对的命令如下：

```
nova keypair-delete myKey
```

❑　使用以下命令验证一下执行结果：

```
nova keypair-list
```

删除密钥对是不可恢复的动作。删除一个运行中实例的密钥对将导致无法再访问该实例。

工作原理

密钥对在云计算环境中很重要，因为大部分 Linux 镜像不允许在命令行中输入用户名和密码。Cirros 镜像是一个例外，它默认的用户是 cirros，密码是 cubswin :)。Cirros 是一个裁剪过的镜像，用于 OpenStack 的故障检测和测试。而像 Ubuntu 这样的镜像则只允许使用密钥对登录。

用 nova keypair-add 命令创建密钥对后，便可以通过 SSH 访问虚拟机实例了。该命令会将公钥保存在后端数据库中，该公钥会通过虚拟机实例启动或初始化时的脚本注入到实例的 .ssh/authorized_keys 文件中。以后只要在 ssh 命令行中使用-i 选项指定相应的密钥文件就可以访问这个实例了。

当然，也可以将一个密钥对从项目中删除掉，从而停止这对密钥对实例的访问权限。这是用 nova keypair-delete 命令来完成的。可以运行 keypair-list 验证项目中可用的密钥对。

3.14　启动第一个云实例

至此，已有了一个 OpenStack 计算服务的运行环境以及一个可以使用的镜像，是时候启动第一个云实例了！本节将介绍如何使用通过 nova image-list 命令获取的信息来启动需要的实例。

准备工作

以下步骤运行在一台 Ubuntu 机器上，用户需能访问（3.9 节所创建的）OpenStack 计算服务的证书。

在启动第一个实例前，必须创建默认的安全设置定义访问权限。该设置只需做一次（除非需要调整），可以在 Nova 客户端使用 nova secgroup-add-rule 命令。下面命令集将允许用户通过 SSH 访问（端口 22）以及 ping 实例来帮助故障排查。注意，如果命令行中没有特意说明，将使用默认的安全组规则。

1. 在安装有 Nova 客户端的环境中，执行以下动作配置合适的环境变量：

```
export OS_TENANT_NAME=cookbook
export OS_USERNAME=demo
```

```
export OS_PASSWORD=openstack
export OS_AUTH_URL=http://172.16.0.200:5000/v2.0/
export OS_NO_CACHE=1
```

 将这几行命令加入到 home 目录的 novara 文件。这样每次只需执行如下命令即可简单地导入这些认证信息：

```
. novarc
```

2. 使用 Nova 客户端，用以下命令增加一些合适的规则：

```
nova secgroup-add-rule default tcp 22 22 0.0.0.0/0
nova secgroup-add-rule default icmp -1 -1 0.0.0.0/0
```

如果还没有可用的镜像，可参照 2.5 节中的步骤。

操作步骤

环境就绪后，执行以下指令来启动第一个虚拟机实例。

1. 执行以下命令列出所有可用的镜像：

```
nova image-list
```

该命令输出的内容如图 3-8 所示。

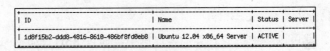

图 3-8

2. 启动实例时需要在命令行指定上述镜像的信息。使用 Nova 客户端工具执行以下命令，采用镜像 Ubuntu 12.04 x86_64 Server 的 UUID 启动虚拟机实例：

```
nova boot myInstance \
    --image 1d8f15b2-ddd8-4816-8610-486bf8fd0eb8 \
    --flavor 2 \
    --key_name demo
```

3. 启动实例时，将看到与图 3-9 类似的输出。

4. 启动实例需要花一点时间。这时可以使用以下命令查看实例当前的状态：

```
nova list
nova show 67438c9f-4733-4fa5-92fc-7f6712da4fc5
```

5. 返回结果与之前命令的输出类似，不过这次实例已经创建完成，正在运行中并获得了 IP 地址（如图 3-10 所示）。

```
+------------------------------------+------------------------------------+
| Property                           | Value                              |
+------------------------------------+------------------------------------+
| status                             | BUILD                              |
| updated                            | 2013-09-27T18:03:42Z               |
| OS-EXT-STS:task_state              | scheduling                         |
| OS-EXT-SRV-ATTR:host               | None                               |
| key_name                           | demo                               |
| image                              | Ubuntu 12.04 x86_64 Server         |
| hostId                             |                                    |
| OS-EXT-STS:vm_state                | building                           |
| OS-EXT-SRV-ATTR:instance_name      | instance-00000001                  |
| OS-EXT-SRV-ATTR:hypervisor_hostname| None                               |
| flavor                             | m1.small                           |
| id                                 | 67438c9f-4733-4fa5-92fc-7f6712da4fc5|
| security_groups                    | [{u'name': u'default'}]            |
| user_id                            | d1b84c437d494e809dfe3b939210253f   |
| name                               | myInstance                         |
| adminPass                          | MJm6cn7ZXKpe                       |
| tenant_id                          | 1fc925fee37e4eeaa2639541dc7515af   |
| created                            | 2013-09-27T18:03:42Z               |
| OS-DCF:diskConfig                  | MANUAL                             |
| metadata                           | {}                                 |
| accessIPv4                         |                                    |
| accessIPv6                         |                                    |
| progress                           | 0                                  |
| OS-EXT-STS:power_state             | 0                                  |
| OS-EXT-AZ:availability_zone        | nova                               |
| config_drive                       |                                    |
+------------------------------------+------------------------------------+
```

图 3-9

```
+--------------------------------------+------------+--------+----------------------------------+
| ID                                   | Name       | Status | Networks                         |
+--------------------------------------+------------+--------+----------------------------------+
| 67438c9f-4733-4fa5-92fc-7f6712da4fc5 | myInstance | ACTIVE | privateNet=10.10.0.4, 172.16.10.1|
+--------------------------------------+------------+--------+----------------------------------+
```

图 3-10

6. 稍等片刻，就可以从主机或者其他客户机中，通过 SSH（加上-i 选项指定私钥）访问刚刚创建的实例。

```
ssh -i demo.pem ubuntu@172.16.10.1
```

 Ubuntu 云镜像中内建的默认用户为 ubuntu。

祝贺你！此时已成功启动并连接到第一个 OpenStack 云实例。

工作原理

创建默认的安全设置之后，先记录下镜像的标识符——一个 UUID 值，然后通过 Nova 客户端工具启动实例。命令行中同时指定了所要使用的密钥对。接着用生成的密钥对中的私钥来访问实例。

云实例如何知晓使用什么密钥？作为该镜像启动脚本的一部分，它会回调 meta-server，它是 nova-api 和 nova-api-metadata 服务的一个功能。这个 meta-server 在实例和真实世界的云环境中提供了一个中间桥梁，并且能在云的初始化启动过程被调用。

在这里，它会下载一个脚本将私钥注入到 Ubuntu 用户的 .ssh/authorized_keys 文件中。后面将会介绍如何在修改启动过程中调用脚本。

当一个云实例启动后，它生成许多关于实例的大量的指标和细节，这些信息可以通过 nova list 和 nova show 命令获取。nova list 命令显示一个简洁版本的信息，仅列出实例的 ID、名字、状态和 IP 地址。

本例在 nova boot 命令中选择了 ID 为 2 的实例类型。可以通过以下命令列出支持的实例类型：

nova flavor-list

这些 flavor（实例的说明）如表 3-1 所示。

表 3-1

实例类型	内存	VCPUS	存储	版本
m1.tiny	512 MB	1	0 GB	32 位和 64 位
m1.small	2048 MB	1	20 GB	32 位和 64 位
m1.medium	4096 MB	2	40 GB	仅 64 位
m1.large	8192 MB	4	80 GB	仅 64 位
m1.xlarge	16384 MB	8	160 GB	仅 64 位

3.15　终止实例

云环境的动态特性意味着云实例能够按需启动和终止。终止一个实例非常简单，重要的是要来理解云实例的一些基本概念。

某些云实例，比如本书使用的实例不是持久化的。这意味着数据和该实例上所做的工作只存在于本次运行时。一个云实例可以被重启，一旦终止，所有的数据都会丢失。

 为保证不丢失数据，OpenStack 计算服务 nova-volume 提供数据持久存储功能，允许附加一个卷到运行的实例上，它不会在实例被终止时销毁。一个卷就像一个 USB 驱动器连接到实例。

操作步骤

从 Ubuntu 机器上列出正在运行的实例，找到想终止的实例。

1. 首先在客户端执行以下命令找到希望终止的实例：

```
nova list
```

2. 通过指定实例的名字或者 UUID 来删除实例：

```
nova delete myInstance
nova delete 6f41bb91-0f4f-41e5-90c3-7ee1f9c39e5a
```

可以再次运行 nova list 来验证一下实例已经被删除了。

工作原理

首先，在 nova-list 命令的结果中通过名字或 UUID 找到希望终止的实例；然后，使用 nova delete 删除它。一旦终止，该实例将不再存在，意味着将被销毁。所以，如果该实例中存有任何数据，也将会随着实例被删除。

第 **4** 章

安装 OpenStack 对象存储

本章将讲述以下内容：
- ❑ 创建一个 OpenStack 对象存储沙盒环境
- ❑ 安装 OpenStack 对象存储服务
- ❑ 配置存储
- ❑ 配置同步
- ❑ 配置 OpenStack 对象存储服务
- ❑ 配置 OpenStack 对象存储代理服务器
- ❑ 配置账户服务器
- ❑ 配置容器服务器
- ❑ 配置对象服务器
- ❑ 制作环
- ❑ 停止和启动 OpenStack 对象存储
- ❑ 用 OpenStack 身份认证服务配置 OpenStack 对象存储
- ❑ 设置 SSL 访问
- ❑ 测试 OpenStack 对象存储

4.1　介绍

OpenStack 对象存储（Object Storage），即 **Swift**，是基于通用硬件的高可扩与高冗余的存储服务。此服务本身类似于 Amazon 的 S3 存储服务，而且在 OpenStack 下的管理方式也与 Amazon 的 S3 存储服务相似。基于 OpenStack 对象存储可以存储海量的对象文件,并且能够随时按需扩展以便容纳更多的存储需求,唯一的限制条件就是可以使用的硬件规模。

OpenStack 对象存储的高冗余特性对于归档数据(如日志)来说是非常理想的,同样也非常适合用来为 OpenStack 计算服务中的虚拟机实例模板镜像提供存储服务。

本章将配置一台独立的虚拟机,为 OpenStack 对象存储虚拟出多节点的测试环境。虽然是运行在一台主机上,但所涉及的步骤将模拟成有 4 个设备的配置,所以将看到许多配置文件的同步和复制。

4.2 创建一个 OpenStack 对象存储沙盒环境

使用 VirtualBox 和 Vagrant 创建一个沙盒环境允许探索和体验 OpenStack 对象存储服务。

VirtualBox 不但能够玩转虚拟机和网络,而且不影响工作环境的其他部分,VirtualBox 的 Windows、Mac OSX 和 Linux 版本可以免费从 http://www.virtualbox.org 下载。Vagrant 可以帮助我们自动化这些管理任务,这就意味着可以在创建测试环境上少花时间,而把时间多用在使用 OpenStack 上。使用 Ubuntu 系统的包管上可以直接安装 Vagrant,但是对于其他操作系统,则需要访问 http://www.vagrantup.com/。这个测试环境还可以用于本章的其余几节。

这里假设用来搭建测试环境的计算机具有足够强的处理能力,支持硬件虚拟化(如现代 AMD 或 Intel iX 处理器)并且至少有 8 GB 的 RAM。创建的这个虚拟机将用来安装熟悉 OpenStack 对象存储服务所需的所有组件。

本节将使用 Vagrant 创建另外一个虚拟机。新的虚拟机用来仿真一个有 4 个节点的 OpenStack 对象存储环境。为了提供身份认证服务,还将使用第 1 章中构建好的 Keystone 服务。

准备工作

本章开始之前,假设读者已经完成了第 1 章的内容。

操作步骤

为了使用 VirtualBox 创建沙盒环境,将使用 Vagrant 定义一个独立的虚拟机并配 3 个网络接口。第一个是接口是 NAT(Network Address Translate)接口,该接口允许虚拟机连接到 VirtualBox 的外部网络下载软件包；第二个接口是 OpenStack 计算节点的公共网络接口；第三个接口是私有网络接口，用于与不同的 OpenStack 计算主机之间进行内部通信。该 swift 虚拟机将被配置为至少 1 GB RAM 和两个 20 GB 硬盘。

执行以下步骤，使用 Vagrant 创建运行 OpenStack 存储服务的虚拟机。

1. 执行 1.2 节中提到的步骤。

2. 编辑 Vagrant 文件，内容如下：

```ruby
# -*- mode: ruby -*-
# vi: set ft=ruby :

nodes = {
    'controller' => [1, 200],
    'compute' => [1, 201],
    'swift' => [1, 210],
}

Vagrant.configure("2") do |config|
    config.vm.box = "precise64"
    config.vm.box_url = "http://files.vagrantup.com/precise64.box"
    # If using Fusion uncomment the following line
    #config.vm.box_url = "http://files.vagrantup.com/precise64_vmware.box"

    nodes.each do |prefix, (count, ip_start)|
        count.times do |i|
            hostname = "%s" % [prefix, (i+1)]
        config.vm.define "#{hostname}" do |box|
            box.vm.hostname = "#{hostname}.book"
            box.vm.network :private_network, ip:
"172.16.0.#{ip_start+i}", :netmask => "255.255.0.0"
            box.vm.network :private_network, ip:
"10.10.0.#{ip_start+i}", :netmask => "255.255.0.0"

                # If using Fusion
                box.vm.provider :vmware_fusion do |v|
                    v.vmx["memsize"] = 1024
                end
                # Otherwise using VirtualBox
                box.vm.provider :virtualbox do |vbox|
                    vbox.customize ["modifyvm", :id, "--memory", 1024]
if prefix == "swift"
                    vbox.customize ["modifyvm", :id, "--memory", 1024]
                    vbox.customize ["modifyvm", :id, "--cpus", 1]
                    vbox.customize ["createhd", "--filename", 'swift_disk2.vdi',
                        "--size", 2000 * 1024]
                    vbox.customize ['storageattach', :id, '--storagectl',
                        'SATA Controller', '--port', 1, '--device', 0, '--type', 'hdd',
                            '--medium', 'swift_disk2.vdi']
```

```
                end
              end
            end
          end
        end
end
```

3. 现在可以准备启动这两个节点了。只需执行下面的命令：

vagrant up

 祝贺！现在已经成功创建了一个运行 Ubuntu 的 VirtualoBox 虚拟机，它可以用于运行 OpenStack 存储服务。

工作原理

目前所做的是创建了一个可以用做 OpenStack 对象存储主机的基础的虚拟机。它具有所必需的磁盘空间和网络能力，确保可以从自己的个人计算机或者沙盒里的其他虚拟机访问这台虚拟机。

更多参考

读者会注意到，示例 Vagarnt 文件中提供了 VMware Fusion 配置。其他的虚拟化产品也可以在 Vagrant 环境中工作。

4.3　安装 OpenStack 对象存储

现在有了一台运行 OpenStack 对象存储服务的机器，可以安装运行该服务的软件包了。

为此，需要创建一个机器，运行所有运行 OpenStack 对象存储所需的服务。

❑ swift：在其他 OpenStack 对象存储包中共享的底层通用文件，包括 swift 客户端。

❑ swift-proxy：客户端链接的代理服务，可配置为在 swift 节点前端。

❑ swift-account：访问 OpenStack 存储的账号服务。

❑ swift-object：负责对象存储和编排同步的包。

❑ swift-container：OpenStack 对象存储容器服务器。

❑ memcached：高性能内存对象缓存系统。

❑ ntp：NTP 协议是多节点环境关键下节点间保持时间同步的关键，最多 5 秒，否则将会得到无法预测的结果。

- ❑ `xfsprogs`：这里的 OpenStack 对象存储底层安装的文件系统是 XFS。
- ❑ `curl`：命令行 Web 接口工具。

准备工作

首先，确保已经登录到 `swift` 虚拟机上。为此，运行：

```
vagrant ssh swift
```

操作步骤

在 Ubuntu 12.04 上安装 OpenStack 非常简单，只需使用 `apt-get` 工具即可从 Ubuntu 官方资源库中获取 OpenStack 软件包。要保证正确安装了 Grizzly 版本的 OpenStack，请参考 1.3 节。

1. 按照如下命令安装 OpenStack 对象存储软件包：

```
sudo apt-get update
sudo apt-get install -y swift swift-proxy swift-account
    swift-container swift-object memcached xfsprogs curl  python-webob ntp
parted
```

2. 在任何一个多节点环境中 NTP 都非常重要，在 OpenStack 环境中需要用它来保证服务器时间同步。尽管只配置了一个节点，但无论是为了便于故障排除精确计时，还是在将来需要的时候便于扩充节点，都需要它。为此，编辑/etc/ntp/conf 文件，内容如下：

```
# Replace ntp.ubuntu.com with an NTP server on your network
server ntp.ubuntu.com
server 127.127.1.0
fudge 127.127.1.0 stratum 10
```

3. 一旦 `ntp` 配置完成，就可以重启服务，更新设置：

```
sudo service ntp restart
```

工作原理

从 Ubuntu 软件包资源库里安装 OpenStack 对象存储非常直接，可以用很容易理解的方式获取 OpenStack 到 Ubuntu 服务器上。并且在稳定性和升级路径上增添了更大的确定性，不会偏离主干分支。

4.4　配置存储

有了安装好的 OpenStack 对象存储服务，就可以配置额外的硬盘作为我们的对象存储了。由于 OpenStack 对象存储被设计成高可扩展和高冗余，因此经常被安装在多个节点上。

测试环境只包括一个节点，但是 OpenStack 对象存储在存储上仍预期有多个目标负责它的数据，所以需要为测试环境进行合理的配置。

本例将在 OpenStack 对象存储服务器上指定 4 个目录，分别为/srv/1、/srv/2、/srv/3和/srv/4，作为新硬盘上的挂载目录。看起来就像是配置了一个有 4 个不同的 OpenStack对象存储节点的设备用来负责数据。

准备工作

首先，确保已经登录到 swfit 虚拟机。为此，执行：

```
vagrant ssh swift
```

操作步骤

要配置 OpenStack 对象存储主机，需要执行以下步骤。

如果使用的是 VMware Fusion，则需要关闭虚拟机电源，手动添加第二块磁盘。

1. 首先在额外的硬盘上创建一个新的分区。这个硬盘在安装 Linux 时被看作/dev/sdb：

```
sudo fdisk /dev/sdb
```

2. 执行 fdisk 命令，按顺序按下以下按键，创建一个新的分区：

```
n
p
1
enter
enter
w
```

执行完成之后，输入如下：

```
vagrant@swift:~$ sudo fdisk /dev/sdb
Command (m for help): p

Disk /dev/sdb: 2147.5 GB, 2147483648000 bytes
89 heads, 61 sectors/track, 772573 cylinders, total 4194304000
sectors
Units = sectors of 1 * 512 = 512 bytes
Sector size (logical/physical): 512 bytes / 512 bytes
I/O size (minimum/optimal): 512 bytes / 512 bytes
Disk identifier: 0x1948d96f
    Device Boot      Start         End      Blocks   Id  System
/dev/sdb1             2048  4194303999  2097150976   83  Linux
```

3. 为了不用重启就让 Linux 能看到新分区，执行 partprobe 命令重读磁盘布局。

```
sudo partprobe
```

4. 完成后，就可以创建文件系统了。为此，使用 XFS 文件系统，执行如下命令：

```
sudo mkfs.xfs -i size=1024 /dev/sdb1
```

5. 创建需要的挂载点，设置 `fstab` 让我们可以挂接这个新区域，执行如下命令：

```
sudo mkdir /mnt/sdb1
```

6. 然后，编辑 `/etc/fstab` 来添加以下内容：

```
/dev/sdb1 /mnt/sdb1 xfs
noatime,nodiratime,nobarrier,logbufs=8 0 0
```

7. 现在可以挂载这个区域：

```
sudo mount /dev/sdb1
```

8. 完成后，创建需要的文件结构，如下：

```
sudo mkdir /mnt/sdb1/{1..4}
sudo chown swift:swift /mnt/sdb1/*
sudo ln -s /mnt/sdb1/{1..4} /srv
sudo mkdir -p /etc/swift/{object-server, container-
    server, account-server}
for S in {1..4}; do sudo mkdir -p /srv/${S}/node/sdb${S};
    done
sudo mkdir -p /var/run/swift
sudo chown -R swift:swift /etc/swift /srv/{1..4}/
```

9. 为了保证 OpenStack 对象存储可以在系统引导时启动，在/etc/rc.local 文件中 `exit 0` 行前添加如下命令：

```
mkdir -p /var/run/swift
chown swift:swift /var/run/swift
```

工作原理

在额外的磁盘上创建新的分区，并且格式化为 XFS 文件系统。XFS 在处理大对象是非常棒，并且有对象文件系统中所需要的扩展属性（xattr）。

创建完毕，挂载文件系统，然后开始场景目录结构。创建目录和所需的符号链接的命令包括很多 bash 简写（shorthand），如 `{1..4}`。这些简写展开来就是打印出 "1 2 3 4"，但是可以重复前面附加的文本。例如，示例代码

```
mkdir /mnt/sdb1/{1..4}
```

等同于

```
mkdir /mnt/sdb1/1 /mnt/sdb1/2 /mnt/sdb1/3 /mnt/sdb1/4
```

这段代码创建的目录结构的效果如下：

```
/etc/swift
    /object-server
    /container-server
```

```
     /account-server
/mnt/sdb1
     /1      /srv/1
     /2      /srv/2
     /3      /srv/3
     /4      /srv/4
/srv/1/node/sdb1
/srv/2/node/sdb2
/srv/3/node/sdb3
/srv/4/node/sdb4
/var/run/swift
```

创建了一个文件系统后，通过把数据复制到不同的设备目录模拟 OpenStack 对象存储所需要的动作和特性。在生产环境中，这些设备文件目录会被物理服务器和服务器上的物理设备所替代，并不需要这个目录结构。

4.5 配置同步

作为一个高度冗余和可扩展的对象存储系统，同步（replication）是个关键的需求。本书之所以写了这么长一段来创建多个目录，并特意命名用来模拟实际的设备的原因是要用 rsync 在这些"设备"之间设置同步。

rsync 负责执行 OpenStack 对象存储环境中对象的同步。

准备工作

首先，确保已经登录到 swift 虚拟机。为此，执行：

vagrant ssh swift

操作步骤

在 OpenStack 对象存储中配置同步意味着配置 rsync 服务。以下步骤配置的同步模块，设置为代表最终配置 OpenStack 对象存储服务运行的不同的端口。由于配置的是一台独立的服务器，使用不同的路径不同端口来模拟通常会涉及到的多个服务器。根据下面分配的名称和端口，可以获得一个全景图。本章之后，每一个名称和端口会被重复使用。

1. 首先，创建/etc/rsyncd.conf 文件，如下：

```
uid = swift
gid = swift
log file = /var/log/rsyncd.log
pid file = /var/run/rsyncd.pid
address = 127.0.0.1

[account6012]
```

```
max connections = 25
path = /srv/1/node/
read only = false
lock file = /var/lock/account6012.lock

[account6022]
max connections = 25
path = /srv/2/node/
read only = false
lock file = /var/lock/account6022.lock

[account6032]
max connections = 25
path = /srv/3/node/
read only = false
lock file = /var/lock/account6032.lock

[account6042]
max connections = 25
path = /srv/4/node/
read only = false
lock file = /var/lock/account6042.lock

[container6011]
max connections = 25
path = /srv/1/node/
read only = false
lock file = /var/lock/container6011.lock

[container6021]
max connections = 25
path = /srv/2/node/
read only = false
lock file = /var/lock/container6021.lock

[container6031]
max connections = 25
path = /srv/3/node/
read only = false
lock file = /var/lock/container6031.lock

[container6041]
max connections = 25
path = /srv/4/node/
read only = false
lock file = /var/lock/container6041.lock

[object6010]
max connections = 25
path = /srv/1/node/
read only = false
lock file = /var/lock/object6010.lock

[object6020]
max connections = 25
```

```
path = /srv/2/node/
read only = false
lock file = /var/lock/object6020.lock

[object6030]
max connections = 25
path = /srv/3/node/
read only = false
lock file = /var/lock/object6030.lock

[object6040]
max connections = 25
path = /srv/4/node/
read only = false
lock file = /var/lock/object6040.lock
```

2. 完成之后，启用 rsync 并启动该服务：

```
sudo sed -i 's/=false/=true/' /etc/default/rsync
sudo service rsync start
```

工作原理

这一节的大部分时间都是在配置 rsyncd.conf。此处所做的就是配置各种 rsync 模块，使之成为我们的 rsync 服务器上的目标。

例如，object6020 模块可以通过以下命令访问：

```
rsync localhost::object6020
```

可以看到 /src/node/3/ 下的内容。

另外，rsyncd.conf 文件中的每个小节都有一组配置，如最大链接数、只读和锁文件。大多数数值都是自解释型的，需要特别注意一下的是最大链接数。在测试环境中，为了能够在 swift 服务器上运行，对最大链接数做了限制。生产环境中，需要根据 rsync 文档选取最佳数值。但关于如何设置最大链接数这个话题的讨论已经超出了本书的讨论范畴。

4.6 配置 OpenStack 对象存储服务

配置 OpenStack 对象存储环境非常简便，执行添加一个唯一的随机字符串到 /etc/swift/swift.conf 文件。当横向扩展我们的环境时，这个随机字符串将包含在所有的节点上，要保证它的安全。

准备工作

首先，确保已经登录到 swift 虚拟机。为此，执行：

```
vagrant ssh swift
```

操作步骤

为沙盒环境配置主要的 OpenStack 对象存储配置文件只需简单执行以下步骤。

1. 首先，生成一个随机字符串：

```
< /dev/urandom tr -dc A-Za-z0-9_ | head -c16; echo
```

2. 然后，创建/etc/swift/swfit.conf 文件，添加以下内容，填入生成的随机字符串。

```
[swift-hash]
    # Random unique string used on all nodes
    swift_hash_path_suffix = thestringyougenerated
```

工作原理

首先，用/dev/urandom 设备输出的字符生成一个随机字符串；然后，添加这个字符串到 swift.conf 文件，作为 swift_has_path_suffix 的参数。该随机字符串用于横向扩展 OpenStack 对象存储环境，当创建额外的节点时，无须生成新的随机字符串。

4.7　配置 OpenStack 对象存储代理服务器

客户端通过一个代理服务器链接到 OpenStack 对象存储。这有助于按需横向扩展存储环境，不影响客户端链接的是哪个前端。配置代理服务器只需编辑/etc/swift/proxy-server.conf 文件即可。

准备工作

首先，确保已经登录到 swift 虚拟机。为此，执行：

```
vagrant ssh swift
```

操作步骤

配置 OpenStack 对象存储代理服务器，需要创建/etc/swift/proxy-server.conf 文件，填写以下内容：

```
[DEFAULT]
bind_port = 8080
user = swift
swift_dir = /etc/swift

[pipeline:main]
# Order of execution of modules defined below
```

```
pipeline = catch_errors healthcheck cache authtoken keystone proxy-server

[app:proxy-server]
use = egg:swift#proxy
allow_account_management = true
account_autocreate = true
set log_name = swift-proxy
set log_facility = LOG_LOCAL0
set log_level = INFO
set access_log_name = swift-proxy
set access_log_facility = SYSLOG
set access_log_level = INFO
set log_headers = True

[filter:healthcheck]
use = egg:swift#healthcheck

[filter:cache_errors]
use = egg:swift#cache_errors

[filter:cache]
use = egg:swift#memcache
set log_name = cache

[filter:authtoken]
paste.filter_factory = keystoneclient.middleware.auth_token:filter_
factory
auth_protocol = http
auth_host = 172.16.0.200
auth_port = 35357
auth_token = ADMIN
service_protocol = http
service_host = 172.16.0.200
service_port = 5000
admin_token = ADMIN
admin_tenant_name = service
admin_user = swift
admin_password = openstack
delay_auth_decision = 0
signing_dir = /tmp/keystone-signing-swift

[filter:keystone]
use = egg:swift#keystoneauth
operator_roles = admin, swiftoperator
```

工作原理

proxy-server.conf 文件内容定义了 OpenStack 对象存储代理服务器是如何配置的。

对本例而言，将会通过 swift 用户在 8080 端口运行代理，日志信息会记录到 syslog，日志级别为 LOCAL1（便于过滤信息）。

配置 swift 代理服务器健康行为检查来处理缓存（利用 memcached）和 TempAuth（本

地认证意味着代理服务器会处理基本的认证)。

[filter:authtoken]和[filter:keystone]部分链接 OpenStack 对象存储代理到 Controller 虚拟机。

endpoint_URL 选项用于指定与默认返回不同的请求特殊的 URL。通常用于网络中端点 URL(endpoint URL)返回值不可访问或希望代表不同的用户等场景之下。

延伸阅读

❑　更多复杂选项和特性的描述在文件/usr/share/doc/swift-proxy/proxy-server.conf-sample.gz 中,该文件在安装 OpenStack Swift 时被安装。

4.8　配置账户服务器

账户服务器列出节点中可以获得的容器。因为需要创建一个配置,可以在一个虚拟机上使用 4 个虚拟设备,它们有自己的容器,但运行在不同的端口上。这些代表前面看到的 rsync 账户,如在 rsync 里[account6012]代表 6012 端口。

准备工作

首先,确保已经登录到 swift 虚拟机。为此,执行:

```
vagrant ssh swift
```

操作步骤

本节创建 4 个不同的账户服务器的配置文件,不同之处在于服务运行的端口和服务对应到特定的端口上的单个磁盘路径。

1. 首先,为第一个节点创建一个初始账户服务器配置文件。编辑/etc/swift/account-server/1.conf 内容如下:

```
[DEFAULT]
devices = /srv/1/node
mount_check = false
bind_port = 6012
user = swift
log_facility = LOG_LOCAL2

[pipeline:main]
pipeline = account-server

[app:account-server]
use = egg:swift#account
```

```
[account-replicator]
vm_test_mode = yes

[account-auditor]

[account-reaper]
```

2. 再利用该文件创建其余 3 个节点，每个的设置如下：

```
cd /etc/swift/account-server
sed -e "s/srv\/1/srv\/2/" -e "s/601/602/" -e \
    "s/LOG_LOCAL2/LOG_LOCAL3/" 1.conf | sudo tee -a 2.conf

sed -e "s/srv\/1/srv\/3/" -e "s/601/603/" -e \
    "s/LOG_LOCAL2/LOG_LOCAL4/" 1.conf | sudo tee -a 3.conf

sed -e "s/srv\/1/srv\/4/" -e "s/601/604/" -e \
    "s/LOG_LOCAL2/LOG_LOCAL5/" 1.conf | sudo tee -a 4.conf
```

工作原理

完成了创建第一个账户服务器设备节点，命名为 1.conf，置于/etc/swift/swift-account 目录之下。账户服务器节点 1 节点端口定义为 6012。

然后，使用该文件用它们的端口创建其余几个账户服务器，使用 sed 做搜索和替代工作。

最后，在 swift-account 配置目录下获得 4 个文件，定义如下：

```
account-server 1: Port 6012, device srv/1/node, Log Level LOCAL2
account-server 2: Port 6022, device srv/2/node, Log Level LOCAL3
account-server 3: Port 6032, device srv/3/node, Log Level LOCAL4
account-server 4: Port 6042, device srv/4/node, Log Level LOCAL5
```

4.9 配置容器服务器

容器服务器包含我们的 OpenStack 对象存储环境中可见的对象服务器。这些配置和账户服务器有些类似。

准备工作

首先，确保已经登录到 swift 虚拟机。为此，运行：

vagrant ssh swift

操作步骤

如同配置账户服务器一样，创建容器服务器流程相似，创建 4 个不同的配置文件分配不同端口和磁盘位置。

1. 首先，为第一个节点创建一个初始容器服务器配置文件。编辑/etc/swift/
container-server/1.conf，内容如下：

```
[DEFAULT]
devices = /srv/1/node
mount_check = false
bind_port = 6011
user = swift
log_facility = LOG_LOCAL2

[pipeline:main]
pipeline = container-server

[app:container-server]
use = egg:swift#container

[account-replicator]
vm_test_mode = yes

[account-updater]

[account-auditor]

[account-sync]

[container-sync]

[container-auditor]

[container-replicator]

[container-updater]
```

2. 然后，用它创建其余的 3 个虚拟节点，每个设置一个不同值。

```
cd /etc/swift/container-server

sed -e "s/srv\/1/srv\/2/" -e "s/601/602/" -e \
    "s/LOG_LOCAL2/LOG_LOCAL3/" 1.conf | sudo tee -a 2.conf

sed -e "s/srv\/1/srv\/3/" -e "s/601/603/" -e \
    "s/LOG_LOCAL2/LOG_LOCAL4/" 1.conf | sudo tee -a 3.conf

sed -e "s/srv\/1/srv\/4/" -e "s/601/604/" -e \
    "s/LOG_LOCAL2/LOG_LOCAL5/" 1.conf | sudo tee -a 4.conf
```

工作原理

完成了创建第一个容器服务器节点配置文件，命名为 1.conf，置与/etc/swift/
swift-container 目录之下。容器服务器的 node 1 端口设置为 6011。

然后，使用该文件，根据不同的端口生成后续容器服务器——sed 搜索和替换。

最后，在 swift-container 配置目录下生成如下 4 个文件：

```
container-server 1: Port 6011，  device srv/1/node, Log Level LOCAL2
container-server 2: Port 6021，  device srv/2/node, Log Level LOCAL3
container-server 3: Port 6031，  device srv/3/node, Log Level LOCAL4
container-server 4: Port 6041，  device srv/4/node, Log Level LOCAL5
```

4.10　配置对象服务器

对象服务器包含 OpenStack 对象存储环境中实际的对象，配置过程和账户服务器以及容器服务器类似。

准备工作

首先，确认已经登录到 swift 虚拟机。为此，运行：

vagrant ssh swift

操作步骤

如同配置容器服务器一样，创建对象服务器流程相似，创建 4 个不同的配置文件分配不同端口和磁盘位置。

1. 首先，为第一个节点创建一个初始对象服务器配置文件。编辑/etc/swift/object-server/1.conf，内容如下：

```
[DEFAULT]
devices = /srv/1/node
mount_check = false
bind_port = 6010
user = swift
log_facility = LOG_LOCAL2

[pipeline:main]
pipeline = object-server

[app:object-server]
use = egg:swift#object

[object-replicator]
vm_test_mode = yes

[object-updater]

[object-auditor]
```

2. 然后，利用它创建其余的 3 个虚拟节点，每个节点设置一个不同值：

```
cd /etc/swift/object-server
sed -e "s/srv\/1/srv\/2/" -e "s/601/602/" -e \
```

```
    "s/LOG_LOCAL2/LOG_LOCAL3/" 1.conf | sudo tee -a 2.conf

sed -e "s/srv\/1/srv\/3/" -e "s/601/603/" -e \
    "s/LOG_LOCAL2/LOG_LOCAL4/" 1.conf | sudo tee -a 3.conf

sed -e "s/srv\/1/srv\/4/" -e "s/601/604/" -e \
    "s/LOG_LOCAL2/LOG_LOCAL5/" 1.conf | sudo tee -a 4.conf
```

工作原理

完成了创建第一个对象服务器节点配置文件，命名为 `1.conf`，置与 `/etc/swift/swift-container` 目录之下。对象服务器的 node 1 端口设置为 6010。

然后，使用该文件，根据不同的端口生成后续对象服务器——sed 搜索和替换。

最后，在 `swift-object` 配置目录下生成如下 4 个文件：

```
object-server 1: Port 6010,  device srv/1/node, Log Level LOCAL2
object-server 2: Port 6020,  device srv/2/node, Log Level LOCAL3
object-server 3: Port 6030,  device srv/3/node, Log Level LOCAL4
object-server 4: Port 6040,  device srv/4/node, Log Level LOCAL5
```

 前面这三节在不同端口上配置了账户服务器、对象服务器和容器服务器。这些部分对应 rsyncd.conf 文件中配置模块。

4.11　制作环

最后一步是在虚拟节点上创建对象环、账户环和容器环。

准备工作

首先，确认已经登录到 swift 虚拟机。为此，执行：

`vagrant ssh swift`

操作步骤

OpenStack 对象存储环跟踪集群上数据保存在什么地方。OpenStack 对象存储需要 3 个环，分别是账户环、容器环和对象环。为了方便在集群中快速重建环，将创建一个脚本执行所需步骤。

1. 为 OpenStack 对象存储环境创建环最便捷的方式是生成一个脚本。创建 `/usr/local/bin/remakerings`：

```
#!/bin/bash

cd /etc/swift
```

```
rm -f *.builder *.ring.gz backups/*.builder backups/*.ring.gz

# Object Ring
swift-ring-builder object.builder create 18 3 1
swift-ring-builder object.builder add z1-127.0.0.1:6010/sdb1 1
swift-ring-builder object.builder add z2-127.0.0.1:6020/sdb2 1
swift-ring-builder object.builder add z3-127.0.0.1:6030/sdb3 1
swift-ring-builder object.builder add z4-127.0.0.1:6040/sdb4 1
swift-ring-builder object.builder rebalance

# Container Ring
swift-ring-builder container.builder create 18 3 1
swift-ring-builder container.builder add z1-127.0.0.1:6011/sdb1 1
swift-ring-builder container.builder add z2-127.0.0.1:6021/sdb2 1
swift-ring-builder container.builder add z3-127.0.0.1:6031/sdb3 1
swift-ring-builder container.builder add z4-127.0.0.1:6041/sdb4 1
swift-ring-builder container.builder rebalance

# Account Ring
swift-ring-builder account.builder create 18 3 1
swift-ring-builder account.builder  add z1-127.0.0.1:6012/sdb1 1
swift-ring-builder account.builder  add z2-127.0.0.1:6022/sdb2 1
swift-ring-builder account.builder  add z3-127.0.0.1:6032/sdb3 1
swift-ring-builder account.builder  add z4-127.0.0.1:6042/sdb4 1
swift-ring-builder account.builder  rebalance
```

2. 接下来运行以下脚本：

sudo chmod +x /usr/local/bin/remakerings
sudo /usr/local/bin/remakerings

3. 输出如下：

```
Device z1-127.0.0.1:6010/sdb1_"" with 1.0 weight got id 0
Device z2-127.0.0.1:6020/sdb2_"" with 1.0 weight got id 1
Device z3-127.0.0.1:6030/sdb3_"" with 1.0 weight got id 2
Device z4-127.0.0.1:6040/sdb4_"" with 1.0 weight got id 3
Reassigned 262144 (100.00%) partitions. Balance is now
    0.00.
Device z1-127.0.0.1:6011/sdb1_"" with 1.0 weight got id 0
Device z2-127.0.0.1:6021/sdb2_"" with 1.0 weight got id 1
Device z3-127.0.0.1:6031/sdb3_"" with 1.0 weight got id 2
Device z4-127.0.0.1:6041/sdb4_"" with 1.0 weight got id 3
Reassigned 262144 (100.00%) partitions. Balance is now
    0.00.
Device z1-127.0.0.1:6012/sdb1_"" with 1.0 weight got id 0
Device z2-127.0.0.1:6022/sdb2_"" with 1.0 weight got id 1
Device z3-127.0.0.1:6032/sdb3_"" with 1.0 weight got id 2
Device z4-127.0.0.1:6042/sdb4_"" with 1.0 weight got id 3
Reassigned 262144 (100.00%) partitions. Balance is now
    0.00.
```

工作原理

　　swift 里，环的功能可以跟踪在一个给定的 swift 集群中不同的数据位的位置。在本例中，将提供相关细节来创建环、重建环。

可以通过 swift-ring-builder 命令创建环，然后重复以上步骤为每个类型（对象、容器和账户）创建环。

1. 创建环（类型分别为对象、容器和账户）的语法如下：

swift-ring-builder builder_file create part_power replicas min_part_hours

创建环指定了 3 个参数：part_power、replicas 和 min_part_hours。意味着 2^part_power（本实例中幂次方为 18）是创建的存储分区数，replicas 为数据备份次数（本实例中备份次数是 3），min_part_hours 是指定分区最小移动间隔，以小时为单位（本实例中是 1）。①

2. 给环分配一个设备的语法如下：

swift-ring-builder builder_file add zzone-ip:port/
device_name weight

添加节点到环里指定了前一步创建的同一个 builder_file。然后指定一个设备所在的地区（zone）（如 1，前缀为 z），ip 地址为设备所在的服务器的地址（127.0.0.1），端口为该服务运行的端口号（如 6010），device_name 是服务器上的设备的名称（如 sdb1）。权重是一个浮动值，取决在相对于集群中的其余设备，在该设备上与有多少个分区。

3. 平衡环：一个平衡的 Swfit 环是一个节点之间的数据交换的数量最小化的值，同时还提供副本的配置数量。在第 5 章和第 6 章提供了许多关于重新调整 Swift 环的示例。为了平衡环，在/etc/swift 目录下使用以下语法。

swift-ring-builder builder_file rebalance

该命令将在环中的设备间分配分区。

以上过程在对象、容器和账户每一个环中进行。

4.12　停止和启动 OpenStack 对象存储

现在已经安装配置好了 OpenStack 对象存储，是时候启动服务，用来存储 OpenStack 环境中的对象和镜像了。

---

① 实践中，分区的数目设置成磁盘数的 100 倍会有比较好的命中率。比如，预计集群不会使用超过 5000 块磁盘，分区数即 500 000，那么 19（2^{19}=524 288）为需要设置的 part_power 数。分区实际上是真实存储设备的映射，多个分区会对应于一个存储设备。存储设备的增减不会影响分区的总数。因此，可以保证基于设备的存储节点不会因为设备的增减而剧烈抖动。——译者注

准备工作

首先，确认已经登录到 swift 虚拟机。为此，执行：

```
vagrant ssh swift
```

操作步骤

通过 SysV Init 脚本控制 OpenStack 对象存储服务，使用的是 service 命令。

因为 OpenStack 存储服务可以通过安装包来启动，所以将重启所需的服务确保它们已经正确的配置和运行。

```
sudo swift-init main start
sudo swift-init rest start
```

工作原理

OpenStack 对象存储服务可以使用以下语法启动、停止和重启：

```
sudo swift-init main {start, stop, restart}
sudo swift-init rest {start, stop, restart}
```

4.13　用 OpenStack 身份认证服务配置 OpenStack 对象存储

前面配置的 OpenStack 对象存储服务使用内置的 TempAuth 机制管理账户。这与配置 OpenStackCompute 服务的 deprecated_auth 机制相似。本节将介绍如何从 TempAuth 转向 OpenStack 身份认证服务来管理账户。

准备工作

本节将登录到 swift 主机，配置 OpenStack 对象存储服务使用 keystone 客户端，来管理 OpenStack 身份认证服务。

操作步骤

配置 OpenStack 对象存储服务使用 OpenStack 身份认证服务执行如下步骤。

1. 首先，使用 keystone 客户端配置 OpenStack 身份认证服务所需的端点（endpoint）和账户：

```
# Set up environment
export ENDPOINT=172.16.0.200
export SERVICE_TOKEN=ADMIN
export SERVICE_ENDPOINT=http://${ENDPOINT}:35357/v2.0
```

```
# Swift Proxy Address
export SWIFT_PROXY_SERVER=172.16.0.210

# Configure the OpenStack Object Storage Endpoint
keystone --token $SERVICE_TOKEN --endpoint $SERVICE_ENDPOINT
service-create --name swift --type object-store --description
'OpenStack Storage Service'

# Service Endpoint URLs
ID=$(keystone service-list | awk '/\ swift\ / {print $2}')

# Note we're using SSL
PUBLIC_URL="https://$SWIFT_PROXY_SERVER:443/v1/AUTH_\$(tenant_id) s"
ADMIN_URL="https://$SWIFT_PROXY_SERVER:443/v1"
INTERNAL_URL=$PUBLIC_URL

keystone endpoint-create --region RegionOne --service_id $ID
      --publicurl $PUBLIC_URL --adminurl $ADMIN_URL
      --internalurl $INTERNAL_URL
```

2. 配置端点指向我们的 OpenStack 对象存储服务，然后设置 `swift` 用户使得代理服务器可以使用 OpenStack 身份认证服务进行认证。

```
# Get the service tenant ID

SERVICE_TENANT_ID=$(keystone tenant-list | awk '/\ service\  / {print $2}')

# Create the swift user
keystone user-create --name swift --pass swift --tenant_id
    $SERVICE_ TENANT_ID --email swift@localhost
    --enabled true

# Get the swift user id
USER_ID=$(keystone user-list | awk '/\ swift\ /
    {print $2}')

# Get the admin role id
ROLE_ID=$(keystone role-list | awk '/\ admin\ /
    {print $2}')

# Assign the swift user admin role in service tenant
keystone user-role-add --user $USER_ID --role $ROLE_ID
    --tenant_id $SERVICE_TENANT_ID
```

3. 在 OpenStack 对象存储服务器（`swfit`）上安装 Keystone Python 库，以便使用 OpenStack 身份认证服务。命令如下：

```
sudo apt-get update
sudo apt-get install python-keystone
```

4. 现在需要验证代理服务器配置。为此，编辑代理服务器配置文件 `/etc/swift/` `proxy-server.conf`，如下：

```
[DEFAULT]
bind_port = 443
cert_file = /etc/swift/cert.crt
key_file = /etc/swift/cert.key
user = swift
log_facility = LOG_LOCAL1

[pipeline:main]
pipeline = catch_errors healthcheck cache authtoken keystone proxy-server

[app:proxy-server]
use = egg:swift#proxy
account_autocreate = true

[filter:healthcheck]
use = egg:swift#healthcheck

[filter:cache]
use = egg:swift#memcache

[filter:keystone]
paste.filter_factory = keystone.middleware.swift_auth:filter_factory
operator_roles = Member,admin

[filter:authtoken]
paste.filter_factory = keystone.middleware.auth_token:filter_factory
service_port = 5000
service_host = 172.16.0.200
auth_port = 35357
auth_host = 172.16.0.200
auth_protocol = http
auth_token = ADMIN
admin_token = ADMIN
admin_tenant_name = service
admin_user = swift
admin_password = swift
cache = swift.cache

[filter:catch_errors]
use = egg:swift#catch_errors

[filter:swift3]
use = egg:swift#swift3
```

5. 重新启动代理服务器服务更新这些变化，具体如下：

```
sudo swift-init proxy-server restart
```

工作原理

配置 OpenStack 对象存储使用 OpenStack 身份认证服务涉及改变认证流程，以便让 kyestone 作为指定认证方式。

设置相关的 OpenStack 身份认证服务的端点，成为一个 SSL 端点后，就可以配置

OpenStack 对象存储代理服务器。

要做到这一点，首先定义认证流程，包括 keystone 的 authtoken，然后修改配置文件中的[filter:keystone]和[filter:authtoken]部分。在[filter:keystone]部分，可以设置 admin 和 Member 角色分配给 OpenStack 对象存储操作员。这使用户中拥有这些角色之一的可以在 OpenStack 对象存储环境中有写权限。

在[filter:authtoken]部分，告诉代理服务器在哪里可以找到的 OpenStack 身份认证服务。在这里，还为该服务设置了在 OpenStack 身份认证服务中需要的用户名和密码。

4.14   设置 SSL 访问

设置 SSL 访问是为了在客户端和 OpenStack 对象存储环境之间提供安全的链接，就像 SSL 在其他任意的 Web 服务中所提供的安全访问一样。为此，需要配置代理服务器使用 SSL 证书。

准备工作

首先，确保已经登录到 swfit 服务器。

操作步骤

配置 OpenStack 对象存储在客户端和代理服务器直接建立安全链接，步骤如下。

1. 为了提供到代理服务器的 SSL 访问，需要创建证书，如下：

```
cd /etc/swift
sudo openssl req -new -x509 -nodes -out cert.crt -keyout cert.key
```

2. 接下来，需要回答认证过程中的几个问题，如图 4-1 所示。

```
Generating a 1024 bit RSA private key
..............++++++
.++++++
writing new private key to 'cert.key'
-----
You are about to be asked to enter information that will be incorporated
into your certificate request.
What you are about to enter is what is called a Distinguished Name or a DN.
There are quite a few fields but you can leave some blank
For some fields there will be a default value,
If you enter '.', the field will be left blank.
-----
Country Name (2 letter code) [AU]:GB
State or Province Name (full name) [Some-State]:.
Locality Name (eg, city) []:
Organization Name (eg, company) [Internet Widgits Pty Ltd]:Cookbook
Organizational Unit Name (eg, section) []:
Common Name (e.g. server FQDN or YOUR name) []:172.16.0.2
Email Address []:
```

图 4-1

3. 一旦创建完毕，就通过编辑/etc/swift/proxy-server.conf 文件配置代理服务器使用认证证书和密钥：

```
bind_port = 443
cert_file = /etc/swift/cert.crt
key_file = /etc/swift/cert.key
```

4. 到这里，可以使用 swift-init 命令重新启动代理服务器，应用更改：

sudo swift-init proxy-server restart

工作原理

配置 OpenStack 对象存储服务使用 SSL，还要配置相关的代理服务器使用 SSL。首先使用 openssl 命令配置一个自签名的证书，按要求填写不同域的内容。一个重要的域是 **Common Name**。将完全限定会使用连接到的 Swift 服务器的域名（FQDN）主机名或 IP 地址。

一旦完成配置，就需要指定希望代理服务器侦听的端口。由于配置了 SSL HTTPS 连接，因此将使用标准的 TCP 端口，HTTPS 默认使用 443。当发出请求时，指定使用在第一步骤中所创建的证书和密钥，该信息将呈现给最终用户，以允许安全的数据传输。

至此，再重新启动代理服务器侦听 443 端口。

4.15　测试 OpenStack 对象存储

我们已经准备好了 OpenStack 对象存储的测试环境，可以通过使用 curl 和 swift 命令行工具进行测试。

准备工作

首先，确保已经登录到 swift 虚拟机。为此，执行：

vagrant ssh swift

操作步骤

本节将使用 swift 命令来测试 OpenStack 对象存储的连通性。

使用 **swift** 命令测试 OpenStack 对象存储

如果不是看 Web 服务的输出，可以使用 swfit（以前被称为 st）命令行工具，以确保有一个可以工作的设置。注意，输出是与使用 curl 看到的响应头相匹配的。

```
swift -A http://172.16.0.200:5000/v2.0 -U service:swift -K swift -V 2.0 stat
```

将看到的输出结果如下:

```
      Account: AUTH_test
   Containers: 0
      Objects: 0
        Bytes: 0
Accept-Ranges: bytes
```

工作原理

因为 OpenStack 对象存储是一个 Web 服务,所以可以使用传统的命令行 Web 客户端来排查故障和验证安装是否正确。如同在调试任何 Web 服务一样,这样调试 OpenStack 对象存储非常有用。

swift 命令使用构建 proxy-server.conf 时提供的证书。该命令根据 keystone 认证并列出容器的统计数据。

第 **5** 章

使用 OpenStack 对象存储

本章将讲述以下内容：
- ❏ 安装 swift 客户端工具
- ❏ 创建容器
- ❏ 上传对象
- ❏ 上传大对象
- ❏ 列出容器和对象
- ❏ 下载对象
- ❏ 删除容器和对象
- ❏ 使用 OpenStack 对象存储访问控制列表

5.1 介绍

现在有了一个 OpenStack 对象存储对象存储运行环境，可以用来存储文件了。为此，可以使用提供的 swift 工具。它将帮助用户操作 OpenStack 对象存储对象存储环境，包括创建容器、上传文件、检索，并根据需要设置需要的权限。

5.2 安装 **swift** 客户端工具

为了操作 OpenStack 对象存储对象存储环境，需要在客户端安装合适的工具。Swift 模块附带有 swift 工具，可以帮助上传、下载并修改 OpenStack 对象存储对象存储环境中的文件。

首先，确保已经登录到一个可以安装 swift 客户端的计算机或服务器，并能访问位于主机地址 172.16.0.0/16 的 OpenStack 环境。以下指令介绍了 Ubuntu 操作系统上的安装过程。

下面将使用通过 OpenStack 身份认证服务 Keystone 对 OpenStack 对象存储进行身份验证。

在联网的机器安装 swift 客户端非常容易，可以方便的通过 apt-get 工具直接从 Ubuntu 资源库下载获取。

1. swift 客户端是通过安装 swift 包和 OpenStack 身份认证服务 Keystone 的 Python 库一起安装的。通过以下命令执行：

```
sudo apt-get update
sudo apt-get -y install python-swiftclient python-keystone
```

2. 前面的命令将会下载所需的软件包和依赖的 Python 库，无须进一步配置。通过执行以下命令测试 swift 是否安装成功，它可以连接到存储服务器：

```
swift -V 2.0 -A http://172.16.0.200:5000/v2.0/ \
    -U cookbook:demo -K openstack stat
```

3. 它将返回关于租户 cookbook 的一位用户 demo 访问到的 OpenStack 对象存储环境的相关统计数据。图 5-1 所示为一个示例。

```
      Account: AUTH_c0eb4abcca554c08b996d12756086e13
   Containers: 0
      Objects: 0
        Bytes: 0
 Accept-Ranges: bytes
  X-Timestamp: 1375635973.90090
   X-Trans-Id: txfe84cdc421b645fab63a0362d6810e19
 Content-Type: text/plain; charset=utf-8
```

图 5-1

swift 客户端在 Ubuntu 下安装非常容易，下载之后无须任何额外的配置，于通过命令行与 OpenStack 对象存储通信所需的参数都已安装完毕。

当确认使用 OpenStack 身份认证服务认证 OpenStack 时，请配置
好客户端与 OpenStack 身份认证服务器通信，而不是 OpenStack
对象存储代理服务器。

5.3　创建容器

一个**容器**可以被看做是 OpenStack 对象存储里的 `root` 文件夹，用来存储对象。创建对象和容器有多种方式实现，一种简单的方式就是通过 `swift` 客户端工具。下面将在 OpenStack 身份认证服务下使用该工具（该工具默认被配置为与 OpenStack 对象存储代理服务器通信），允许用户在 OpenStack 对象存储环境里创建、删除和修改容器和对象。

准备工作

登录一台安装好 `swift` 客户端的计算机或服务器。

操作步骤

执行以下步骤在 OpenStack 对象存储里创建一个容器。

1. 使用 `swfit` 工具，在 OpenStack 对象存储服务器里创建一个名为 `test` 的容器，执行以下命令：

```
swift -V 2.0 -A http://172.16.0.200:5000/v2.0/ \
    -U cookbook:demo -K openstack post test
```

2. 为了验证容器是否创建成功，可以列出 OpenStack 对象存储环境中所有容器，执行以下命令：

```
swift -V 2.0 -A http://172.16.0.200:5000/v2.0/ \
    -U demo:cookbook -K openstack list
```

以上将列出 OpenStack 对象存储环境中所有容器。

工作原理

使用 `swift` 工具创建容器非常简单，语法如下：

```
swift -V 2.0 -A http://keystone_server:5000/v2.0 \
    -U tenant:user -K password post container
```

这将使用 OpenStack 身份认证服务 2.0 认证用户，该服务会连接到为该租户配置的 OpenStack 对象存储端点，执行所需命令创建该容器。

5.4　上传对象

对象就像是一个容器里存储的文件或目录。上传对象也可以通过多种方式实现。一种简单的方式就是通过 swift 客户端工具。下面将在 OpenStack 身份认证服务下使用该工具（该工具默认被配置为与 OpenStack 对象存储代理服务器通信），并在 OpenStack 对象存储环境里创建、删除和修改容器和对象。

准备工作

登录一台安装好 swift 客户端的计算机或服务器。

操作步骤

执行以下步骤，在 OpenStack 对象存储里上传对象。

上传对象

1. 在 /tmp 目录下创建一个 500 MB 的文件用于上传，执行以下命令：

```
dd if=/dev/zero of=/tmp/example-500Mb bs=1M count=500
```

2. 上传该文件到 OpenStack 对象存储账号，执行以下命令：

```
swift -V 2.0 -A http://172.16.0.200:5000/v2.0/ \
  -U cookbook:demo -K openstack upload test \
  /tmp/example-500Mb
```

上传目录

1. 创建一个目录并上传两个文件到 OpenStack 对象存储环境中，执行以下命令：

```
mkdir /tmp/test
dd if=/dev/zero of=/tmp/test/test1 bs=1M count=20
dd if=/dev/zero of=/tmp/test/test2 bs=1M count=20
```

2. 上传目录和他们的内容，可以使用相同的命令，但必须指明目录。改目录下的文件将被递归上传。执行以下命令：

```
swift -V 2.0 -A http://172.16.0.200:5000/v2.0/ \
  -U cookbook:demo -K openstack upload test /tmp/test
```

上传多个对象

可以一次上传多个对象。为此，需要在命令行中指定每一个对象。例如上传 test1 和 test2 文件，执行以下命令：

```
swift -V 2.0 -A http://172.16.0.200:5000/v2.0/ \
```

```
-U cookbook:demo -K openstack upload test \
/tmp/test/test1 /tmp/test/test2
```

工作原理

通过 swift 客户端工具上传文件到 OpenStack 对象存储环境非常简便。可以上传独立的文件后上传整个目录。语法如下：

```
swift -V 2.0 -A http://keystone_server:5000/v2.0 \
    -U tenant:user -K password upload container \
    file | directory {file|directory … }
```

 注意，当上传文件时，创建的对象会以用户指定的形式传给 swift 客户端，包括全路径。例如，上传 /tmp/example-500Mb 上传对象 tmp/example-500Mb。这是由于 OpenStack 对象存储不是像计算机和台式机那样使用的树形分级文件系统，路径是由一个斜杠分割而成的（/或\）。OpenStack 对象存储包含一个容器里保存的对象集合，斜杠是对象名称的一部分。

5.5 上传大对象

上传到 OpenStack 对象存储的单个对象不得超过 5 GB。但是，通过把对象拆分为几段，下载一个单独的对象的大小几乎是没有限制的。大文件的段上传后会创建一个清单文件，下载时会发送一个单独的对象建立所有段的索引。通过把对象分拆成小块，还能通过并行上传提升效率。

准备工作

登录到一台安装好 swift 客户端的计算机或服务器。

操作步骤

执行以下步骤拆分成小段上传大对象。

上传对象

1. 在/tmp 目录下创建一个 1 GB 文件作为上传示例文件。执行以下命令：

```
dd if=/dev/zero of=/tmp/example-1Gb bs=1M count=1024
```

2. 使用分段把它拆分成小块而不是作为一个单独的对象上传整个大文件，如每段 100 MB。为此，通过-s 选项指定段的大小，执行以下命令：

```
swift -V 2.0 -A http://172.16.0.200:5000/v2.0/ \
    -U cookbook:demo -K openstack upload test \
    -S 102400000 /tmp/example-1Gb
```

读者将会看到的输出如图 5-2 所示。其中显示了每个上传状态。

```
tmp/example-1Gb segment 7
tmp/example-1Gb segment 5
tmp/example-1Gb segment 1
tmp/example-1Gb segment 2
tmp/example-1Gb segment 0
tmp/example-1Gb segment 3
tmp/example-1Gb segment 4
tmp/example-1Gb segment 10
tmp/example-1Gb segment 9
tmp/example-1Gb segment 8
tmp/example-1Gb segment 6
tmp/example-1Gb
```

图 5-2

工作原理

OpenStack 对象存储非常擅长存储和检索大型对象。为了更加高效，可以拆分大型对象成为小对象，通过维护段间的关系使之仍然当做一个文件看待。这样就可以并行上传大型文件，而不是线性的上传一个单独的文件。为此，使用的语法如下：

```
swift -V 2.0 -A http://keystone_server:5000/v2.0 \
    -U tenant:user -K password upload container \
    -S bytes_to_split large_file
```

现在，当列出账户下的容器时，就有了一个额外的容器，命名为 test_segments，它将为文件保持实际的数据片段。test 容器仍将该大型对象当做是一个独立的文件。在幕后，在这个单一对象的元数据将从 test_segments 容器中拉回独立的对象，重构这个大型对象。

```
swift -V 2.0 -A http://172.16.0.200:5000/v2.0/ \
    -U cookbook:demo -K openstack list
```

执行前面的命令时，得到以下输出：

```
test
test_segments
```

现在，执行以下命令：

```
swift -V 2.0 -A http://172.16.0.200:5000/v2.0/ \
    -U cookbook:demo -K openstack list test
```

产生以下输出：

```
tmp/example-1Gb
```

5.6 列出容器和对象

swift 客户端工具可以轻松列出 OpenStack 对象存储账户中的容器和对象。

登录一台安装好 swift 客户端的计算机或服务器。

执行以下步骤，列出 OpenStack 对象存储环境中的对象。

列出一个容器中的所有对象

在前面的步骤里，上传了一些少量的文件。为了列出 test 容器中的对象，执行以下命令：

```
swift -V 2.0 -A http://172.16.0.200:5000/v2.0/ \
    -U cookbook:demo -K openstack list test
```

输入与图 5-3 所示类似的结果。

```
tmp/example-500Mb
tmp/test/test1
tmp/test/test2
```

图 5-3

列举一个容器中的指定对象路径

为了只列举出 tmp/test 路径下的文件，需要使用-p 选项，如下所示：

```
swift -V 2.0 -A http://172.16.0.200:5000/v2.0/ \
    -U cookbook:demo -K openstack list -p tmp/test test
```

这将列举出两个文件，如下所示。

```
tmp/test/test1
tmp/test/test2
```

-p 选项支持部分匹配。例如，列举所有以 tmp/ex 开头的文件，可以执行以下命令：

```
swift -V 2.0 -A http://172.16.0.200:5000/v2.0/ \
    -U cookbook:demo -K openstack list -p tmp/ex test
```

这将列出匹配的字符串：

```
tmp/example-500Mb
```

swift 工具是一个基本的但很通用的实用程序，帮助用户管理文件。可以以适合用户的方式列举出文件。简单列举容器中的内容的语法如下：

```
swift -V 2.0 -A http://keystone_server:5000/v2.0 \
    -U tenant:user -K password list container
```

为了列举一个容器内的特定的路径下的文件，可以为该语法添加-p 选项。

```
swift -V 2.0 -A http://keystone_server:5000/v2.0 \
    -U tenant:user -K password list -p path container
```

5.7　下载对象

现在有了一个具有容器和对象的 OpenStack 对象存储环境,但是有时还需要使用 swift 客户端检索存储的对象。

准备工作

登录到一台安装好 swift 客户端的计算机或服务器。

操作步骤

要从 OpenStack 对象存储环境中下载对象需要执行以下步骤。

下载对象

下载 tmp/test/test1 对象，使用以下命令:

```
swift -V 2.0 -A http://172.16.0.200:5000/v2.0/ \
    -U cookbook:demo -K openstack download test tmp/test/test1
```

这将下载对象到文件系统中。由于通过全路径下载文件，该目录结构保存了下来，因此会在 tmp/test 目录下生成一个新的文件 test1。

使用-o 选项下载对象

为了不用保存文件结构下载文件，或者只是简单的重命名为其他文件，只需指定-o 选项，如下:

```
swift -V 2.0 -A http://172.16.0.200:5000/v2.0/ \
    -U cookbook:demo -K openstack download test \
    tmp/test/test1 -o test1
```

从一个容器中下载所有对象

也可以下载所有容器到本地文件系统。为此，只需指定所需下载容器，如下:

```
swift -V 2.0 -A http://172.16.0.200:5000/v2.0/ \
    -U cookbook:demo -K openstack download test
```

这将下载 test 容器下的发现的所有对象。

从我们的 OpenStack 对象存储账号里下载所有对象

还可以下载 OpenStack 对象存储账号里的所有对象。如果有多个容器，所有容器里的
对象都将被下载。通过使用--all 选项，如下：

```
swift -V 2.0 -A http://172.16.0.200:5000/v2.0/ \
    -U cookbook:demo -K openstack download --all
```

```
test/tmp/test/test1
test/tmp/test/test2
test/tmp/example-500Mb
```

图 5-4

这将下载指定容器名内的所有对象，如图 5-4 所示。

工作原理

swift 客户端是一个基本但通用的工具，帮助用户与文件之间打交道。下载对象和容
器可以通过以下语法实现：

```
swift -V 2.0 -A http://keystone_server:5000/v2.0 \
    -U tenant:user -K password download container {object … }
```

从账户（如所有容器中）下载所有对象，可通过以下语法实现：

```
swift -V 2.0 -A http://keystone_server:5000/v2.0 \
    -U tenant:user -K password download --all
```

5.8   删除容器和对象

swift 客户端工具还可以直接删除 OpenStack 对象存储中的容器和对象。

准备工作

登录到一台已经安装好 swift 客户端的计算机或服务器。

操作步骤

执行以下步骤删除 OpenStack 对象存储环境中的对象。

删除对象

要删除对象 tmp/test/test1，执行以下命令：

```
swift -V 2.0 -A http://172.16.0.200:5000/v2.0/ \
    -U cookbook:demo -K openstack delete test tmp/test/test1
```

这将从 test 容器中删除 tmp/test/test1 对象。

删除多个对象

要删除对象 tmp/tset/test2 和 tmp/example-500Mb，使用以下命令：

```
swift -V 2.0 -A http://172.16.0.200:5000/v2.0/ \
    -U cookbook:demo -K openstack delete test \
    tmp/test/test2 tmp/example-500Mb
```

这将从 test 容器中删除对象 tmp/test/test2 和 tmp/example-500Mb。

删除容器

要删除 test 容器，使用以下命令：

```
swift -V 2.0 -A http://172.16.0.200:5000/v2.0/ \
    -U cookbook:demo -K openstack delete test
```

删除账户下所有内容

要删除账户下所有容器和对象，使用以下命令：

```
swift -V 2.0 -A http://172.16.0.200:5000/v2.0/ \
    -U cookbook:demo -K openstack delete --all
```

这将删除所有容器和这些容器下的所有对象。

工作原理

swift 客户端是一个基本但通用的工具，帮助用户与文件打交道。删除对象和容器可以通过以下语法实现：

```
swift -V 2.0 -A http://keystone_server:5000/v2.0 \
    -U tenant:user -K password delete container {object … }
```

从账户（如从所有容器中）删除所有对象，执行以下语法：

```
swift -V 2.0 -A http://keystone_server:5000/v2.0 \
    -U tenant:user -K password delete --all
```

5.9　使用 OpenStack 对象存储访问控制列表

ACL 对独立的对象和容器拥有更多的控制权，而无须对特定容器执行完整的读/写访问。

准备工作

登录一台安装好 kestone 和 swift 客户端的计算机。

操作步骤

执行以下步骤。

1. 在 OpenStack 身份认证服务器中，首先创建一个账号，使得 cookbook 租户中仅有一个 Memeber，名为 user。

```
export ENDPOINT=172.16.0.200
export SERVICE_TOKEN=ADMIN
export SERVICE_ENDPOINT=http://${ENDPOINT}:35357/v2.0

# First get TENANT_ID related to our 'cookbook' tenant
TENANT_ID=$(keystone tenant-list | awk ' / cookbook / {print $2}')

# We then create the user specifying the TENANT_ID
keystone user-create \
    --name user \
    --tenant_id $TENANT_ID \
    --pass openstack \
    --email user@localhost \
    --enabled true

# We get this new user's ID
USER_ID=$(keystone user-list | awk ' / user / {print $2}')

# We get the ID of the 'Member' role
ROLE_ID=$(keystone role-list | awk ' / Member / {print $2}')

# Finally add the user to the 'Member' role in cookbook
keystone user-role-add \
    --user $USER_ID \
    --role $ROLE_ID \
    --tenant_id $TENANT_ID
```

2. 通过新创建的用户，现在通过一个特权用户来创建一个容器（因此新创建的用户不能访问该容器），命令如下：

```
swift -V 2.0 -A http://172.16.0.200:5000/v2.0/ \
    -U cookbook:demo -K openstack post testACL
```

3. 用新创建的用户尝试上传一个文件到该容器，命令如下：

```
swift -V 2.0 -A http://172.16.0.200:5000/v2.0/ \
    -U cookbook:user -K openstack  post -r user testACL
```

4. 使用新用户尝试上传一个文件到该容器：

```
swift -V 2.0 -A http://172.16.0.200:5000/v2.0/ \
    -U cookbook:user -K openstack upload testACL \
    /tmp/test/test1
```

此时将会收到一个 HTTP 403 的消息，如下：

```
Object HEAD failed: https://172.16.0.210:8080/v1/AUTH_53d87d9b6679
4904aa2 c84c17274392b/testACL/tmp/test/test1 403 Forbidden
```

5. 现在，为新用户授予 testACL 容器的写访问权限。

```
swift -V 2.0 -A http://172.16.0.200:5000/v2.0/ \
    -U cookbook:demo -K openstack post -w user -r user \
    testACL
```

6. 再次上传该文件，执行成功。

```
swift -V 2.0 -A http://172.16.0.200:5000/v2.0/ \
    -U cookbook:user -K openstack upload testACL \
    /tmp/test/test1
```

工作原理

授权访问控制是在容器的基础上完成的，实现在用户级别。当用户以各自的角色创建一个容器时，其他用户可以通过添加不同角色授权用户访问该容器。用户将在新的角色下被授予读和写访问容器权限，例如：

```
swift -V 2.0 -A http://keystone_server:5000/v2.0 \
    -U tenant:user -K password post -w user -r user  container
```

第 **6** 章

管理 OpenStack 对象存储

本章将讲述以下内容：
- □ 为 OpenStack 对象存储准备驱动
- □ 用 swift-init 管理 OpenStack 对象存储集群
- □ 检查集群健康状况
- □ OpenStack 对象存储基准测试
- □ 管理 swift 集群容量
- □ 从集群中删除节点
- □ 检测和更换故障硬盘
- □ 收集使用情况统计情况

6.1 介绍

OpenStack 对象存储集群日常的管理工作涉及确保集群中的文件复制到正确的节点数量，报告集群使用情况，处理集群的故障。本章在第 5 章的基础之上介绍管理 OpenStack 对象存储需要的工具和流程。

6.2 为 OpenStack 对象存储准备驱动

OpenStack 对象存储不依赖于任何文件系统，只需要该文件系统支持扩展属性（xattr）。众所周知，XFS 文件系统的综合性能和弹性是最佳的。

准备工作

在开始之前，需要添加一块硬盘到 swift 结点。为此，编辑 Vagrant 文件，包括以下字段：

```
if prefix == "swift"
    file_to_disk = './new_disk.vdi'
    vbox.customize['createhd', '--filename', file_to_disk, '--size', 50 * 1024]
    vbox.customize ['storageattach', :id, '--storagectl', 'SATA Controller',
        '--port', 1, '--device', 0, '--type', 'hdd', '--medium', file_to_disk]
end
```

然后，启动 swift 节点：

```
vagrant up swift
```

登录到一个有一个磁盘要被格式化的 swift 节点，作为 OpenStack 对象存储节点：

```
vagrant ssh swift
```

操作步骤

执行以下步骤，为 OpenStack 对象存储节点准备硬盘。为此，假设新硬盘已经可以使用，建立一个合适的分区，并准备进行格式化。例如，分区 /dev/sdb1。

1. 使用 XFS 进行格式化，执行以下命令：

```
sudo mkfs.xfs -i size=1024 /dev/sdb1
```

2. 该命令将产生一个新的驱动器和分区，如图 6-1 所示。

```
meta-data=/dev/sdb1              isize=1024   agcount=4, agsize=1310656 blks
         =                       sectsz=512   attr=2, projid32bit=0
data     =                       bsize=4096   blocks=5242624, imaxpct=25
         =                       sunit=0      swidth=0 blks
naming   =version 2              bsize=4096   ascii-ci=0
log      =internal log           bsize=4096   blocks=2560, version=2
         =                       sectsz=512   sunit=0 blks, lazy-count=1
realtime =none                   extsz=4096   blocks=0, rtextents=0
```

图 6-1

3. 格式完之后，在 /etc/fstab 文件里设置挂载点：

```
/dev/sdb1 /srv/node/sdb1 xfs noatime,nodiratime,nobarrier,logbu fs=8 0 0
```

4. 如果挂载点不存在，需要创建一个，然后挂载该文件系统：

```
mkdir -p /srv/node/sdb1
mount /srv/node/sdb1
```

工作原理

如果需要为环境测试 OpenStack 对象存储，一般推荐使用 XFS 文件系统。OpenStack

对象存储需要一个支持扩展属性（`xattr`）的文件系统，该文件系统的综合性能是最佳的。

为了适应 OpenStack 对象存储使用的元数据，增加 inode 大小为 1024。在设置时使用 `-i size=1024` 参数来格式化。

更多性能方面的考虑可以在挂载时设置。不需要记录文件访问时间（`noatime`）和目录的访问时间（`nodiratime`）。支持在适当的时间刷新回写缓存到硬盘。如果禁用该配置将会带来性能的提升，因为 OpenStack 对象存储高可用的特性允许驱动器出现故障（如在写数据），所以在文件系统中的安全网（safety net）可以被禁用（用 `nobarrier` 选项），以提高速度。

6.3 用 **swift-init** 管理 OpenStack 对象存储集群

OpenStack 对象存储环境中的服务可以使用 `swift-init` 工具管理。该工具允许用户方便地控制 OpenStack 对象存储中所有的守护进程。关于安装和配置 Swift 服务相关的内容，参见第 4 章。

准备工作

登录到任何 OpenStack 对象存储节点。

操作步骤

`swift-init` 工具可以用来控制 OpenStack 对象存储集群中运行的任意守护进程，而不用调用独立的 init 脚本。

每个命令可以执行如下。

控制 OpenStack 对象存储代理

```
swift-init proxy-server { command }
```

控制 OpenStack 对象存储守护进程

```
swift-init object { command }
swift-init object-replicator {command }
swift-init object-auditor { command }
swift-init object-updater { command }
```

控制 OpenStack 对象存储容器守护进程

```
swift-init container { command }
swift-init container-update { command }
swift-init container-replicator { command }
swift-init container-auditor { command }
```

控制 OpenStack 对象存储账号守护进程

```
swift-init account { command }
swift-init account-auditor { command }
swift-init account-reaper { command }
swift-init account-replicator { command }
```

控制所有守护进程

```
swift-init all { command }
```

`{ command }`可以是表 6-1 中的一项。

表 6-1

命令	描述
stop、start 和 restart	命令含义显而易见
force-reload 和 reload	做的是同一个事情——正常停止后重启服务器
shutdown	等待当前进程终止后停止服务器
no-daemon	在当前 shell 中启动服务器
no-wait	启动一个服务器并立刻返回
once	启动服务器并检查一遍所有守护进程
status	显示服务器进程的状态

工作原理

　　swift-init 工具是一个单独的工具，用来管理任何运行的 OpenStack 对象存储守护进程，便于管理集群。

6.4　检查集群健康状况

　　通过 swift-dispersion-report 工具，可以度量集群的健康状况。这是通过验证分布的容器集合，保证对象在集群中的位置正确。

准备工作

　　登录到 OpenStack 对象存储代理服务器。要登录到使用 Vagrant 创建的 OpenStack 对象存储代理服务器，执行以下命令：

```
vagrant ssh swift.
```

操作步骤

执行以下步骤设置 swift-dispersion 工具报告集群健康状况。

1. 首先，创建 swift-dispersion 工具所需的配置文件 etc/swift/dispersion. conf。

```
[dispersion]
auth_url = http://172.16.0.200:5000/auth/v2.0
auth_user = cookbook:admin
auth_key = openstack
```

2. 然后，需要创建整个集群中的容器和对象，通过使用 swift-dispersion-populate 工具使它们分布在不同的地方。

```
sudo swift-dispersion-populate
```

3. 一旦容器和对象设置完毕，就可以运行 swift-dispersion-report 命令：

```
sudo swift-dispersion-report
```

产生图 6-2 所示的输出。

```
Queried 2621 containers for dispersion reporting, 19s, 0 retries
100.00% of container copies found (7863 of 7863)
Sample represents 1.00% of the container partition space

Queried 2621 objects for dispersion reporting, 7s, 0 retries
100.00% of object copies found (7857 of 7857)
Sample represents 1.00% of the object partition space
```

图 6-2

4. 可以设置一个 cron 作业重复检测这些容器和对象的健康状况：

```
echo "/usr/bin/swift-dispersion-report" | sudo tee -a /etc/cron.
hourly/ swift-dispersion-report
```

工作原理

对象的健康可以通过检测副本是否正确来度量。如果 OpenStack 对象存储集群复制一个对象 3 次，其中两次是在正确的位置，那么该对象 66.66%可能是正确的。

为保证在集群里有足够的副本，可使用 swift-dispersion-populate 工具，它会创建 2621 个容器和对象来填充，因而增加集群大小。一旦到位，就可以设置一个 corn 作业，每小时运行一次，以确保集群是一致的，因此，提供一个迹象表明集群是健康的。

可以通过设置代理节点（可以访问所有节点）上的 cron 作业来度量整个集群的健康状况。cron 作业每小时运行一次，执行 swift-dispersion-report 工具。

6.5　OpenStack 对象存储基准测试

理解 OpenStack 对象存储环境的能力对于需要规划容量的大小和性能调优的领域是至关重要的。OpenStack 对象存储提供了一个名为 `swift-bench` 的工具，可以帮助用户了解这些能力。

准备工作

登录到 OpenStack 对象存储代理服务器。要登录到使用 Vagrant 创建的 OpenStack 对象存储代理服务器，需要执行以下命令：

```
vagrant ssh swift
```

操作步骤

执行以下操作，对 OpenStack 对象存储集群进行基准测试。

1. 首先，创建一个名为 `/etc/swift/swift-bench.conf` 的配置文件，内容如下：

```
[bench]
auth = http://172.16.0.200:5000/v2.0
user = service:swift
key = swift
auth_version = 2.0
concurrency = 10
object_size = 1
num_objects = 1000
num_gets = 10000
delete = yes
```

2. 然后，只需执行 `swift-bench` 并指定配置文件：

```
swift-bench /etc/swift/swift-bench.conf
```

这将产生图 6-3 所示的输出。

```
swift-bench 2012-04-06 19:56:10,417 INFO 76 PUTS [0 failures], 37.9/s
swift-bench 2012-04-06 19:56:25,429 INFO 531 PUTS [0 failures], 31.2/s
swift-bench 2012-04-06 19:56:38,665 INFO 1000 PUTS **FINAL** [0 failures], 33.1/s
swift-bench 2012-04-06 19:56:40,673 INFO 348 GETS [0 failures], 173.6/s
swift-bench 2012-04-06 19:56:55,676 INFO 3405 GETS [0 failures], 200.2/s
swift-bench 2012-04-06 19:57:10,677 INFO 4218 GETS [0 failures], 131.8/s
swift-bench 2012-04-06 19:57:25,693 INFO 6026 GETS [0 failures], 128.1/s
swift-bench 2012-04-06 19:57:40,701 INFO 9125 GETS [0 failures], 147.1/s
swift-bench 2012-04-06 19:57:44,830 INFO 10000 GETS **FINAL** [0 failures], 151.1/s
swift-bench 2012-04-06 19:57:46,852 INFO 84 DEL [0 failures], 41.6/s
swift-bench 2012-04-06 19:58:01,873 INFO 578 DEL [0 failures], 33.9/s
swift-bench 2012-04-06 19:58:14,467 INFO 1000 DEL **FINAL** [0 failures], 33.7/
```

图 6-3

OpenStack 对象存储自带一个基准测试工具 swfit-bench。它通过一系列的 put、get 和 delete 操作，计算 OpenStack 对象存储环境中的吞吐量并对任何故障给出报告。配置文件如下：

```
[bench]
auth = Keystone authentication URL
user = tenant:username
key = key/password
auth_version = version of Keystone API
concurrency = number of concurrent operations
object_size = the size of the object in bytes
num_objects = number of objects to upload
num_gets = number of objects to download
delete = whether to perform deletions
```

该指定用户必须能够在环境中执行所需的操作，包括创建容器。

6.6 管理 swift 集群容量

一个地区（zone）是一组与其他节点隔离开来的独立的节点（单独的服务器、网络、电源，甚至地理位置）。**Swift 环**（ring）保证每个副本被存储在一个独立的区域。为了增加存储的容量，可以添加额外的地区。例如，添加一个存储节点 IP 为 172.16.0.212，第二块磁盘为/dev/sdb，通过 IP 172.16.0.212 用作另一块 OpenStack 对象存储。这个节点组成了这个地区唯一的节点。

要增加额外的容量给现有的地区，为集群中的每个地区重复以上操作。例如，下面的步骤假定地区 5（z5）不存在，因此在建立环时被创建。简单地添加额外的容量给现有区域，在现有的地区（地区 1~4）中指定新服务器。整个操作保持不变。

登录到 OpenStack 对象存储代理服务器节点以及新的存储节点（新的地区）。

为了添加额外的地区到 OpenStack 对象存储集群，执行以下操作。

代理服务器

1. 首先，需要将以下条目添加到环中，其中 STORAGE_LOCAL_NET_IP 是新节点的 IP 地址，ZONE 是新地区。

确保以下命令在 /etc/swfit 目录下执行。

```
cd /etc/swift

ZONE=5
STORAGE_LOCAL_NET_IP=172.16.0.212
WEIGHT=100
DEVICE=sdb1

swift-ring-builder account.builder add z$ZONE- $STORAGE_LOCAL_NET_IP:6002/
$DEVICE $WEIGHT
swift-ring-builder container.builder add z$ZONE- $STORAGE_LOCAL_NET_IP:6001/
$DEVICE $WEIGHT
swift-ring-builder object.builder add z$ZONE- $STORAGE_LOCAL_NET_IP:6000/
$DEVICE $WEIGHT
```

2. 需要验证环的内容，执行以下命令：

```
swift-ring-builder account.builder
swift-ring-builder container.builder
swift-ring-builder object.builder
```

3. 最后，重新调整这些环，这将会耗费一些时间：

```
swift-ring-builder account.builder rebalance
swift-ring-builder container.builder rebalance
swift-ring-builder object.builder rebalance
```

4. 执行完毕后，需要复制 account.ring.gz、container.ring.gz 和 object.ring.gz 到新的存储节点和其他的存储节点：

```
scp *.ring.gz $STORAGE_LOCAL_NET_IP:/tmp
# And other scp to other storage nodes
```

存储节点

1. 首先复制 account.ring.gz、container.ring.gz 和 object.ring.gz 到 /etc/swfit 目录，确保它们属于 swfit 用户：

```
sudo mv /tmp/.ring.gz /etc/swift
sudo chown swift:swift /etc/swift/.ring.gz
```

如 6.1 节所描述的那样，在该结点准备存储。

2. 编辑 /etc/swift/swift.conf 文件，以便件 [swift-hash] 部分跟其他所有节点的对应部分匹配：

```
[swift-hash]

# Random unique string used on all nodes
swift_hash_path_suffix = QAxxUPkzb7lP29OJ
```

3. 现在需要为/etc/rsyncd.conf 文件添加以下内容：

```
uid = swift
gid = swift
log file = /var/log/rsyncd.log
pid file = /var/run/rsyncd.pid
address = 172.16.0.212

[account]
max connections = 2
path = /srv/node/
read only = false
lock file = /var/lock/account.lock

[container]
max connections = 2
path = /srv/node/
read only = false
lock file = /var/lock/container.lock

[object]
max connections = 2
path = /srv/node/
read only = false
lock file = /var/lock/object.lock
```

4. 执行以下命令，启用和启动 rsync：

```
sudo sed -i 's/=false/=true/' /etc/default/rsync
sudo service rsync start
```

5. 需要创建/etc/swift/account-server.conf 文件并为其添加以下内容：

```
[DEFAULT]
bind_ip = 172.16.0.212
workers = 2

[pipeline:main]
pipeline = account-server

[app:account-server]
use = egg:swift#account

[account-replicator]

[account-auditor]

[account-reaper]
```

6. 创建/etc/swfit/container-server.conf 文件并为其添加以下内容：

```
[DEFAULT]
bind_ip = 172.16.0.212
workers = 2
```

```
[pipeline:main]
pipeline = container-server

[app:container-server]
use = egg:swift#container

[container-replicator]

[container-updater]

[container-auditor]
```

7. 最后，创建/etc/swfit/object-server.conf 文件并为其添加以下内容：

```
[DEFAULT]
bind_ip = 172.16.0.212
workers = 2

[pipeline:main]
pipeline = object-server

[app:object-server]
use = egg:swift#object

[object-replicator]

[object-updater]

[object-auditor]
```

8. 现在可以启动这个存储节点，这个节点被配置成为我们的第五个地区：

sudo swift-init all start

工作原理

通过添加额外的节点或地区进行扩容，需要完成以下两步。

1. 在代理服务器上配置地区和节点。

2. 配置存储节点。

对于每个存储节点和这些存储节点上的设备，我们运行下面的命令，为新的地区增添存储节点和设备：

swift-ring-builder object.builder add zzone-storage_ip:6000/device weight

一旦这些已经在代理节点上配置完成，就需要重新平衡环。这样会更新对象环、账户环和容器环。复制更新后的 gzip 压缩文件，以及环境中用到的 swift 散列值，到存储节点。

在存储节点上，只需执行以下步骤。

1. 配置磁盘（分区和格式化 XFS）。

2. 配置并启动 rsyncd。

3. 配置账户、容器和对象服务。

4. 启动存储节点上的 OpenStack 对象存储服务。

OpenStack 对象存储环境内的数据会重新分配到这个新地区的节点。

6.7 从集群中删除节点

相对于为 OpenStack 对象存储集群增加容量，有时候可能需要减少容量。可以通过从集群中的地区中移除节点来实现。接下来将移除 z5 中的 172.16.0.212 节点，也就是存储设备 /dev/sdb1。

准备工作

登录到 OpenStack 对象存储代理服务器。要登录到使用 Vagrant 创建的 OpenStack 对象存储代理服务器，执行以下命令：

```
vagrant ssh swift
```

操作步骤

执行以下操作从一个地区中删除一个存储节点。

代理服务器

1. 要从 OpenStack 对象存储删除一个节点，先设定其 weight 为 0，重新调整环时，数据会从这个节点搬走：

```
cd /etc/swift

swift-ring-builder account.builder set_weight z5-172.16.0.212:6002/sdb1 0
swift-ring-builder container.builder set_weight z5-172.16.0.212:6001/sdb1 0
swift-ring-builder object.builder set_weight z5-172.16.0.212:6000/sdb1 0
```

2. 重新调整环：

```
swift-ring-builder account.builder rebalance
swift-ring-builder container.builder rebalance
swift-ring-builder object.builder rebalance
```

3. 完成之后，可以从该环中把节点从地区中移除：

```
swift-ring-builder account.builder remove z5-172.16.0.212:6002/sdb1
```

```
swift-ring-builder container.builder remove z5-172.16.0.212:6001/sdb1
swift-ring-builder object.builder remove z5-172.16.0.212:6000/sdb1
```

4. 然后复制 `account.ring.gz`、`container.ring.gz` 和 `object.ring.gz` 文件到集群中的其余节点。现在可以停用此存储节点，移除这个物理设备。

工作原理

从 OpenStack 对象存储集群手动移除一个节点需要以下 3 步。

1. 使用 `swift-ring-builder <ring> set_weight` 命令设置节点权重为 0，所以数据不会再复制过去。

2. 重新调整环，更新数据。

3. 使用 `swift-ring-builder <ring> remove` 命令从 OpenStack 对象存储集群上移除节点。完成之后，就可以删除该节点。重复以上步骤删除该地区的每一个节点。

6.8　检测和更换故障硬盘

如果不能访问存储数据的硬盘驱动器，OpenStack 对象存储也不会有多少用处。所以必须要能够检测和更换故障硬盘。OpenStack 对象存储可以通过 `swift-drive-audit` 命令检测硬件故障。这有助于检测故障，及时替换故障硬盘，极大地提高了系统的健康度和性能。

准备工作

登录到 OpenStack 对象存储节点及代理服务器。

操作步骤

要检测出故障的硬盘驱动器，需要执行以下操作。

存储节点

1. 首先，需要配置一个 cron 作业通过监控 `/var/log/kern.log` 文件来监测存储节点中的硬盘错误。为此，需要创建一个配置文件 `/etc/swift/swift-drive-audit.conf`。

```
[drive-audit]
log_facility=LOG_LOCAL0
log_level=INFO
device_dir=/srv/node
minutes=60
error_limit=1
```

2. 然后，添加一个 cron 作业，每小时执行一次 `swift-drive-audit`。

```
echo '/usr/bin/swift-drive-audit /etc/swift/swift-drive-audit.
conf' | sudo tee -a /etc/cron.hourly/swift-drive-audit
```

3. 当一个磁盘被检测出问题，脚本会卸载该磁盘，OpenStack 对象存储会绕过这个问题。因此，当一个磁盘被标记出问题并脱机时，就可以替换它。

 没有 `swift-drive-audit` 自动化监控的话，必须要手动执行该操作，以确保硬盘被卸载并从环中移除。

4. 一旦硬盘被物理替换，就可以遵循 6.6 节中描述的指令，将节点和硬盘添加回集群中。

工作原理

通过 `swift-drive-audit` 工具，可以设置一个 cron 作业，每小时执行一次来自动检测失败的硬盘驱动器。有了这个脚本，就可以检测失败、卸载驱动器不再使用它、更新环，让数据不再被复制和存储到该驱动器上。

一旦驱动器从环中被删除后，就可以在对该设备进行维护并替换该驱动器。

新驱动器到位后，就可以通过添加会环中把设备重新放回存储节点上的服务中。然后通过 `swift-ring-builder` 命令重新调整环。

6.9 收集使用情况统计数据

通过添加 `swift-recon` 中间件到 `object-server` 配置中，OpenStack 对象存储可以报告使用情况。通过使用 `swift-recon` 工具，可以查询这些指标。

准备工作

登录到 OpenStack 对象存储节点以及代理服务器。

操作步骤

要收集 OpenStack 对象存储集群的使用数据，需要执行以下步骤。

1. 首先，需要修改/etc/swift/object-server.conf 配置文件，添加 `swift-recon` 中间件，如下所示：

```
[DEFAULT]
bind_ip = 0.0.0.0
workers = 2
```

```
[pipeline:main]
pipeline = recon object-server

[app:object-server]
use = egg:swift#object

[object-replicator]

[object-updater]

[object-auditor]

[filter:recon]
use = egg:swift#recon
recon_cache_path = /var/cache/swift
```

2. 然后，使用 swfit-init 重启 object-server 服务：

swift-init object-server restart

运行该命令的同时，可以在代理服务器上使用 swfit-recon 工具获取使用统计数据。

硬盘使用

swift-recon -d

该命令会报告集群中硬盘的使用情况。

swift-recon -d -z5

该命令会报告地区 5 上硬盘的使用情况。

平均负荷

swift-recon -l

该命令会报告集群中的平均负荷情况。

swift-recon -l -z5

该命令会报告地区 5 上节点的平均负荷情况。

隔离统计

swift-recon -q

这会报告集群中任意一个隔离的容器、对象和账户信息。

swift-recon -q -z5

这将只报告地区 5 里的相关信息。

检测卸载设备

swift-recon -u

这将检查集群中任意没有卸载的驱动器。

swift-recon -z5 -u

这将只报告地区 5 里的相关信息。

检测复制指标

swift-recon -r

这将只报告集群内的复制状态。

swift-recon -r -z5

这将只报告地区 5 里节点的相关信息。

可以用一个命令执行所有这些操作得到集群的所有遥测数据。

swift-recon --all

在后面添加一个-z5，就可以只获得地区 5 里的节点信息。

swift-recon --all -z5

工作原理

为了统计 OpenStack 对象存储使用信息，添加一个 swift-recon 中间件收集度量信息。在每个存储节点中把/etc/swift/object-server.conf 以下几行添加到对象服务器里。

```
[pipeline:main]
pipeline = recon object-server

[filter:recon]
use = egg:swift#recon
recon_cache_path = /var/cache/swift
```

有了这个并重启对象服务器，就可以通过 swift-recon 工具查询此遥测数据。可以通过-z 参数把集群作为一个整体，或从某个特定的地区，收集统计数据。

需要注意的是，还可以通过在命令行中指定-all 标志或追加多个参数来收集所有或多个统计数据。例如，要从地区 5 中的节点中收集平均负载和统计复制数据，可以执行以下命令：

swift-recon -r -l -z5

第7章

启动 OpenStack 块存储

本章将讲述以下内容：
- ❑ 配置 Cinder 卷服务
- ❑ 为 Cinder 配置 OpenStack 计算服务
- ❑ 创建卷
- ❑ 为实例添加卷
- ❑ 从实例中分离卷
- ❑ 删除卷

7.1 简介

写到磁盘上运行中的虚拟机实例的数据是非持久的，也就是说，如果终止正在运行的虚拟机，磁盘上的数据就会丢失。通常把用于 OpenStack 计算实例的持续存储叫卷。比较容易理解的比喻是，可以给每一个虚拟机实例挂载一个 USB 设备，而 USB 磁盘是每次只允许被挂载到一台计算机上使用的。

在之前的 OpenStack 版本中，卷服务是通过 cinder-volume 提供的，它逐渐演进到现在的 OpenStack 块存储服务（OpenStack Block Storage），即 Cinder 项目。OpenStack 块存储与亚马逊 EC2 中的 EBS（Elastic Block Storage）非常相似，它们之间的区别在于存储卷暴露给虚拟机实例的方式。在 OpenStack 计算服务中，可以使用 iSCSI 来方便地管理通过 LVM 暴露的卷组，每个运行 Cinder 卷服务的主机必须拥有一个名为 cinder-volumes 的 LVM 卷组。

目前，当 Cinder 卷是运行的服务的名称，`cinder-volumes` 是被 Cinder 卷服务使用的 LVM 卷组的名称时，管理 OpenStack 块存储容易产生混淆。

7.2 配置 Cinder 卷服务

本节会尝试在 VirtualBox 虚拟机中添加一个新卷，并配置好 `cinder-volume` 服务所依赖的环境，将卷挂载到实例中。

准备工作

需要修改 Vagrantfile 文件提供一个额外的虚拟机，以便其可以使用 Cinder 卷管理。该虚拟机将提供一个回环文件系统，用来构建 LVM 卷，并安装 Cinder 相关服务。

 本章将把 OpenStack 块存储和 Cinder 视为等同。

操作步骤

首先，需要编辑 Vagrantfile，添加一个额外的虚拟机，用来设置 LVM。创建好该虚拟机并启动之后，需要设置一个回环文件系统并配置 LVM。然后，安装配置相关服务，如 `open-iscsi`。最后，配置 Cinder。

要在 Vagrant 文件中添加一个新的 VirtualBox 虚拟机，需要执行以下步骤。

1. 打开并编辑 Vagrantfile。

2. 在 `nodes` 字段下，为 Cinder 节点添加下面一行：

```
nodes = {
...
    'cinder' => [1, 211],
}
```

这行代码告诉 Vagrant 构建一个独立的虚拟机，其 IP 地址到.211 为止。

3. 启动虚拟机：

vagarnt up cinder

要配置新虚拟机，需要通过 `cinder-volume` 执行以下步骤。

1. 登录到新虚拟机：

vagrant ssh cinder

2. 安装依赖：

```
# Install some dependencies
sudo apt-get install -y linux-headers-'uname -r' build-essential python-
    mysqldb xfsprogs

sudo apt-get install -y cinder-api cinder-scheduler cinder-volume open-iscsi
    python-cinderclient tgt iscsitarget iscsitarget-dkms
```

3. 现在需要重启 open-iscsi：

```
sudo service open-iscsi restart
```

要创建回环文件系统并为使用 cinder-volume 设置 LVM，执行以下步骤。

1. 首先，创建一个 5 GB 的文件，用来做回环文件系统。

```
dd if=/dev/zero of=cinder-volumes bs=1 count=0 seek=5G
```

然后，创建回环文件系统。

```
sudo losetup /dev/loop2 Cinder-volumes
```

2. 最后，为 cinder-volume 创建 LVM。

```
sudo pvcreate /dev/loop2
```

```
sudo vgcreate cinder-volumes /dev/loop2
```

 这并不是一个持久文件系统。这里仅做演示使用，在生产环境中，应该使用实际的卷，而不是回环文件，并持久挂载。

工作原理

为了使用 cinder-volume，需要准备一个设置为 LVM 的磁盘或者分区，取名为 cinder-volumes。在实验的虚拟环境中，通过增加一个设置为 LVM 卷的磁盘空间来简单模拟。在实际环境中步骤相同。此处只是简单地将一个新增分区设置为 8e（Linux LVM）格式，然后把该分区添加到命名为 cinder-volumes 的卷组中。

完成上述的步骤之后，接下来安装 cinder-volume 工具以及支撑服务。cinder-volume 使用 iSCSI 做为软件模拟磁盘阵列管理，实现将卷分配给虚拟机实例，所以还需要安装 iSCSI 的所有依赖环境以及 iSCSI。

 在本书写作时，还没有 Cinder 的 Fiber Channel 驱动。但在本书出版时，社区和存储厂商已经为 Cinder 提供了 FC 驱动支持。如果读者希望掌握如何实现的，则可以向他们请教。

7.3 为 Cinder 卷配置 OpenStack 计算服务

需要让 OpenStack 计算服务知道新增了 Cinder 卷服务。

需要在多节点环境中进行设置，所以需要登录到控制节点、计算节点和 Cinder 节点上。

本节需要创建一个 .stackrc 文件。每个节点都需要该文件。为此，打开文本文件 .stackrc，添加以下内容：

```
export OS_TENANT_NAME=cookbook
export OS_USERNAME=admin
export OS_PASSWORD=openstack
export OS_AUTH_URL=http://172.16.0.200:5000/v2.0/
```

在多节点环境中，需要配控制节点、计算节点和 Cinder 节点。因此，按顺序执行以下命令。

要为 cinder-volume 配置 OpenStack 控制节点，需要执行以下步骤。

1. 在多节点配置中，OpenStack 控制节点负责认证（keystone）和登录 Clinder 数据库。首先，配置认证。

```
vagrant ssh controller
sudo su -
source .stackrc
keystone service-create --name volume --type volume -description
'Volume Service'

# Cinder Block Storage Service

CINDER_SERVICE_ID=$(keystone service-list | awk '/\ volume\ /
{print $2}')

CINDER_ENDPOINT="172.16.0.211"

PUBLIC="http://$CINDER_ENDPOINT:8776/v1/%(tenant_id)s"

ADMIN=$PUBLIC

INTERNAL=$PUBLIC

keystone endpoint-create --region RegionOne --service_id $CINDER_
SERVICE_ID --publicurl $PUBLIC --adminurl $ADMIN --internalurl
$INTERNAL
```

```
keystone user-create --name cinder --pass cinder --tenant_id
$SERVICE_TENANT_ID --email cinder@localhost --enabled true

CINDER_USER_ID=$(keystone user-list | awk '/\ cinder \ / {print $2}')

keystone user-role-add --user $CINDERUSER_ID --role $ADMIN_ROLE_ID
--tenant_id $SERVICE_TENANT_ID
```

接下来，为 Cinder 创建 MySQL 数据库。

```
MYSQL_ROOT_PASS=openstack

MYSQL_CINDER_PASS=openstack

mysql -uroot -p$MYSQL_ROOT_PASS -e 'CREATE DATABASE cinder;'

mysql -uroot -p$MYSQL_ROOT_PASS -e "GRANT ALL PRIVILEGES ON
cinder.* TO 'cinder'@'%';"

mysql -uroot -p$MYSQL_ROOT_PASS -e "SET PASSWORD FOR 'cinder'@'%'
= PASSWORD('$MYSQL_CINDER_PASS');"
```

2. 最后，编辑 nova.conf 文件，让控制节点能够认出 Cinder。

```
vim /etc/nova/nova.conf
```

3. 添加以下内容：

```
volume_driver=nova.volume.driver.ISCSIDriver
enabled_apis=ec2,osapi_compute,metadata
volume_api_class=nova.volume.cinder.API
iscsi_helper=tgtadm
```

4. 重启 nova 服务。

```
for P in $(ls /etc/init/nova* | cut -d'/' -f4 | cut -d'.' -f1)
  do
    sudo stop ${P}
    sudo start ${P}
  done
```

要为 Cinder 配置 OpenStack 计算节点，需要执行以下步骤。

1. 在场景里，只有一个唯一的计算节点需要配置。

```
vagrant ssh compute
sudo su -
```

现在，编辑 nova.conf。

```
vim /etc/nova/nova.conf
```

2. 添加以下内容：

```
volume_driver=nova.volume.driver.ISCSIDriver
enabled_apis=ec2,osapi_compute,metadata
```

```
volume_api_class=nova.volume.cinder.API
iscsi_helper=tgtadm
```

3. 重启 nova 服务。

```
for P in $(ls /etc/init/nova* | cut -d'/' -f4 | cut -d'.' -f1)
  do
    sudo stop ${P}
    sudo start ${P}
  done
```

要配置 Cinder 节点来使用 cinder-volume，需要执行以下步骤。

1. 运行以下命令：

vagrant ssh cinder
sudo su -

2. 首先，修改/etc/Cinder/api-paste.ini 来配置 keystone 服务。

sudo sed -i 's/127.0.0.1/'172.16.0.200'/g' /etc/cinder/api-paste.ini
sudo sed -i 's/%SERVICE_TENANT_NAME%/service/g' /etc/cinder/api-paste.ini
sudo sed -i 's/%SERVICE_USER%/Cinder/g' /etc/cinder/api-paste.ini
sudo sed -i 's/%SERVICE_PASSWORD%/Cinder/g' /etc/cinder/api-paste.ini

3. 接下来，修改/etc/cinder/cinder.conf 来配置数据库、iSCSI 和 RabbitMQ。确保 cinder.conf 文件中有以下内容：

```
[DEFAULT]

rootwrap_config=/etc/cinder/rootwrap.conf

sql_connection = mysql://cinder:openstack@${CONTROLLER_HOST}/cinder

api_paste_config = /etc/cinder/api-paste.ini

iscsi_helper=tgtadm
volume_name_template = volume-%s
volume_group = cinder-volumes
verbose = True
auth_strategy = keystone
#osapi_volume_listen_port=5900

# Add these when not using the defaults.
rabbit_host = ${CONTROLLER_HOST}
rabbit_port = 5672
state_path = /var/lib/cinder/
```

4. 最后，同步 Cinder 数据库并重启 Cinder 服务。

cinder-manage db sync

cd /etc/init.d/; for i in $(ls cinder-*); do sudo service $i
restart; done

工作原理

在多节点环境中，需要配置 OpenStack 使用 cinder-volume。在 OpenStack 控制节点中，创建了一个 keystone 服务、端点（endpoint）和用户。另外，分配了一个 Cinder 用户，服务租户中拥有管理员角色。在控制节点中，创建了一个 Cinder MySQL 数据库并修改 nova.conf 赋予 Cinder 用户相应的权限。

在计算节点，修改相对简单，只需要修改 nova.conf 修改 Cinder 权限。

最后，配置 Cinder 节点。方法是启动 keystone 和初始化 Cinder 数据库，连接 Cinder 服务到 MySQL 数据库。之后重启 Cinder 服务。

7.4　创建卷

现在拥有一个可用的 cinder-volume 服务，也就可以给虚拟机创建和分配存储卷了。实验环境中使用的是在 Ubuntu 下的 Cinder 客户端工具，如 python-cinderclient，给租户（项目）创建存储卷。

准备工作

首先确认已登录到可以访问 Cinder 客户端工具的 Ubuntu 客户机上。如果没有，则可以通过如下命令安装（在本书例子中，由于需要说明两种方式，因此两种都安装）。

```
sudo apt-get update
sudo apt-get install python-cinderclient
```

操作步骤

要使用 Cinder 客户端创建卷，需要执行如下步骤。

1. 首先，给虚拟机实例创建一个卷。

```
# Source in our OpenStack Nova credentials
. stackrc

cinder create --display-name cookbook 1
```

2. 执行完之后，命令行返回以下输出：

Property	Value
attachments	[]
availability_zone	nova
bootable	false

```
|      created_at      |    2013-04-22T03:46:35.915626      |
| display_description  |              None                  |
|     display_name     |            cookbook                |
|         id           | fc2152ff-dda9-4c1c-b470-d95390713159 |
|       metadata       |              {}                    |
|         size         |               1                    |
|     snapshot_id      |              None                  |
|    source_volid      |              None                  |
|        status        |            creating                |
|     volume_type      |              None                  |
+----------------------+------------------------------------+
```

工作原理

为项目 cookbook 创建 cinder-volumes 非常简单，使用 Cinder 客户端，带有 create 选项，语法如下：

```
cinder create --display_name volume_name size_Gb
```

这里的 volume_name 可以是任意不带空格的名称。

可以通过 LVM 工具查看逻辑卷 cinder-volumes 详情。

```
sudo lvdisplay cinder-volumes
--- Logical volume ---
LV Name                /dev/cinder-volumes/volume-fc2152ff-dda9-4c1c-b470-
d95390713159
VG Name                cinder-volumes
LV UUID                cwAmEF-HGOH-54sr-pOXx-lOof-iDmy-lYyBEQ
LV Write Access        read/write
LV Status              available
# open                 1
LV Size                1.00 GiB
Current LE             256
Segments               1
Allocation             inherit
Read ahead sectors     auto
- currently set to     256
Block device           252:2
```

7.5 为实例添加卷

通过刚才的配置，已经有了可用的卷，可以让任意的虚拟机使用它。通过 Nova 客户端工具中的 volume-attach 选项来使用卷。

准备工作

首先确认已登录到可以访问 Nova 客户端工具的 Ubuntu 客户机上。如果没有，则可以通过如下命令安装：

```
sudo apt-get update
sudo apt-get install python-novaclient
```

操作步骤

要使用 Nova 客户端为实例增加卷，需要执行以下步骤。

1. 如果还没有启动实例，请启动实例。启动之后，运行 `nova list` 命令查看实例 ID。

```
# Source in credentials
source .stackrc

nova list
```

输出如图 7-1 所示。

```
+--------------------------------------+----------+--------+---------------------------+
|                  ID                  |   Name   | Status |         Networks          |
+--------------------------------------+----------+--------+---------------------------+
| ccd477d6-e65d-4f8d-9415-c150672c52bb | Server 9 | ACTIVE | vmnet=10.0.0.5, 172.16.1.1 |
+--------------------------------------+----------+--------+---------------------------+
```

图 7-1

2. 使用实例 ID 就可以添加卷到运行的实例上。

```
nova volume-attach <instance_id> <volume_id> /dev/vdc
```

 这里使用 /dev/vdc 主要是为了不与前面的实例使用的/dev/vdb 冲突。

3. 执行成功后，会返回卷名。可以登录到运行的虚拟机上看到卷已可用：

```
sudo fdisk -l /dev/vdc
```

4. 在运行的实例中可以看到有 1 GB 的空间可用。下面，可以通过格式化、设置挂载点，就像使用一个新硬盘一样使用它了。

```
sudo mkfs.ext4 /dev/vdc
sudo mkdir /mnt1
sudo mount /dev/vdc /mnt
df -h
```

5. 这时，可以查看到新的卷已挂载到了/mnt1 下。

```
Filesystem      Size    Used    Avail   Use%  Mounted on
/dev/vda        1.4G    602M    733M    46%   /
devtmpfs        248M    12K     248M    1%    /dev
none             50M    216K     50M    1%    /run
none            5.0M     0      5.0M    0%    /run/lock
none            248M     0      248M    0%    /run/shm
```

```
/dev/vdb          5.0G    204M    4.6G    5%  /mnt
/dev/vdc          5.0G    204M    4.6G    5%  /mnt1
```

工作原理

使用 cinder-volume 其实和在本机使用一个 USB 磁盘没什么太大差别，先找到它，格式化（新磁盘才格式化），然后挂载即可使用。

在 Nova 客户端工具中，volume-attach 选项的语法如下：

nova volume-attach instance_id volume_id device

instance_id 是通过 nova list 获得的 ID，volume_id 则可以使用 nova volume-list 得到，device 是在虚拟机中便于挂载使用卷而创建的。

7.6 从实例中分离卷

因为 Cinder 卷是持久存储，并且将它比喻为 USB 磁盘是最好的方式，这意味着一次只可用于一台计算机。将其与这台计算机分离后，它又可用于其他的计算机。与使用 Nova 卷一样，在分离它们时也会用到 Nova 客户端选项 volume-detach。

准备工作

首先，确保已登录到可以访问 Nova 客户端工具的 Ubuntu 客户机上。如果没有，则可以通过如下命令安装：

```
sudo apt-get update
sudo apt-get install  python-novaclient
```

操作步骤

要使用 Nova 客户端工具卸载卷，需要执行如下步骤。

1. 首先，需要先确认虚拟机使用了哪些卷，执行 nova volume-list 命令返回如下信息：

nova volume-list

2. 该命令返回结果如图 7-2 所示。

ID	Status	Display Name	Size	Volume Type	Attached to
3	available	volume1	5	None	
4	in-use	volume1	5	None	ccd477d6-e65d-4f8d-9415-c150672c52bb

图 7-2

3. 在具有已经挂载的卷的实例上，必须先执行 unmount（如使用前面的示例中，应该是在/mnt1）。

sudo unmount /mnt1

4. 回到已经安装了 Nova 客户端的 Ubuntu 客户机，现在可以分离该卷与虚拟机的关联了。

nova volume-detach <instance_id><volume_id>

5. 此时，可以将其用在其他运行的虚拟机实例上，卷中数据依然保留。

工作原理

分离 cinder-volume 就好比将 USB 磁盘从计算机上拔出，先将卷从运行的虚拟机实例上卸载，然后使用 Nova 客户端命令 nova volume-detach 将卷从运行实例上分离出来。

使用 nova volume-detach 命令的语法如下：

nova volume-detach instance_id volume_id

instance_id 是通过 nova volume-list 返回的 Attached to 列得到的，volume_id 则可以使用 nova volume-list 获取的 ID 列得到。

7.7　删除卷

在某些情况下，可能不再需要部分创建的卷，需要将其从系统中完全的清理掉。通过 Nova 客户端工具中的 volume-delete 可以很方便地做到这些。

准备工作

首先确认已登录到已经安装 Nova 客户端的 Ubuntu 主机上，且在 OpenStack 环境认证信息中授权。

操作步骤

 注意，这是一次性操作。除非已做好备份，否则需要理解下面所要做的一切。

要使用 Nova 客户端删除一个卷，需要执行以下步骤。

1. 首先，需要识别出要删除的卷。

```
nova volume-list
```

2. 通过上面命令返回的卷 ID，可以很简单地将卷从系统中删掉。

```
nova volume-delete <volume_id>
```

3. 删除完毕后，该命令会返回被删除卷的详细信息。

工作原理

在实际系统中，删除 LVM 卷只需要把要删除的卷名作为参数传给 nova volume-delete 命令（如果是用 Nova 客户端工具），即可完成删除卷的操作。当然，首先要确认被删除的卷不再使用。

第 8 章

OpenStack 网络

本章将讲述以下内容：
❏ 通过 DHCP 配置 Flat 网络
❏ 配置 VLAN 管理网络
❏ 为 VLAN 管理配置每租户 IP 区间
❏ 自动为租户分配固定网络
❏ 修改租户的固定网络
❏ 手动为实例分配浮动 IP
❏ 手动解除实例的浮动 IP
❏ 自动分配浮动 IP
❏ 使用 VirtualBox 和 Vagrant 为 Neutron 创建沙盒网络服务器
❏ 为 Neutron 安装和配置 OVS
❏ 安装和配置 Neutron API 服务器
❏ 为 Neutron 配置计算主机
❏ 创建 Neutron 网络
❏ 删除 Neutron 网络
❏ 创建外部 Neutron 网络

8.1　介绍

在当前的 Grizzly 发行版本中，OpenStack 支持 3 种网络管理模式，分别是 Flat 网络、

VLAN 管理网络，以及最新的 **SDN**（Software Defined Networking，**软件定义网络**）。SDN（软件定义网络）是一种管理网络的方式，利用它，网络管理员和云计算操作员可以通过程序来动态定义虚拟网络设备。OpenStack 网络（Networking）中的 SDN（软件定义网络）组件叫作 **Neutron**。Neutron 是 OpenStack 社区里对 OpenStack 网络的 SDN 模式的项目名称。之前它叫 Quantum，但由于版权原因不得不改名，即现在看到的 Neutron。更多细节可以参考 https://wiki.openstack.org/wiki/Network/neutron-renaming 这篇文章。在目前的 Grizzly 版本中，SDN 相关的路径名和服务名仍使用了 Quantum 这个名字，但是以后的发行版会修正过来。

有了 SDN，便能在多租户环境中安全地定义复杂的网络，克服以前 Flat 和 VLAN 网络模式中通常遇到的一些问题。Flat 网络，就像它的名字所表示的那样，所有租户的网络都处于同一 IP 子网内，没有租户之间的隔离。VLAN 网络虽然可以通过 VLAN ID 隔离租户之间的 IP，但是，由于 VLAN 最多只能有 4096 个 ID，因此对于大规模安装环境而言，用户仍然面临着不得不让多个租户使用单一的 IP 地址区间来运行程序的窘境。对于这两种模式，最终还是需要通过配置有效的安全组（Security Group）规则来对服务进行隔离。

OpenStack 里的 SDN 组件同时也是一种可插拔的架构，通过各种各样插件可以管控不同种类的交换机、防火墙、负载均衡器，并实现 firewall as a service 等许多功能。通过软件来定义网络，可以对整个云计算设施进行精细地掌控。

VLAN 管理是 OpenStack 中默认的网络管理模式。通过对每个租户分配一个 IP 地址区间和 VLAN 标签，可以确保多租户间的有效隔离。在 Flat 网络模式中，隔离只能在 Security Group（安全组）这个级别完成。

8.2 通过 DHCP 配置 Flat 网络

带 DHCP 的 Falt 网络，实例的 IP 地址是从 OpenStack 计算主机上运行的 DHCP 服务中分配的。该服务由 dnsmasq 提供。使用 Flat 网络时，必须手动配置网桥才能工作。

准备工作

首先，确保已经登录到控制节点（controller）。如果这个节点是使用 Vagrant 创建的，则可以使用如下命令来访问：

```
vagrant ssh controller
```

如果使用了第 3 章中创建的控制节点，虚拟实例中会有 3 个网络接口。

❑　eth0 是一个 NAT 到运行 VirtualBox 的主机的接口。

❑　eth1 是浮动（公共）网络（172.16.0.0/16）。

❑　eth2 是固定（私有）网络（10.0.0.0/8）。

在真实的生产环境中不会用到第一个接口，所以可以忽略下面几节中对这个 NAT 接口
eth0 的介绍。

操作步骤

要配置 OpenStack 环境来使用带 DHCP 的 Flat 网络，需要执行以下步骤。

1. OpenStack 中任何网络模式都需要桥接才能工作。在安装 nova-network 组件时桥
接工具会作为依赖部分自动安装，如果没有安装，则可通过以下命令来安装。由于还需要
配置 VLAN，因此支持 VLAN 所需的软件包也必须同时安装。

```
sudo apt-get update
sudo apt-get -y install bridge-utils
```

2. 首先，需要在/etc/network/interfaces 中定义一个网桥 br100，如下所示：

```
# The primary network interface

auto eth0
iface eth0 inet dhcp
# eth1 public
auto eth1
iface eth1 inet static
        address 172.16.0.201
        netmask 255.255.0.0
        network 172.16.0.0
        broadcast 172.16.255.255

# eth2 private
auto br100
iface br100 inet manual
        bridge_ports    eth2
        bridge_stp      off
        bridge_maxwait 0
        bridge_fd       0
        up ifconfig eth2 up
```

3. 接着，需要重启网络服务使更改生效，如下所示：

```
sudo /etc/init.d/networking restart
```

4. 然后配置 OpenStack 计算服务来使用刚刚创建的网桥设备。在/etc/nova/
nova.conf 中加入如下几行：

```
dhcpbridge_flagfile=/etc/nova/nova.conf
dhcpbridge=/usr/bin/nova-dhcpbridge
network_manager=nova.network.manager.FlatDHCPManager
flat_network_dhcp_start=10.10.1.2
flat_network_bridge=br100
flat_interface=eth2
flat_injected=False
public_interface=eth1
```

5. 重启 OpenStack 计算服务使更改生效，如下所示：

```
sudo restart nova-compute
sudo restart nova-network
```

6. 为了隔离每个项目（租户）的私有网段，首先需要取得需要创建网络的租户的 ID。在安装了 keystone 客户端的客户机上运行如下命令：

```
keystone tenant-list
```

输出结果如图 8-1 所示。

```
+----------------------------------+---------+---------+
|                id                |  name   | enabled |
+----------------------------------+---------+---------+
| 950534b6b9d740ad887cce62011de77a | demo    | True    |
| 778c3ac00fd34b4a9c6dad8c71ef8f26 | admin   | True    |
| b3e06a6f3a00487880b2712bcfff996c | service | True    |
+----------------------------------+---------+---------+
```

图 8-1

7. 给该租户创建一个私有（固定）网络，如下所示：

```
sudo nova-manage network create \
    --fixed_range_v4=10.10.1.0/24 \
    --label cookbook --bridge br100 \
    --project 950534b6b9d740ad887cce62011de77a
```

8. 接着创建用于连接虚拟机实例的浮动公有 IP 地址区间，如下所示：

```
sudo nova-manage floating create --ip_range=172.16.1.0/24
```

9. 至此，已有一个 eth2 上的网桥和一个分配给虚拟机的私有网络。为了让主机的多网络能正常工作，请确认已启用了 IP 转发功能，如下所示：

```
sudo sysctl -w net.ipv4.ip_forward=1
```

10. 当一个虚拟机实例启动以后，OpenStack 会从之前设定的固定 IP 地址区间里分出一个私有地址注入到该实例。然后给实例再分配一个公有浮动 IP 与该固定 IP 关联，便可以访问它了。

工作原理

FlatDHCPManager 网络是一种常见的网络模式的选项，它用一个 IP 地址区间来定义一个 Flat 网络。它仅需标准的 DHCP 服务便可以分配地址，而不依赖 Linux 操作系统和 /etc/network/interfaces 配置文件。

为了让 FlatDHCPManager 正常工作，需手动为所有主机配置名为 br100 的网桥。在 /etc/nova/nova.conf 中指定：

flat_network_bridge=br100

接着指定网络地址的区间。在/etc/nova/nova.conf 中指定起始地址：

flat_network_dhcp_start=10.10.1.2

从 nova-manage network create 创建的固定（私有）网络区间被绑定到租户（项目）。通过划分 IP 地址区间便可在多个项目之间进行隔离。

当虚拟机实例启动时，运行在 nova-network 主机上 dnsmasq 服务会从 DHCP 地址池中分配出一个地址。

还要注意，这里无须给连接到网桥的网卡分配 IP 地址，即上例中的 eth2。只需启动该网卡即可，让它可以将网络请求转发给连接到该网桥上的虚拟机网卡。

8.3　配置 VLAN 管理网络

VLAN 管理网络（VLAN Manager networking）是 OpenStack 里的默认网络管理模式。当配置成 VLAN 管理模式时，每个项目（或者租户）都拥有专有的 VLAN 和相应的网络资源。在这种模式下，所有中介路由器都必须支持 802.1q VLAN tagging 才能正常工作。

 沙盒环境中的虚拟交换机可以支持 VLAN tagging。

准备工作

首先，确保已经登录到控制节点。如果这个节点是使用 Vagrant 创建的，则可以使用如下命令来访问：

vagrant ssh controller

如果使用第 3 章中创建的控制节点，虚拟实例中会有 3 个网络接口。

❑ eth0 是 NAT 到运行 VirtualBox 的主机的接口。

❑ eth1 是浮动（公共）网络（172.16.0.0/16）。

❑ eth2 是固定（私有）网络（10.0.0.0/8）。

在真实的生产环境中，由于第一个接口不会用到，因此可以忽略下面几节中对这个 NAT 接口 eth0 的介绍。

操作步骤

要配置 OpenStack 管理，需要执行以下步骤。

1. OpenStack 下任何网络模式都需要桥接才能工作。在安装 nova-network 组件时桥接工具会作为依赖部分自动安装，但是如果没有安装，可通过以下命令来安装。由于还需要配置 VLAN，所以支持 VLAN 所需的软件包也必须同时安装：

```
sudo apt-get update
sudo apt-get -y install bridge-utils vlan
```

2. 本例中主机上的网络配置如下，它在 Ubuntu 主机的/etc/network/interfaces 中定义：

```
# The primary network interface
auto eth0
iface eth0 inet dhcp

# eth1 public
auto eth1
iface eth1 inet static
        address 172.16.0.201
        netmask 255.255.0.0
        network 172.16.0.0
        broadcast 172.16.255.255

# eth2 private
auto eth2
iface eth2 inet manual
        up ifconfig eth2 up
```

3. 接着，需要重启网络服务使更改生效，具体如下：

```
sudo /etc/init.d/networking restart
```

4. 默认情况下，如果不在/etc/nova/nova.conf 文件中指定网络管理模式，OpenStack 计算服务默认使用的就是 VLAN 网络。但如果要显式明确声明这个配置，可以将如下几行配置加入/etc/nova/nova.conf 配置文件中：

```
network_manager=nova.network.manager.VlanManager
vlan_start=100
vlan_interface=eth2
public_interface=eth1
dhcpbridge_flagfile=/etc/nova/nova.conf
dhcpbridge=/usr/bin/nova-dhcpbridge
```

5. 重启所需的 OpenStack 计算服务，使更改生效。

```
sudo restart nova-compute
sudo restart nova-network
```

6. 为了隔离每个项目（租户）的私有网段，首先需要取得创建网络的租户的 ID。在安装了 keystone 客户端的客户机上运行如下命令。

```
. novarc
keystone tenant-list
```

输出结果如图 8-2 所示。

图 8-2

7. 创建一个可以分配给项目的 OpenStack 私有网络，如下所示：

```
sudo nova-manage network create \
    --fixed_range_v4=10.10.3.0/24 \
    --label cookbook --vlan=100 \
    --project 950534b6b9d740ad887cce62011de77a
```

8. 创建完毕后，接着分配公有网络地址空间，通过这些地址用户可以连接到虚拟机实例。

```
sudo nova-manage floating create --ip_range=172.16.1.0/24
```

9. 此时，如果启动一个虚拟机实例，私有网络地址就会被分配给 VLAN 网络接口。当把浮动 IP 地址分配给这个实例后，发给这些 IP 的数据即会转发给实例的内部私有 IP 地址。

工作原理

VLAN 管理网络是默认模式。在私有云环境中，经常使用 VLAN 来配置网络，这是最灵活的一种模式。它不仅能按项目划分，还可以利用 VLAN 确保网络的安全性。如果在 /etc/nova/nova.conf 文件中没有定义--network_manager 标志的值，OpenStack 计算服务会默认使用 VlanManager。

创建网络的方式与其他网络管理模式没有什么不同。在本例中,通过 `VlanManager`,私有网络被分配到由`--vlan=100`选项所指定的 VLAN 上。然后通过`--project`选项指定租户的 ID,将该网络和 VLAN 关联到 `cookbook` 项目。

同时,在 OpenStack 计算主机上,还会创建一个名叫`vlan100`的虚拟网卡并关联到`eth2`网络接口(通过`/etc/nova/nova.conf`里的`--vlan_interface`选项指定)。

8.4 针对 VLAN 管理器配置每个租户 IP 区间

在 OpenStack 中使用租户(或者叫项目)对用户的云计算资源进行隔离。每个租户包含不同数量的镜像、实例以及分配给它的网络资源。当创建租户的时候,管理员会分配专有的 VLAN 以及私有与公有地址区间。例如,用户会创建一个用于开发的租户、一个用于性能测试的租户和一些上线的租户。

 在 Nova 网络中使用的术语"项目"(project)和 keystone 中所创建的"租户"(tenant)是同义词,两个名词在这里可以互换。

准备工作

首先,确保已经登录到控制节点。如果这个节点是使用 Vagrant 创建的,则可以使用如下命令来访问:

```
vagrant ssh controller
```

操作步骤

要配置每个项目的(租户)IP 区间,需要执行以下步骤。

1. 在 `keystone` 客户端列出现有项目,如下所示:

```
# Use the admin token
export ENDPOINT=172.16.0.201
export SERVICE_TOKEN=ADMIN
export SERVICE_ENDPOINT=http://${ENDPOINT}:35357/v2.0
keystone tenant-list
```

2. 创建一个叫 `development` 的项目。项目的用户是 `demo`,如下所示:

```
keystone tenant-create --name=development
```

命令返回结果如图 8-3 所示。

```
+---------------+-------------------------------------------+
| Property      | Value                                     |
+---------------+-------------------------------------------+
| description   | None                                      |
| enabled       | True                                      |
| id            | bfe40200d6ee413aa8062891a8270edb          |
| name          | development                               |
+---------------+-------------------------------------------+
```

图 8-3

3. 有了项目的 ID，接下来创建项目的固定 IP 区间（如 10.0.4.0/24），以及与该网络关联的 VLAN ID。输入以下命令：

```
sudo nova-manage network create \
    --label=development \
    --fixed_range_v4=10.10.4.0/24 \
    --project_id=bfe40200d6ee413aa8062891a8270edb \
    --vlan=101
```

工作原理

网路 IP 区间的创建是创建新项目（租户）的一部分。有了创建项目后返回的项目 ID，便可以创建网络了。命令格式如下：

```
sudo nova-manage network create \
    --label=project_name \
    --fixed_range_v4=ip_range_cidr \
    --bridge_interface=interface \
    --project_id=id --vlan=vlan_id
```

8.5 自动为租户分配固定网络

使用 VlanManager 对租户进行隔离，需要手动为租户分配 VLAN 和网络区间。但是，也可以让 OpenStack 在创建项目的时候进行自动化分配和关联。

准备工作

首先，确保已经登录到控制节点。如果这个节点是使用 Vagrant 创建的，则可以使用如下命令来访问：

```
vagrant ssh controller
```

操作步骤

要配置 OpenStack 环境来自动分配 VLAN 和私有（固定）IP 区间，需要执行以下步骤。

1. 在 `/etc/nova/nova.conf` 中，为 `vlan_start` 配置一个 VLAN ID，例如：

```
vlan_start=100
```

2. 使用如下命令，创建一批网络，每个包含 256 个可用地址：

```
sudo nova-manage network create \
    --num_networks=10 \
    --network_size=256 \
    --fixed_range_v4=10.0.0.0/8 \
    --label=auto
```

3. 该命令创建了 10 个网络，每个包含 256 个可用 IP 地址。IP 地址区间从 10.0.0.0/24 到 10.0.9.0/24，VLAN ID 从 100 到 110。

> 在命令中可以通过 `--vlan=id` 来手动指定 VLAN 的起始 ID。id 为数字。

工作原理

根据选项`--num_networks` 和`--network_size`（每个网络的 IP 数量），让 OpenStack 在`--fixed_range_v4` 所指定的 IP 区间内批量创建了多个网络。当创建项目后，项目将会自动关联到一个 VLAN，而不需要手动将租户与 IP 地址区间关联。起始 VLAN ID 在 `/etc/nova/nova.conf` 中通过`--vlan_start` 指定。

8.6 修改租户的固定网络

通过不同的固定 IP 区间，可以隔离租户之间的网络流量。如果需要废弃某个固定网络，或者需要将一个租户分配到某个特定网络时，可以使用__nova-manage__命令进行修改。

准备工作

确保可以正常登陆 OpenStack API 服务器和 `keystone` 客户端。

操作步骤

为了将某个网络分配给一个租户，需要执行以下步骤。

1. 登录到可以访问 `keystone` 的某个客户端，运行如下命令列出所有项目：

```
# Use the admin token
export ENDPOINT=172.16.0.201
export SERVICE_TOKEN=ADMIN
export SERVICE_ENDPOINT=http://${ENDPOINT}:35357/v2.0
keystone tenant-list
```

以上命令将输出类似于图 8-4 所示的结果。

```
+------------------------------------------+-------------+---------+
|                    id                    |    name     | enabled |
+------------------------------------------+-------------+---------+
| 900dae01996343fb946b42a3c13a4140         | horizon     | True    |
| 950534b6b9d740ad887cce62011de77a         | cookbook    | True    |
| a944c4b671f04da0bdd51436b2461b24         | service     | True    |
| bfe40200d6ee413aa8062891a8270edb         | development | True    |
| fd5a85c21c244144aa961658f659b020         | another     | True    |
+------------------------------------------+-------------+---------+
```

图 8-4

2. 在 OpenStack API 主机上用如下命令列出所有可用的网络的地址区间：

```
sudo nova-manage network list
```

以上命令将输出类似于图 8-5 所示的结果。

```
id    IPv4                        IPv6              start address    DNS1        DNS2                    VlanID
      project          uuid
1     10.0.0.0/24                 None              10.0.0.3         None        None                    100
      950534b6b9d740ad887cce62011de77a               3e8035e3-73df-477d-9368-30bffa7d459b
2     10.0.1.0/24                 None              10.0.1.3         None        None                    101
      900dae01996343fb946b42a3c13a4140               ba168358-2865-40a1-b226-c82ba754a1c3
3     10.0.2.0/24                 None              10.0.2.3         None        None                    102
      fd5a85c21c244144aa961658f659b020               9455a709-2681-47ae-9508-f606382a7737
4     10.0.3.0/24                 None              10.0.3.3         None        None                    103
      None                        695cc325-bfba-48e6-8bec-122ec3a21177
```

图 8-5

3. 输出结果列出所有网络区间和所关联的项目 ID。可以看到，网络 10.0.3.0/24 尚未分配给任何项目（project 一栏中为 **None**）。要将该网络区间分配给名为 development 的租户，执行如下命令：

```
sudo nova-manage network modify \
    --project=bfe40200d6ee413aa8062891a8270edb \
    --fixed_range=10.0.3.0/24
```

4. 这时，再次查看该网络区间的输出结果，可以发现已与指定项目的 ID 关联。该租户以后创建的所有实例将会从该网络区间中获取网络地址。

工作原理

在 OpenStack 环境中配置租户时，推荐为其分配私有（固定）网络地址区间（尽管不是必需的）。配合上安全组规则，这些不同的地址区间可以让租户之间的实例有效地隔离。

修改网络的命令语法如下：

```
nova-manage network modify \
    --project=project_id \
    --fixed_range=ip_range
```

8.7　手动为实例分配浮动 IP

虚拟机实例启动时会获得一个私有 IP 地址。该 IP 地址只能被云计算环境内的私有网络访问。如果要从其他网络或者公网访问该实例，需要从公有 IP 区间中为其分配一个浮动 IP。

为实例分配浮动 IP 有两种方式。一种是实例创建时由系统自动分配，一种是通过客户端工具手动分配。不论哪种方式，都需要租户有一个可供分配的浮动 IP 区间。

准备工作

首先，确保已经登录到控制节点上（即书中第 1 章中创建的的 OpenStack VirtualBox 虚拟机 controller）。如果这个节点是使用 Vagrant 创建的，则可以使用如下命令来访问：

vagrant ssh controller

在控制节点上运行如下命令列出所有浮动 IP 地址区间：

sudo nova-manage floating list

这将列出之前所安装的 openstack1 机器上的 IP 地址区间：

```
None 172.16.1.1 None nova eth1
None 172.16.1.2 None nova eth1
...
```

为了给实例分配浮动 IP，需登录到一个可以运行 Nova 客户端。

操作步骤

用 Nova 客户端给一个实例分配一个浮动（公有）IP 地址，需要执行以下步骤。

1. 运行如下命令给项目创建一个可用的浮动 IP 地址：

nova floating-ip-create

2. 这会从 IP 池中获得一个可用地址，例如：

172.16.1.1.

3. 运行以下命令将该地址与某个实例关联：

```
nova add-floating-ip \
    6c79552c-7006-4b74-a037-ebe9707cc9ce \
```

```
172.16.1.1
```

这时，用户便可通过绑定的浮动 IP 地址与该实例通信了。

工作原理

如果没有关联公有 IP 地址，虚拟机实例是无法从 OpenStack 主机外部访问的。手动绑定地址需要两步。

1. 从可用 IP 区间获取一个地址。

2. 将地址与实例关联。

这是一个很重要的概念，可以精确控制 IP 地址的分配以及具体分配到哪个实例。这非常类似 Amazon 的 Elastic IP 功能。

8.8　手动解除实例中的浮动 IP

在 OpenStack 云计算环境中，可以通过对实例添加或删除浮动 IP 地址来控制它是否能从外部访问。这种灵活性使得服务在实例之间的迁徙变得很容易。因为从外部访问者看来，他们访问的始终是一个不变的 IP 地址。

准备工作

首先，确保登录到装有 Nova 客户端的客户机上。

操作步骤

要使用 Nova 客户端断开实例与某个公有（浮动）地址的关联，需要执行以下步骤。

1. 列出环境中所有的实例，找到需要移除公有 IP 地址的实例，如下所示：

```
nova list
```

2. 找到需要移除 IP 地址的实例后，执行如下命令：

```
nova remove-floating-ip \
    2abf8d8d-6f45-42a5-9f9f-63b6a956b74f \
    172.16.1.1
```

3. 该地址随即便会与实例断开。

如果该项目不再需要该浮动 IP 地址，可以使用如下命令将该地址从项目的地址池中删除：

```
nova floating-ip-delete 172.16.1.1
```

工作原理

移除浮动 IP 地址非常简单。使用 Nova 客户端时，使用 nova 命令的 remove-floating-ip 选项即可。

8.9　自动分配浮动 IP

虚拟机实例启动时会获得一个私有 IP 地址。该 IP 地址只能被云计算的私有网络访问。如果要从其他网络或者公网访问该实例，需要从公有 IP 区间中为其分配一个浮动 IP。

虚拟机实例浮动 IP 自动分配可以让使用 Flat、FlatDHCP 或 VLAN Manager 这些网络模式下的实例均可被访问到。尽管有时候用户更希望手动分配 IP（如分配给租户的 IP 数量有限），但自动化分配的便利性还是很大的，也让 OpenStack 环境使用起来更类似于 Amazon EC2 这样的云。

准备工作

首先，确保已经登录到控制节点。如果这个节点是使用 Vagrant 创建的，则可以使用如下命令来访问：

vagrant ssh controller

这里还要用到客户机，所以需要登录到安装了 Nova 客户端的节点。如果还没有创建客户机，也可以使用控制节点上的 Nova 客户端。

操作步骤

要让实例启动时自动获取公有（浮动）IP 地址，需要执行以下步骤。

1. 在 OpenStack API 主机上执行如下命令列出可供分配的浮动 IP 地址区间：

sudo nova-manage floating list

得到类似如下（部分）结果：

```
None 172.16.1.1 None nova eth1
None 172.16.1.2 None nova eth1
…
```

2. 从输出可知尚有可供使用的浮动 IP 区间。接下来无须使用客户端命令，只要在 /etc/nova/nova.conf 文件中配置如下标识即可让实例自动获取地址：

```
auto_assign_floating_ip
```

3. 配置好 nova.conf 后，重启 nova-network 和 nova-compute 服务，使修改生效。

```
sudo restart nova-compute
sudo restart nova-network
```

4. 当虚拟机实例启动时，便可立即自动获取到一个公有浮动 IP 以供用户访问。

只有分配了公有 IP，用户才能从 OpenStack 主机外部访问虚拟机实例。配置 OpenStack 环境，以便每个实例都被分配一个登录地址，使实例可以从网络外部访问。

8.10　使用 VirtualBox 和 Vagrant 为 Neutron 创建沙盒网络服务器

使用 VirtualBox 或 Vagrant 创建一个沙盒服务器运行 OpenStack Neutron 网络是很简单的。VirtualBox 可以在不影响工作环境中其他虚拟机的情况下创建虚拟机和网络。从 http://www.virtualbox.org 上可以免费下载 Windows、Mac OSX 和 Linux 版本的 VirtualBox。Vagrant 可以自动化这个过程，这样花在创建测试环境上的时间更少，有更多的时间使用 OpenStack。

 Vagrant 可以用 Ubuntu 包管理进行安装，其他操作系统可参考 http://www.vagrantup.com/。本章余下部分将使用该工具。

假定测试环境使用的服务器具备足够的处理能力、硬件虚拟化支持（如 Intel VT-X 和 AMD-V），以及至少拥有 8 GB 内存。因为服务器上的虚拟机需要虚拟内存，所以内存越多，虚拟机性能越好。

开始之前确保 VirtualBox 和 Vagrant 都已安装，且网络环境已按 1.2 节描述的创建完毕。

要创建一个沙盒服务器在 VirtualBox 中运行 OpenStack 网络，使用 Vagrant 定义一个虚拟机运行 Open vSwitch 和 Neutron 服务。这个 OpenStack 网络虚拟机需要至少拥有 1 GB 内存、1 个 CPU、20 GB 磁盘空间和 4 个虚拟网卡。第一个网卡是 NAT 接口让虚拟机可以访问 VirtualBox 沙盒环境外的网络来下载所需软件包。第二个网卡是 OpenStack 网络虚拟机的管理接口。第三个网卡是 Neutron 用来传输 SDN 数据。第四块网卡用于和虚拟环境以外的外部网络进行路由。

要使用 Vagrant 创建运行 OpenvSwitch 和 Neutron 服务的虚拟机，需要执行以下步骤。

1. 编辑 1.2 节中的 Vagrantfile 文件，在末尾两段间加入以下内容：

```
# Compute VM
config.vm.define :network do |network_config|
  # Every Vagrant virtual environment requires
  # a box to build off of.
  network_config.vm.box = "precise64"
  network_config.vm.host_name = "network"
  network_config.vm.box_url = "http://files.vagrantup.com/precise64.box"
  network_config.vm.network :hostonly, "172.16.0.202", :netmask
      => "255.255.0.0"
  network_config.vm.network :hostonly, "10.10.0.202", :netmask
      => "255.255.0.0"
  network_config.vm.network :hostonly, "192.168.0.202", :netmask
      => "255.255.255.0"

  # Customise the VM virtual hardware
  network_config.vm.customize ["modifyvm", :id, "--memory",1024]
  network_config.vm.customize ["modifyvm", :id, "--cpus", 1]
end
```

2. 运行以下命令，启动该网络虚拟机：

vagrant up network

 恭喜！现在已经使用 VirtualBox 创建了一个 Ubuntu 12.04 的虚拟机，可以用它来运行 OpenStack 网络服务。

工作原理

这里使用 Vagrant 定义 VirtualBox 里的一个虚拟机。Vagrant 通过文件 Vagrantfile 来配置虚拟机，配置文件所在目录也会存放并运行虚拟机。配置文件格式是 Ruby 语法，配置内容简单直白。它定义了如下内容。

❏ 主机名为 network。

❏ 虚拟机基于 Precise64，即 64 位 Ubuntu 12.04 LTS 的别名。

❏ 1 GB 内存和 1 个 CPU。

❏ 每个启动的虚拟机实例的均有 eth0，用于 NAT 服务。

❏ eth1 用于管理主机，只配有主机地址。

❏ eth2 用于虚拟机之间的通信。

❑ eth3 用于连通到虚拟环境的外部网络（即物理环境中连接到外部可路由的网络）。请注意，Vagrant 需要在这里为 Vagrant 的主机分配一个 IP，但下一节由于外部路由网络的要求会移除这个 IP。

接下来，使用如下 Vagrant 命令启动这个 VirtualBox 虚拟机：

```
vagrant up network
```

更多参考

还有其他虚拟化产品可以用来体验 OpenStack，如 VMware Server、VMware Player 和 VMware Fusion。

延伸阅读

❑ 参见第 11 章。

8.11　为 Neutron 安装和配置 OVS

要在 OpenStack 中创建"软件定义网络"，首先需在网络主机上安装软件。该节点使用 Open vSwitch 作为 OpenStack 中控制和定义网络的交换机。Open vSwitch，或者简称 OVS，是一个产品级的多层交换机。图 8-6 所示为环境中的所需节点，包含一个控制节点、一个计算节点和一个网络节点。本节中配置的即是其中的网络节点。

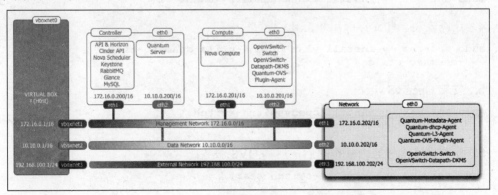

图 8-6

准备工作

首先，确保已经登录到网络节点，并且该节点可以访问因特网来下载安装运行 OVS 和 Neutron 所需的软件包。如果这个节点是使用 Vagrant 创建的，则可以使用如下命令来访问：

```
vagrant ssh network
```

操作步骤

要配置 OpenStack 网络节点，需要执行以下步骤。

1. 之前使用 Vagrant 配置网络节点时，为第四块网卡（eth3）配置了一个 IP 地址。现在已经用不到这个 IP 地址了，但 OVS 和 Neutron 仍需要用到该网卡。所以，在下节，该 IP 地址会被分配给网桥接口。执行以下步骤将 IP 地址从网卡移除：

```
sudo ifconfig eth3 down
sudo ifconfig eth3 0.0.0.0 up
sudo ip link eth3 promisc on
```

> 在运行 Ubuntu 的物理服务器上，可以在 /etc/network/ interfaces 文件中配置。
>
> ```
> auto eth3
> iface eth3 inet manual
>     up ip link set $IFACE up
>     down ip link set $IFACE down
> ```

2. 更新节点上已经安装的软件包：

```
sudo apt-get update
sudo apt-get -y upgrade
```

3. 安装 Linux 内核的头文件的软件包，因为安装过程会编译某些新的内核模块。

```
sudo apt-get -y install linux-headers-'uname -r'
```

4. 还需安装一些支撑应用和工具：

```
sudo apt-get -y install vlan bridge-utils dnsmasq-base \
    dnsmasq-utils
```

5. 安装 Open vSwitch：

```
sudo apt-get -y install openvswitch-switch \
    openvswitch-datapath-dkms
```

6. 安装完并配置好内核模块后，启动 OVS 服务：

```
sudo service openvswitch-switch start
```

7. 接着安装该节点上的 Neutron 组件，包括 Quantum DHCP Agent、Quantum L3 Agent 和 Quantum OVS Plugin，以及 Quantum OVS Plugin Agent。

```
sudo apt-get -y install quantum-dhcp-agent \
    quantum-l3-agent quantum-plugin-openvswitch \
    quantum-plugin-openvswitch-agent
```

8. 至此，相关软件包的安装已经完成，接下来进行配置。首先配置的是 OVS 交换机服务。需要配置一个名为 `br-int` 的网桥。这是一个集成网桥，用以将 SDN 环境中的所有网桥连接到一起。

```
sudo ovs-vsctl add-br br-int
```

9. 然后，添加一个连接外部网络的外部网桥。它将负责外部环境和 SDN 网络之间的进出流量。

```
sudo ovs-vsctl add-br br-ex
sudo ovs-vsctl add-port br-ex eth3
```

10. 将之前分配给 `eth3` 接口的 IP 地址赋给该网桥：

```
sudo ifconfig br-ex 192.168.100.202 netmask 255.255.255.0
```

 该地址将用于访问 OpenStack 里的虚拟机实例。在 Vagrant 配置文件中分配地址区间：

```
network_config.vm.network :hostonly,
"192.168.0.202",
    :netmask => "255.255.255.0"
```

11. 确保网络节点上的 IP 地址转发已经启用：

```
sudo sed -i \
    's/#net.ipv4.ip_forward=1/net.ipv4.ip_forward=1/' \
    /etc/sysctl.conf
sudo sysctl -p
```

12. 编辑 Neutron 配置文件。与其他 OpenStack 服务类似，Neutron 服务也包含一个配置文件和 `paste.ini` 文件。首先，编辑 `/etc/quantum/api-paste.ini` 来配置 Keystone 认证。

在 `[filter:authtoken]` 部分中添加如下几行：

```
[filter:authtoken]
paste.filter_factory = keystoneclient.middleware.auth_
token:filter_factory
auth_host = 172.16.0.200
auth_port = 35357
auth_protocol = http
admin_tenant_name = service
admin_user = quantum
admin_password = quantum
```

13. 接下来，编辑 `/etc/quantum/plugins/openvswitch/ovs_quantum_plugin.ini` 文件中的两部分。第一部分是 MySQL 数据库相关的。

```
[DATABASE]
sql_connection =
 mysql://quantum:openstack@172.16.0.200/quantum
```

14. 然后是名为[OVS]部分。编辑这一部分，输入以下内容：

```
[OVS]
tenant_network_type = gre
tunnel_id_ranges = 1:1000
integration_bridge = br-int
tunnel_bridge = br-tun
local_ip = 172.16.0.202
enable_tunneling = True
```

15. 保存文件，然后编辑/etc/quantum/metadata_agent.ini 文件如下：

```
# Metadata Agent
echo "[DEFAULT]
auth_url = http://172.16.0.200:35357/v2.0
auth_region = RegionOne
admin_tenant_name = service
admin_user = quantum
admin_password = quantum
metadata_proxy_shared_secret = foo
nova_metadata_ip = 172.16.0.200
nova_metadata_port = 8775
```

16. 确保 Neutron 服务器配置正确指向环境中的 RabbitMQ。编辑/etc/quantum/quantum.conf 文件，找到并做如下修改：

```
rabbit_host = 172.16.0.200
```

17. 在文件的末尾找到熟悉的[keystone_authtoken]部分，配置成环境中对应的 Keystone 设置：

```
[keystone_authtoken]
auth_host = 172.16.0.200
auth_port = 35357
auth_protocol = http
admin_tenant_name = service
admin_user = quantum
admin_password = quantum
signing_dir = /var/lib/quantum/keystone-signing
```

18. 在 DHCP 代理文件/etc/quantum/dhcp_agent.ini 中将 Neutron 配置成使用命名空间来分隔网络。找到如下一行进行修改（如果没有则插入该行）。这将使 SDN 环境中的每个网络都会有唯一的命名空间，即使 IP 地址区间重叠也不会有任何影响。

```
use_namespaces = True
```

19. 完成后，继续编辑/etc/quantum/l3_agent.ini 文件，加入以下几行：

```
auth_url = http://172.16.0.200:35357/v2.0
auth_region = RegionOne
admin_tenant_name = service
admin_user = quantum
admin_password = quantum
```

```
metadata_ip = 172.16.0.200
metadata_port = 8775
use_namespaces = True
```

20. 一切配置完成后，重启相关服务，使修改生效。

```
sudo service quantum-plugin-openvswitch-agent restart
sudo service quantum-dhcp-agent restart
sudo service quantum-13-agent restart
sudo service quantum-metadata-agent-restart
```

工作原理

在这里配置了一个新的节点以运行 SDN 相关的软件网络组件，包括 OVS 交换机服务和各种 Neutron 组件。Neutron 通过所谓的插件与 OpenStack 交互。虽然这里的例子使用的都是 Open vSwitch，但其实还有许多第三方插件，包括 Nicira 和 Cisco UCS/Nexus。可以在 https://wiki.openstack.org/wiki/Neutron 查看更多关于 Neutron 支持的插件详情。

第一步是在交换机节点上配置一个用于访问外部网络的网卡。在 OpenStack 的网络术语里，即 Provider 网络。在 VirtualBox 环境之外，它将作为一个公共可路由的网络供用户访问 SDN 所创建的网络。该网络接口没有配置任何 IP 地址，只有这样，OpenStack 才可以通过将不同的网络桥接到这个接口上来控制它。

在这个网络节点上安装了许多软件包。为安装指定的软件包列表如下（不包含依赖的软件包）。

❑ **系统相关：**

```
linux-headers-'uname -r'
```

❑ **通用网络组件：**

```
vlan
bridge-utils
dnsmasq-base
dnsmasq-utils
```

❑ **Open vSwitch：**

```
openvswitch-switch
openvswitch-datapath-dkms
```

❑ **Neutron：**

```
quantum-dhcp-agent
quantum-13-agent
quantum-plugin-openvswitch
quantum-plugin-openvswitch-agent
```

安装并配置完程序、服务和依赖的软件包后，启动服务。然后配置了一个集成网桥连接网络中的其他虚拟机实例。同时还在 Provider 网络的最后一块网卡上也配置了一个网桥让外部流量可以接入虚拟机。

接下来，需要配置一些文件，使之可以连接到 OpenStack 里的认证服务（Keystone）。

在 OVS 里还有一个跟 Neutron 相关的重要配置文件 /etc/quantum/plugins/openvswitch/ovs_quantum_plugin.ini。在该文件里描述 SDN 环境：

```
[DATABASE]
sql_connection=mysql://quantum:openstack@172.16.0.200/quantum
```

下面配置 Neutron 服务使用 MySQL 里创建的服务器：

```
[OVS]
tenant_network_type=gre
```

网络类型则被配置为 **GRE**（Generic Routing Encapsulation，**通用路由封装**）隧道。这样 SDN 环境可以通过隧道封装各种协议。该配置定义了 ID 从 1 到 1000 的一系列隧道，如下：

```
tunnel_id_ranges=1:1000
```

由于这里使用了隧道区间，因此需要显式移除掉 VLAN 区间，如下：

```
network_vlan_ranges =
```

指定集成网桥的名字：

```
integration_bridge=br-int
```

指定隧道网桥的名字：

```
tunnel_bridge=br-tun
```

设定网络节点的 IP 地址：

```
local_ip=172.16.0.202
```

告诉 Neutron 使用隧道技术来配置软件定义网络：

```
enable_tunneling=True
```

Metadata Agent 服务代理了 Neutron 里的服务虚拟机实例发往 nova-api 的元数据请求。在 /etc/quantum/metadata_agent.ini 文件中对此服务进行配置，以及如何连接到 Keystone，即让 metadata_proxy_shared_secret = foo 一行设定的随机密钥和控制节点上 /etc/nova/nova.conf 所配置的密钥匹配，如下：

```
quantum_metadata_proxy_shared_secret=foo
```

通过在节点上创建一个网桥可以连接到 Provider 网络（即外部网络），同时分配一个物理网卡将网络节点连接到网络其他网络或因特网。在本例中是将外部网桥 `br-ex` 分配给 `eth3` 接口。这样便能在 Neutron 网络中创建一个浮动 IP 地址区间，而这些 IP 也可以被 VirtualBox 主机访问。在数据中心的物理服务器上，使用该网卡连接到其他物理服务器。此网络的配置将在 8.14 节中阐述。

8.12　安装和配置 Neutron API 服务器

Neutron 服务提供了 API 来访问和定义软件定义网络。在本例中，Neutron 服务安装在控制节点上。图 8-7 展示了接下来所要创建的网络环境和相关节点。本节将会配置控制节点上的各种服务。

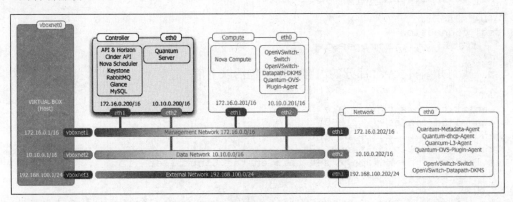

图 8-7

准备工作

确保已经登录到控制节点。如果这个节点是使用 Vagrant 创建的，则可以使用如下命令来访问：

```
vagrant ssh controller
```

操作步骤

要配置 OpenStack 控制节点，需要执行下列步骤。

1. 更新节点上已经安装的软件包：

```
sudo apt-get update
sudo apt-get -y upgrade
```

2. 安装 Neutron 服务和相关的 OVS 插件。

```
sudo apt-get -y install quantum-server \
```

```
quantum-plugin-openvswitch
```

3. 编辑 Neutron 相关的配置文件。编辑`/etc/quantum/api-paste.ini` 文件，使 Neutron 可以使用 Keystone。

```
[filter:authtoken] paste.filter_factory = keystone.middleware.
auth_token:filter_factory
auth_host = 172.16.0.200
auth_port = 35357
auth_protocol = http
admin_tenant_name = service
admin_user = quantum
admin_password = quantum
```

4. 然后编辑`/etc/quantum/plugins/openvswitch/ovs_quantum_plugin.ini` 文件，配置数据库认证信息指向 MySQL 安装。

```
[DATABASE]
sql_connection =
  mysql://quantum:openstack@172.16.0.200/quantum
```

5. 找到并编辑`[OVS]`部分的内容，使其包括以下值：

```
[OVS]
tenant_network_type = gre
tunnel_id_ranges = 1:1000
integration_bridge = br-int
tunnel_bridge = br-tun
# local_ip = # We don't set this on the Controller
enable_tunneling = True
```

6. 找到名为`[SECURITYGROUP]`的部分，告知 Neutron 给安全组使用哪种防火墙驱动。这样才能让`nova` 命令定义 Neutron 里面的安全组。

```
[SECURITYGROUP]
# Firewall driver for realizing quantum security group
# function
firewall_driver =
  quantum.agent.linux.iptables_firewall.
  OVSHybridIptablesFirewallDriver
```

7. 确保 Neutron 服务器配置正确指向环境中的 RabbitMQ。编辑`/etc/quantum/quantum.conf` 文件，找到并做如下修改：

```
rabbit_host = 172.16.0.200
```

8. 随后，在文件的末尾找到熟悉的`[keystone_authtoken]`部分，配置成环境中对应的 Keystone 设置：

```
[keystone_authtoken]
auth_host = 172.16.0.200
auth_port = 35357
```

```
auth_protocol = http
admin_tenant_name = service
admin_user = quantum
admin_password = quantum
signing_dir = /var/lib/quantum/keystone-signing
```

9. 编辑 /etc/nova/nova.conf 文件，让 OpenStack 计算组件使用 Neutron。在 /etc/nova/nova.conf 文件的 [Default] 部分加入以下几行。

```
# Network settings
network_api_class=nova.network.quantumv2.api.API
quantum_url=http://172.16.0.200:9696/
quantum_auth_strategy=keystone
quantum_admin_tenant_name=service
quantum_admin_username=quantum
quantum_admin_password=quantum
quantum_admin_auth_url=http://172.16.0.200:35357/v2.0
libvirt_vif_driver=nova.virt.libvirt.vif.LibvirtHybridOVSBridgeDriver
linuxnet_interface_driver=nova.network.linux_net.LinuxOVSInterfaceDriver
firewall_driver=nova.virt.libvirt.firewall.IptablesFirewallDriver
service_quantum_metadata_proxy=true
quantum_metadata_proxy_shared_secret=foo
```

10. 重启该节点上的 Neutron 服务，使修改生效。

```
sudo service quantum-server restart
```

11. 重启该节点上运行的 Nova 服务，使 /etc/nova/nova.conf 文件中的修改生效。

```
ls /etc/init/nova-* | cut -d '/' -f4 | cut -d '.' -f1 | while
  read S; do sudo stop $S; sudo start $S; done
```

工作原理

配置控制节点上的 Neutron 服务很简单。需要安装的软件包如下所示。

Neutron：

```
quantum-server
quantum-plugin-openvswitch-agent
```

安装完成后，控制节点上的 /etc/quantum/plugins/openvswitch/ovs_quantum_plugin.ini 配置文件无须修改。不同的地方是配置中 local_ip 会被忽略——只有 agent 节点（计算节点和网络节点）才会用到这个设置。

最后，配置 /etc/nova/nova.conf 文件——里面包含了 OpenStack 计算服务所有重要配置。

```
network_api_class=nova.network.quantumv2.api.API
```

接下来，将 OpenStack 计算服务配置成使用 Neutron 网络。

```
quantum_url=http://172.16.0.200:9696/
```

这里设定的是 Neutron API 服务的地址（运行在控制节点上）。

```
quantum_auth_strategy=keystone
```

这里配置 Neutron 使用 OpenStack 的 Keystone 认证服务。

```
quantum_admin_tenant_name=service
```

配置服务在 Keystone 里的租户名。

```
quantum_admin_username=quantum
```

配置 Neutron 在 Keystone 认证中使用的用户名。

```
quantum_admin_password=quantum
```

Neutron 在 Keystone 认证中使用的密码。

```
quantum_admin_auth_url=http://172.16.0.200:35357/v2.0
```

Keystone 服务的地址。

```
libvirt_vif_driver=nova.virt.libvirt.vif.LibvirtHybridOVSBridgeDriver
```

配置 Libvirt 使用 OVS Bridge 驱动。

```
linuxnet_interface_driver=nova.network.linux_net.LinuxOVSInterfaceDriver
```

指定创建 Linux 主机上的以太网设备的驱动。

```
firewall_driver=nova.virt.libvirt.firewall.IptablesFirewallDriver
```

指定防火墙的驱动。

```
service_quantum_metadata_proxy=true
```

使用元数据代理服务来转发从 Neutron 到 Nova-API 服务的请求。

```
quantum_metadata_proxy_shared_secret=foo
```

要使用代理服务时，需要为每个运行该服务的节点上设定同一个随机密钥（这里是
foo），以确保转发代理请求时的安全性。

8.13 为 Neutron 配置计算节点

网络节点配置完成后，还有一些服务要运行在计算节点上，如图 8-8 所示。运行在计
算节点上的 Neutron 服务包括 nova-compute、quantumovs-plugin-agent 和 openvswitch-
server。

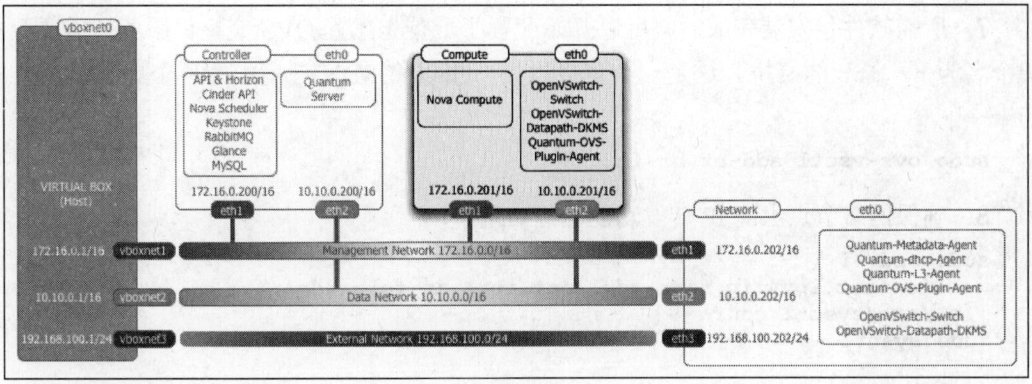

图 8-8

准备工作

确保已经登录到计算节点。如果这个节点是使用 Vagrant 创建的，则可以使用如下命令来访问：

```
vagrant ssh compute
```

操作步骤

要配置 OpenStack 计算节点，需要执行下列步骤。

1. 更新节点上已经安装的软件包：

```
sudo apt-get update
sudo apt-get -y upgrade
```

2. 安装 Linux 内核的头文件的软件包，因为安装过程会编译某些新的内核模块。

```
sudo apt-get -y install linux-headers-'uname -r'
```

3. 还需安装一些支撑应用和工具。

```
sudo apt-get -y install vlan bridge-utils
```

4. 安装运行在计算节点上的 Open vSwitch。

```
sudo apt-get -y install openvswitch-switch \
    openvswitch-datapath-dkms
```

5. 安装完并配置好内核模块后，启动 OVS 服务。

```
sudo service openvswitch-switch start
```

6. 安装运行在该节点上的 Neutron 组件。

```
sudo apt-get -y install quantum-plugin-openvswitch-agent
```

7. 所需软件包安装完成后就可以开始配置了。首先配置 OVS 交换机服务。需要配置一个名为 `br-int` 的网桥。这是一个集成网桥，用以将 SDN 环境中的各个虚拟机网连接起来。

```
sudo ovs-vsctl add-br br-int
```

8. 确保网络节点上的 IP 转发功能已经启用。

```
sudo sed -i \
    's/#net.ipv4.ip_forward=1/net.ipv4.ip_forward=1/' \
    /etc/sysctl.conf
sudo sysctl -p
```

9. 编辑相关配置文件，使计算节点上的 Neutron 可以正常工作。编辑 /etc/quantum/plugins/openvswitch/ovs_quantum_plugin.ini 文件，配置数据库认证信息指向 MySQL 安装。

```
[DATABASE]
sql_connection =
    mysql://quantum:openstack@172.16.0.200/quantum
```

10. 找到并编辑 [OVS] 部分，使其包括以下值：

```
[OVS]
tenant_network_type = gre
tunnel_id_ranges = 1:1000
integration_bridge = br-int
tunnel_bridge = br-tun
local_ip = 172.16.0.201
enable_tunneling = True
```

按照同样的方式配置其他 OpenStack 服务。编辑 Neutron 的 /etc/quantum/api-paste.ini 文件，配置 Keystone 认证。在 [filter:authtoken] 部分加入如下几行：

```
[filter:authtoken]
paste.filter_factory = keystone.middleware.auth_token:filter_
factory
auth_host = 172.16.0.200
auth_port = 35357
auth_protocol = http
admin_tenant_name = service
admin_user = quantum
admin_password = quantum
```

1. 确保 Neutron 服务器配置正确指向环境中的 RabbitMQ。编辑 /etc/quantum/quantum.conf 文件，找到并做如下修改：

```
rabbit_host = 172.16.0.200
```

2. 在文件的末尾找到熟悉的 [keystone_authtoken] 部分，配置成环境中对应的 Keystone 设置。

```
[keystone_authtoken]
auth_host = 172.16.0.200
auth_port = 35357
auth_protocol = http
admin_tenant_name = service
admin_user = quantum
admin_password = quantum
signing_dir = /var/lib/quantum/keystone-signing
```

3. 编辑/etc/nova/nova.conf 文件，让 OpenStack 计算组件使用 Neutron。在/etc/nova/nova.conf 文件的[Default]部分加入如下几行：

```
# Network settings
network_api_class=nova.network.quantumv2.api.API
quantum_url=http://172.16.0.200:9696/ quantum_auth_
strategy=keystone
quantum_admin_tenant_name=service
quantum_admin_username=quantum
quantum_admin_password=quantum
quantum_admin_auth_url=http://172.16.0.200:35357/v2.0
libvirt_vif_driver=nova.virt.libvirt.vif.LibvirtHybrid
OVSBridgeDriver
linuxnet_interface_driver=nova.network.linux_net.Linux
OVSInterfaceDriver
firewall_driver=nova.virt.libvirt.firewall.Iptables
FirewallDriver
```

4. 重启该节点上的 Nova 服务，使修改生效。

ls /etc/init/nova-* | cut -d '/' -f4 | cut -d '.' -f1 | while read S; do sudo stop $S; sudo start $S; done

工作原理

配置 OpenStack 计算节点使用 Neutron 是很简单的。开始的步骤跟之前配置网络节点很类似。首先安装一些软件包。

- ❑ **系统相关：**
  - ❑ linux-headers-'uname -r'
- ❑ **通用网络组件：**
  - ❑ vlan
  - ❑ bridge-utils
- ❑ **Open vSwitch：**
  - ❑ openvswitch-switch

❑　openvswitch-datapath-dkms

❑ **Neutron：**

❑　quantum-plugin-openvswitch-agent

安装完毕后，同样需要在计算节点上为 Open vSwitch 服务配置一样的集成网桥
br-int。

使用同样的 /etc/quantum/plugins/openvswitch/ovs_quantum_plugin.ini 文件，唯一的不同是要将 local_ip 设为计算节点自身的 IP 地址。

最后，配置 /etc/nova/nova.conf 文件——里面包含了 OpenStack 计算服务的所有重要配置。

```
network_api_class=nova.network.quantumv2.api.API
```

上述代码告诉 OpenStack 计算服务使用 Neutron 网络。

```
quantum_url=http://172.16.0.200:9696/
```

上面的地址指向 Neutron API 服务（运行在控制节点上）。

```
quantum_auth_strategy=keystone
```

这是让 Neutron 使用 OpenStack 的 Keystone 身份认证服务。

```
quantum_admin_tenant_name=service
```

设置 Neutron 服务在 Keystone 里的租户名。

```
quantum_admin_username=quantum
```

设置 Neutron 在 Keystone 认证时使用的用户名。

```
quantum_admin_password=quantum
```

设置 Neutron 在 Keystone 认证时使用的密码。

```
quantum_admin_auth_url=http://172.16.0.200:35357/v2.0
```

Keystone 服务的地址。

```
libvirt_vif_driver=nova.virt.libvirt.vif.LibvirtHybridOVSBridgeDriver
```

设定 Libvirt 使用 OVS Bridge 驱动。

```
linuxnet_interface_driver=nova.network.linux_net.LinuxOVSInterfaceDriver
```

设定使用何种驱动在 Linux 主机上创建以太网。

```
firewall_driver=nova.virt.libvirt.firewall.IptablesFirewallDriver
```

设定管理防火墙的驱动。

8.14　创建 Neutron 网络

将 OpenStack 网络配置成 Neutron 管理后，即可开始用 Neutron 创建网络了。网络是按租户来创建的，用户可以使用这些网络来连接虚拟机。Neutron 的网络既可以是私有网络，也可以是共享网络。私有网络仅能被租户的管理员和虚拟机实例使用。而共享网络可以被所有连接上的虚拟机实例访问。使用共享网络时务必谨慎以确保租户间的安全性，并配置好安全组规则使网络的使用符合安全要求。

准备工作

首先，确保已经登录到控制节点。如果这个节点是使用 Vagrant 创建的，则可以使用如下命令来访问：

vagrant ssh controller

同时，确认已经设置好下列认证信息：

```
export OS_TENANT_NAME=cookbook
export OS_USERNAME=admin
export OS_PASSWORD=openstack
export OS_AUTH_URL=http://172.16.0.200:5000/v2.0/
export OS_NO_CACHE=1
```

操作步骤

要为某个租户创建一个私有 Neutron 网络，需要执行下列步骤。

1. 找到需要创建网络的租户的 ID。执行以下命令：

```
TENANT_ID=$(keystone tenant-list \
| awk '/\ cookbook\ / {print $2}')
```

2. 使用得到的 ID 值为该租户创建一个第 2 层网络，如下所示：

```
quantum net-create \
    --tenant-id ${TENANT_ID} \
    cookbookNet
```

3. 网络创建完毕后，使用 CIDR 格式（10.200.0.0/24）为其分配一个子网：

```
quantum subnet-create \
    --tenant-id ${TENANT_ID} \
    --name cookbookSubnet \
    cookbookNet \
    10.200.0.0/24
```

4. 接下来，为网络创建一个路由器作为虚拟机实例的默认网关。是否添加路由器是根据实际设计要求而定。有了它便可以从刚创建的网络路由到其他网络，这样，分布在多处的虚拟机实例便无须设置多块网卡并连接到多个网络。通过该路由器，就能从物理主机的 IP 池中获取一个 IP 来访问虚拟机实例。

```
quantum router-create \
    --tenant-id ${TENANT_ID} \
    cookbookRouter
```

5. 将该路由器加到子网。

```
quantum router-interface-add \
    cookbookRouter \
    cookbookSubnet
```

6. 启动一个实例。它将从刚刚新建的子网中分配到一个地址。

```
nova boot \
    --flavor 1 \
    --image 5047209f-9545-4d2c-9f16-720f1d7197ef \
    --key_name demo \
    test1
```

7. 到目前为止，虽然实例得到一个 IP，但只能被同一网络内的其他实例或者网络主机所访问。为了验证这点，在安全组规则允许的情况下（如允许从任意网络执行 ping 和 SSH 命令），执行下列动作。登录到网络节点。如果这个节点是使用 Vagrant 创建的，则在主机上执行以下命令来访问：

```
vagrant ssh network
```

8. 登录成功后，查询一下网络命名空间。

```
sudo ip netns list
```

得到的结果如下所示：

```
qdhcp-36169ae7-476e-487c-9d9d-e10ad3c94a23
qrouter-f0a5c988-6eb2-4593-8b15-90896fd55d3a
```

9. 这些命名空间的格式为 qdhcp-network-uuid 和 qrouterrouter-uuid，它符合以下命令的输出结果（请在控制节点上执行这些命令）。

```
quantum net-list
```

查询结果如图 8-9 所示。

```
+--------------------------------------+-------------+---------------------------------------------------+
| id                                   | name        | subnets                                           |
+--------------------------------------+-------------+---------------------------------------------------+
| 36169ae7-476e-487c-9d9d-e10ad3c94a23 | cookbookNet | e88b3347-db4d-40c9-abf2-27762dfbb6a9 10.200.0.0/24 |
+--------------------------------------+-------------+---------------------------------------------------+
```

图 8-9

```
quantum router-list
```

这个命令的查询结果如图 8-10 所示。

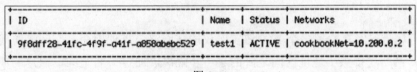

```
+-------------------------------------------+----------------+------------------------+
| id                                        | name           | external_gateway_info  |
+-------------------------------------------+----------------+------------------------+
| f0a5c988-6eb2-4593-8b15-90896fd55d3a      | cookbookRouter | null                   |
+-------------------------------------------+----------------+------------------------+
```

图 8-10

10. 然后，使用熟悉的 `nova list` 命令查看一下实例获取的 IP。

```
nova list
```

查询结果如图 8-11 所示。

```
+--------------------------------------+-------+--------+-----------------------+
| ID                                   | Name  | Status | Networks              |
+--------------------------------------+-------+--------+-----------------------+
| 9f8dff28-41fc-4f9f-a41f-a858abebc529 | test1 | ACTIVE | cookbookNet=10.200.0.2|
+--------------------------------------+-------+--------+-----------------------+
```

图 8-11

11. 使用之前匹配的网络命名空间访问虚拟机实例。它在 cookbookNet 上已有一个 IP 地址。

```
sudo ip netns exec qdhcp-36169ae7-476e-487c-9d9d-e10ad3c94a23 \
ping 10.200.0.2
```

工作原理

本节创建了一个网络并定义了相关的子网，所有虚拟机启动时均会使用该子网。步骤如下所示。

1. 创建一个网络，如下：

```
quantum net-create \
    --tenant-id TENANT_ID \
    NAME_OF_NETWORK
```

2. 创建一个子网，如下：

```
quantum subnet-create \
    --tenant-id TENANT_ID \
    --name NAME_OF_SUBNET \
    NAME_OF_NETWORK \
    CIDR
```

网络的路由器是可选的，它可以连通一个子网与另一个子网。在 Neutron 创建的软件定义网络里，这没什么分别。第三层（L3）交换机可以配置网关并按需路由到其他网络。如果仅需子网内的虚拟机实例间的通信，则不用创建路由器，因为不用与其他网络进行网络路由。

创建路由的语法如下（可选）：

```
quantum router-create \
    --tenant-id TENANT_ID \
    NAME_OF_ROUTER
```

将路由器添加到子网（用以与其他物理网络或 SDN 网络通信，可选）：

```
quantum router-interface-add \
    ROUTER_NAME \
    SUBNET_NAME
```

网络创建完成后，虚拟机启动时便会从该网络获取 IP 地址，因为此时没有其他网络可用。

此时，尽管已经获取了一个 IP，该实例仅能从网络节点使用命名空间来访问。命名空间在 Linux 网络层提供了地址区间之外的进一步隔离。通过命名空间，租户的使用者可以使用任意的 IP 地址区间而不用担心租户之间地址区间重叠带来的冲突。此时如果需要进行诊断，可以登录到带有命名空间信息的网络节点，在该节点使用指定的命名空间来访问实例，如下：

```
sudo ip netns exec qdhcp-network-uuid {normal Bash command to run}
```

8.15 删除 Neutron 网络

删除 Neutron 网络的步骤跟创建网络的类似。

准备工作

首先，确保已经登录到控制节点。如果这个节点是使用 Vagrant 创建的，则可以使用如下命令来访问：

```
vagrant ssh controller
```

同时，确认已经设置好下列认证信息：

```
export OS_TENANT_NAME=cookbook
export OS_USERNAME=admin
export OS_PASSWORD=openstack
export OS_AUTH_URL=http://172.16.0.200:5000/v2.0/
export OS_NO_CACHE=1
```

操作步骤

要删除某个网络，需要执行下列步骤。

1. 执行以下命令找到租户的 ID：

```
TENANT_ID=$(keystone tenant-list \
    | awk '/\ cookbook\ / {print $2}')
```

2. 使用以下指令列出该租户的所有网络：

```
quantum net-list
```

查询结果如图 8-12 所示。

```
+--------------------------------------+--------------------+-----------------------------------------------------+
| id                                   | name               | subnets                                             |
+--------------------------------------+--------------------+-----------------------------------------------------+
| 5b738491-4368-4e56-adaa-f4bdb0ef9dd9 | cookbook_network_1 | 6436a0dc-1537-4010-8981-ccbf34fa35ee 10.200.0.0/24  |
+--------------------------------------+--------------------+-----------------------------------------------------+
```

图 8-12

3. 执行类似的指令列出所有子网。

```
quantum subnet-list
```

查询结果如图 8-13 所示。

```
+--------------------------------------+------------------+--------------+-----------------------------------------------+
| id                                   | name             | cidr         | allocation_pools                              |
+--------------------------------------+------------------+--------------+-----------------------------------------------+
| 6436a0dc-1537-4010-8981-ccbf34fa35ee | cookbook_subnet_1| 10.200.0.0/24| {"start": "10.200.0.2", "end": "10.200.0.254"}|
+--------------------------------------+------------------+--------------+-----------------------------------------------+
```

图 8-13

4. 在删除网络或者子网之前，确定没有任何实例或者服务正在使用这个网络或子网。要检查有哪些端口连接到该网络，按照如下命令查询 Neutron 中所有的端口。

```
quantum port-list
```

查询结果如图 8-14 所示。

```
+--------------------------------------+------+-------------------+-----------------------------------------------------------------------------------+
| id                                   | name | mac_address       | fixed_ips                                                                         |
+--------------------------------------+------+-------------------+-----------------------------------------------------------------------------------+
| 0ecefb17-f126-4205-9c86-6708316d2346 |      | fa:16:3e:e2:73:4c | {"subnet_id": "6436a0dc-1537-4010-8981-ccbf34fa35ee", "ip_address": "10.200.0.1"} |
| 8d007e1e-fd9e-4eb4-8f94-144bff91ac96 |      | fa:16:3e:91:66:fc | {"subnet_id": "6436a0dc-1537-4010-8981-ccbf34fa35ee", "ip_address": "10.200.0.3"} |
+--------------------------------------+------+-------------------+-----------------------------------------------------------------------------------+
```

图 8-14

5. 使用以下指令，列出所有正在运行的实例以及它们所关联的网络。

```
nova list
```

查询结果如图 8-15 所示。

```
+------------------------------------+-------+--------+----------------------------+
| ID                                 | Name  | Status | Networks                   |
+------------------------------------+-------+--------+----------------------------+
| 0fa76731-8d5a-4251-8308-0aa10f739e97 | test1 | ACTIVE | cookbook_network_1=10.200.0.4 |
+------------------------------------+-------+--------+----------------------------+
```

图 8-15

可以看到，在将要删除的网络 cookbook_network_1 上已经有一个实例了。

6. 所以，需要停掉运行在该网络的虚拟机实例，例如：

nova delete test1

7. 所有运行在该网络的虚拟机实例都已停止后，接着使用如下指令删除连接到该网络的路由器接口。

```
ROUTER_ID=$(quantum router-list \
  | awk '/\ cookbook_router_1\ / {print $2}')

SUBNET_ID=$(quantum subnet-list \
  | awk '/\ cookbook_subnet_1\ / {print $2}')

quantum router-interface-delete \
    ${ROUTER_ID} \
    ${SUBNET_ID}
```

8. 路由器接口删除后，接着删除子网，如下：

quantum subnet-delete cookbook_subnet_1

9. 子网删除后，就可以删除网络了，如下：

quantum net-delete cookbook_network_1

工作原理

通过一系列步骤可以删除一个网络。首先删除所有连接到该网络的所有（虚拟）设备，如虚拟机实例和路由器。然后删除掉连接到网络的子网，最后删除网络本身。

❑ 列出全部网络：

quantum net-list

❑ 列出全部子网：

quantum subnet-list

❑ 列出已经使用的 Neutron 端口：

quantum port-list

❑ 从子网删除一个路由器接口：

**quantum router-interface-delete **

```
ROUTER_ID \
SUBNET_ID
```

❏ 删除一个子网：

```
quantum subnet-delete NAME_OF_SUBNET
```

❏ 删除一个网络：

```
quantum subnet-delete NAME_OF_NETWORK
```

8.16 创建外部 Neutron 网络

使用 Neutron 可以很容易创建多个私有网络，让虚拟机实例之间可以通信。但如果要从外部访问这些实例，则需要在 Provider 网络（外部网络）上创建一个路由器接入到 OpenStack 环境中。该 Provider 网络可以为实例分配浮动地址。

这里将会用到 VirtualBox 的第四块网卡。在物理环境中，该网卡会连到一个可以路由到因特网的路由器。

准备工作

首先，确保已经登录到控制节点。如果这个节点是使用 Vagrant 创建的，则可以使用如下命令来访问：

```
vagrant ssh controller
```

同时，确认已经设置好下列认证信息：

```
export OS_TENANT_NAME=cookbook
export OS_USERNAME=admin
export OS_PASSWORD=openstack
export OS_AUTH_URL=http://172.16.0.200:5000/v2.0/
export OS_NO_CACHE=1
```

操作步骤

在 Neutron 网络中，为一个租户创建外部路由器需要有租户管理员权限。首先，需要在管理员租户里创建一个公共网络；然后，将它连接上需要从外部访问的租户的路由器。为实例分配一个浮动 IP 地址后，该实例便可以从外部进行访问了。

当正确设置好管理员权限后，执行如下步骤。

1. 执行如下指令，获取 service 的租户 ID：

```
ADMIN_TENANT_ID=$(keystone tenant-list \
    | awk '/\ service\ / {print $2}')
```

这里不是必须使用 service 租户。只是需要一个属于 admin 用户，
且不是私有租户的租户。

2. 创建一个名为 floatingNet 的公有网络，以提供外部路由功能。执行以下指令：

```
quantum net-create \
    --tenant-id ${ADMIN_TENANT_ID} \
    --router:external=True \
    floatingNet
```

3. 在该网络上创建一个外部/浮动地址区间。本例中的外部子网络地址区间为
192.168.100.0/24。使用以下指令创建一个地址区间，区间内的地址将会手动分配给实例作
为浮动地址。确保此地址池（允许的 IP 地址的列表）没有与物理环境中的任何 IP 冲突。

```
quantum subnet-create \
    --tenant-id ${ADMIN_TENANT_ID} \
    --name floatingSubnet \
    --allocation-pool \
        start=192.168.100.10,end=192.168.100.20 \
    --enable_dhcp=False \
    floatingNet \
    192.168.100.0/24
```

4. 将 Cookbook 路由器上（如 8.14 节的第 4 步所述）的网关分配给该浮动网络。

```
quantum router-gateway-set \
    cookbookRouter \
    floatingNet
```

5. 设置完毕后，便可开始使用浮动网络为运行的虚拟机分配浮动 IP 了。使用 nova list
查看一下 cookbookNet 网络上的虚拟机获取的 IP。

```
nova list
```

6. 查询结果如图 8-16 所示。

```
+--------------------------------------+-------+--------+------------------------+
| ID                                   | Name  | Status | Networks               |
+--------------------------------------+-------+--------+------------------------+
| 9f8dff28-41fc-4f9f-a41f-a858abebc529 | test1 | ACTIVE | cookbookNet=10.200.0.2 |
+--------------------------------------+-------+--------+------------------------+
```

图 8-16

7. 同时查看一下路由器和已用的 Neutron 网络端口的信息。使用如下指令显示
cookbookRouter 的信息。

```
quantum router-show cookbookRouter
```

输出结果如图 8-17 所示。这里会用到其中的路由器 ID 和网络 ID。

```
+----------------------+-----------------------------------------------------------+
| Field                | Value                                                     |
+----------------------+-----------------------------------------------------------+
| admin_state_up       | True                                                      |
| external_gateway_info| {"network_id": "213fedde-ae5e-4396-9754-cb757cba25ea"}    |
| id                   | f0a5c988-6eb2-4593-8b15-90896fd55d3a                      |
| name                 | cookbookRouter                                            |
| routes               |                                                           |
| status               | ACTIVE                                                    |
| tenant_id            | d856d921d02d4ded8f590e30a5392254                          |
+----------------------+-----------------------------------------------------------+
```

图 8-17

8. 使用该路由器 ID 查询路由器上使用的端口号。

```
quantum port-list -- \
    --router_id=f0a5c988-6eb2-4593-8b15-90896fd55d3a
```

输出结果如图 8-18 所示。在结果中找到 nova list 中列出的 IP 地址所匹配的记录。本例中，即找到实例 IP 地址为 10.200.0.2 所对应的端口 ID。

```
+--------------------------------------+------+-------------------+--------------------------------------------------------------------------------------+
| id                                   | name | mac_address       | fixed_ips                                                                            |
+--------------------------------------+------+-------------------+--------------------------------------------------------------------------------------+
| 41ea7756-9521-4ba2-a885-1aca70a96ddc |      | fa:16:3e:b4:b4:a4 | {"subnet_id": "a2580694-d5f4-41b4-9ede-f5212d86deba", "ip_address": "192.168.100.10"}|
| 5f1f68a4-2af2-4528-934d-f7f52ac5b3d3 |      | fa:16:3e:a3:2b:6f | {"subnet_id": "e88b3347-db4d-40c9-abf2-27762dfbb6a9", "ip_address": "10.200.0.2"}    |
| 85f1f3ad-4285-42aa-a15e-45620f065fa4 |      | fa:16:3e:33:35:16 | {"subnet_id": "e88b3347-db4d-40c9-abf2-27762dfbb6a9", "ip_address": "10.200.0.3"}    |
| c8a2fa53-7aa8-459e-9233-2ec180049c3c |      | fa:16:3e:90:80:6c | {"subnet_id": "e88b3347-db4d-40c9-abf2-27762dfbb6a9", "ip_address": "10.200.0.1"}    |
+--------------------------------------+------+-------------------+--------------------------------------------------------------------------------------+
```

图 8-18

9. 使用以下指令将创建一个浮动 IP 并分配给此端口：

```
quantum floatingip-create \
    --port_id 5f1f68a4-2af2-4528-934d-f7f52ac5b3d3 \
    213fedde-ae5e-4396-9754-cb757cba25ea
```

输出结果如图 8-19 所示。

```
Created a new floatingip:
+---------------------+--------------------------------------+
| Field               | Value                                |
+---------------------+--------------------------------------+
| fixed_ip_address    | 10.200.0.2                           |
| floating_ip_address | 192.168.100.11                       |
| floating_network_id | 213fedde-ae5e-4396-9754-cb757cba25ea |
| id                  | 2bc4636d-c6e5-4d9d-b876-8e0e50b4b92c |
| port_id             | 5f1f68a4-2af2-4528-934d-f7f52ac5b3d3 |
| router_id           | f0a5c988-6eb2-4593-8b15-90896fd55d3a |
| tenant_id           | d856d921d02d4ded8f590e30a5392254     |
+---------------------+--------------------------------------+
```

图 8-19

10. 这样便能使用 IP 地址 192.168.100.11 访问之前只能从网络节点访问的虚拟机实例了，如图 8-20 所示。

```
+--------------------------------------+-------+--------+------------------------------------------+
| ID                                   | Name  | Status | Networks                                 |
+--------------------------------------+-------+--------+------------------------------------------+
| 9f8dff28-41fc-4f9f-a41f-a858abebc529 | test1 | ACTIVE | cookbookNet=10.200.0.2, 192.168.100.11   |
+--------------------------------------+-------+--------+------------------------------------------+
```

图 8-20

工作原理

本节创建了一个网络，通过它可以给实例分配浮动地址，从而可以从子网以外访问实例。该子网能够从 OpenStack 之外的其他网络，或因特网上的公网地址空间路由进入。首先在 admin 租户里使用 quantum net-create 命令和 --router:external=True 标志创建一个带路由器的网络。

```
quantum net-create \
    --tenant-id ADMIN_TENANT_ID \
    --router:external=True \
    NAME_OF_EXTERNAL_NETWORK
```

为了给实例手动分配浮动 IP 地址，应为子网定义一个 IP 地址区间并禁用 DHCP。

```
quantum subnet-create \
    --tenant-id ADMIN_TENANT_ID \
    --name NAME_OF_SUBNET \
    --allocation-pool start=IP_RANGE_START,end=IP_RANGE_END \
    --enable_dhcp=False \
    NAME_OF_EXTERNAL_NETWORK \
    SUBNET_CIDR
```

接下来，使用如下指令，给该网络分配一个路由器网关。该路由器会为连接到它的私有网络中的实例提供 NAT 服务：

```
quantum router-gateway-set \
    ROUTER_NAME \
    EXTERNAL_NETWORK_NAME
```

配置完成后，从刚创建的地址空间中分配一个浮动 IP 地址给运行中的实例。执行如下指令：

nova list

从以上指令的结果中取得实例的 IP 地址：

quantum router-show ROUTER_NAME

从以上指令的结果中取得路由器的 ID：

```
quantum port-list -- \
    --router_id=ROUTER_ID
```

在以上指令的结果中查看连接到该路由器的所有实例和设备，并通过实例 IP 找到对应的端口 ID：

```
quantum floatingip-create \
    --port_id INSTANCE_PORT_ID \
    FLOATING_NETWORK_ID
```

使用以上指令从浮动 IP 地址区间中分配一个 IP 地址给运行在该端口上的实例。至此，便能使用该 IP 从物理网络访问该实例了。

第 9 章

OpenStack Dashboard

本章将讲述以下内容：

- ❑ 安装 OpenStack Dashboard
- ❑ 使用 OpenStack Dashboard 进行密钥管理
- ❑ 使用 OpenStack Dashboard 管理 Neutron 网络
- ❑ 使用 OpenStack Dashboard 进行安全组管理
- ❑ 使用 OpenStack Dashboard 启动实例
- ❑ 使用 OpenStack Dashboard 终止实例
- ❑ 使用 OpenStack Dashboard 进行连接到使用 VNC 的实例
- ❑ 使用 OpenStack Dashboard 添加新租户
- ❑ 使用 OpenStack Dashboard 进行用户管理

9.1 介绍

通过命令行接口来管理 OpenStack 环境可以完全控制这个云环境，但是通过使用 GUI，运营人员和管理员管理云环境和实例会更轻松一些。OpenStack Dashboard（仪表盘），即 Horizon，提供了 GUI 接口。它是一个可以运行在 Apache 服务器上的 Web 服务，使用 Python 的 **Web Service Gateway Interface**（WSGI）和 Django（一个 Web 快速开发框架）。

安装好 OpenStack Dashboard 之后，我们就可以管理 OpenStack 环境中的所有的组件。

9.2　安装 OpenStack Dashboard

使用 Ubuntu 的软件包资源库安装 OpenStack Dashboard 的过程非常简单直接。

首先，确保已经登录到 OpenStack 控制节点。如果这一节点是像 1.2 节中描述的那样使用 Vagrant 创建的，则可以使用如下命令来访问：

```
vagrant ssh controller
```

要安装 OpenStack Dashboard，需要执行以下步骤安装所需的包和依赖。

1. 安装所需的包如下所示：

```
sudo apt-get update
sudo apt-get -y install openstack-dashboard novnc \
    nova-consoleauth nova-console memcached
```

2. 可以通过编辑 /etc/openstack-dashboard/local_setting.py 文件来配置 OpenStack Dashboard。

```
OPENSTACK_HOST = "172.16.0.200"
OPENSTACK_KEYSTONE_URL = "http://%s:5000/v2.0" % OPENSTACK_HOST
OPENSTACK_ KEYSTONE_DEFAULT_ROLE = "Member"
```

3. 现在需要配置 OpenStack Dashboard 来使用 VNC 代理服务，该服务可以通过 OpenStack Dashboard 接口调用。为此，将以下内容添加到 /etc/nova/nova.conf 文件中：

```
novnc_enabled=true
novncproxy_base_url=http://172.16.0.200:6080/vnc_auto.html
vncserver_proxyclient_address=172.16.0.200
vncserver_listen=172.16.0.200
```

4. 重启 nova-api 服务，执行以上变更。

```
sudo restart nova-api
sudo restart nova-compute
sudo service apache2 restart
```

Ubuntu 中的 OpenStack Dashboard 和标准的 Dashboard 风格稍微有些不太一样，但基本功能都是一样的。Ubuntu 仅仅添加了一些额外的特性让用户可以下载 Canonicals 中的编排工具。可以使用如下命令移除这个特性：

```
    sudo dpkg --purge openstack-dashboard-ubuntu-theme
```

工作原理

使用 Ubuntu 软件包资源库安装 OpenStack Dashboard（即 Horizon）非常简单。该模块使用 Python RAD Web 环境、Django 和 WSGI，可以运行在 Apache 服务器上。所以，执行变更需要重启 Apache 2 服务。

使用 VNC 代理服务。它支持通过 Web 接口从网络中访问实例。

本章所示的截图均为删除 Ubuntu 自定义主题后的界面。

9.3　使用 OpenStack Dashboard 进行密钥管理

SSH 密钥对（keypair）允许用户无需输入密码就能链接到 Linux 实例，几乎所有 OpenStack 中的 Linux 镜像都将它作为默认访问机制。用户可以通过 OpenStack Dashboard 来管理自己的密钥对。通常，这也是一个新用户进入 OpenStack 环境后需要完成的第一个任务。

准备工作

打开浏览器，指向 OpenStack Dashboard 地址 http://172.16.0.200/horizon，并以 demo 用户身份（1.7 节创建的）登录，密码为 openstack。

操作步骤

登录用户的密钥对的管理的具体步骤将在下面几个小节中讨论。

添加密钥对

密钥对可以通过以下步骤添加。

1. 点击 **Access & Security** 选项卡，可以为系统添加一个新的密钥对，如图 9-1 所示。

图 9-1

2. 现在可以看到允许访问安全设置和密钥对管理的页面。在 **Keypairs** 选项卡下有一个有效密钥对列表，启动和方位实例时可以使用。点击 **Create Keypair** 按钮，创建一个新的密钥对，如图 9-2 所示。

3. 在 **Create Keypair** 界面输入名称（如 udemo），确保名称中没有空格，然后点击 Create Keypair 按钮，如图 9-3 所示。

4. 一旦密钥创建成功，系统就会提示用户是否保存密钥对中的私有密钥到硬盘。

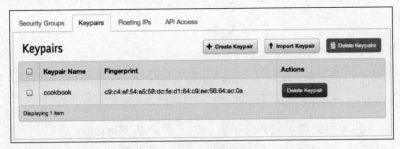

图 9-2

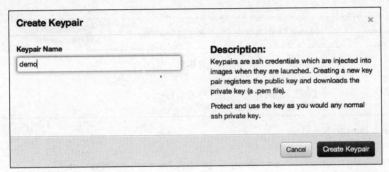

图 9-3

 私有 SSH 密钥不能重复创建，所以应在文件系统上安全地保存。

5. 点击 **Access & Security** 选项卡返回密钥对列表。现在就能看到新创建的密钥对。启动实例时，可以选择新密钥对，并通过保存在本地的私有密钥访问该实例，如图 9-4 所示。

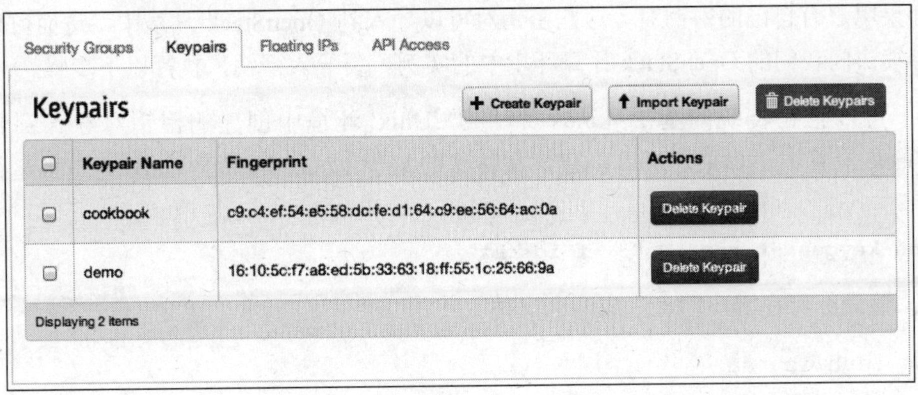

图 9-4

删除密钥对

密钥对可以通过以下步骤删除。

1. 当密钥对不再需要时，可以从 OpenStack 环境中删除。为此，点击屏幕左侧的 **Access & Security** 选项卡。

2. 然后会看到访问安全设置和密钥管理的页面。在 **Keypairs** 选项卡下有一个密钥对列表，用来访问实例。要从系统上删除密钥对，点击想删除的密钥的 **Delete Keypair** 按钮，如图 9-5 所示。

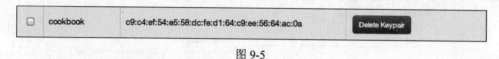

图 9-5

3. 接着会看到一个确认对话框，如图 9-6 所示。

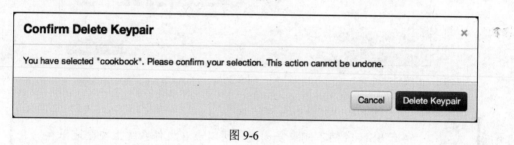

图 9-6

4. 点击 **Delete Keypair** 按钮后，该密钥对就会被删除。

导入密钥对

如果用户有自己的密钥对，这些密钥对可以导入到 OpenStack 环境中，进而可以使用它们继续访问我们的 OpenStack 计算环境中的实例。要导入密钥，执行以下步骤。

1. 可以把在传统的基于 Linux 和基于 Unix 环境中创建的密钥对导入到我们的 OpenStack 设置中。如果还没有创建，在传统的基于 Linux 和基于 Unix 的主机运行以下命令：

```
ssh-keygen -t rsa -N "" -f id_rsa
```

2. 该命令将在客户端上生成两个文件。

❑ `.ssh/id_rsa`

❑ `.ssh/id_rsa.pub`

3. 这个 .ssh/id_rsa 文件就是私钥，必须被加以保护，它和密钥对中的公钥 ssh/id_rsa.pub 相匹配的。

4. 可以将这个公钥导入到 OpenStack 环境中使用。这样当一个实例启动时，公钥就会被注入到该运行实例中。为了导入该公钥，确保已经打开 Access & Security 界面，然后进入 Keypairs 选项卡下，点击 Import Keypair 按钮，如图 9-7 所示。

图 9-7

5. 然后会看到一个提示页面，询问密钥对的名称，把公钥的内容复制过来。为该公钥对命名，然后复制粘贴公钥的内容（如 .ssh/id_rsa.pub 的内容）到空白处。输入之后，点击 Import Keypair 按钮，如图 9-8 所示。

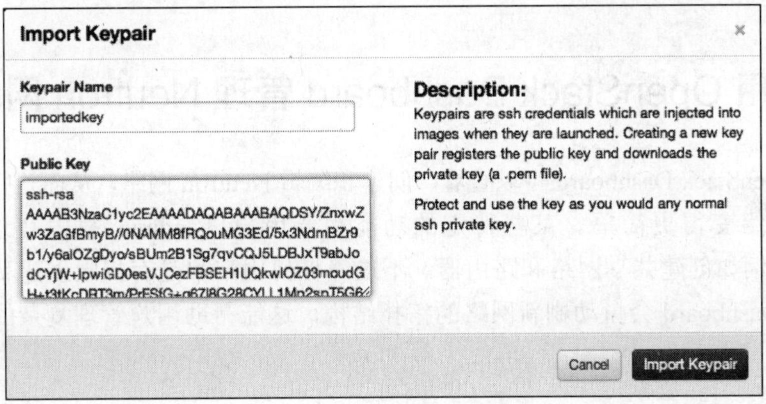

Import Keypair ✕

Keypair Name

importedkey

Public Key

ssh-rsa
AAAAB3NzaC1yc2EAAAADAQABAAABAQDSY/ZnxwZ
w3ZaGfBmyB//0NAMM8fRQouMG3Ed/5x3NdmBZr9
b1/y6alOZgDyo/sBUm2B1Sg7qvCQJ5LDBJxT9abJo
dCYjW+IpwiGD0esVJCezFBSEH1UQkwlOZ03moudG
H+t3tKcDRT3m/PrFStG+q67I8G28CYLL1Mn2snT5G6

Description:

Keypairs are ssh credentials which are injected into images when they are launched. Creating a new key pair registers the public key and downloads the private key (a .pem file).

Protect and use the key as you would any normal ssh private key.

Cancel | Import Keypair

图 9-8

6. 完成之后，可以在密钥对列表里看到我们导入的密钥对，如图 9-9 所示。

Keypairs   + Create Keypair   ↑ Import Keypair   🗑 Delete Keypairs

	Keypair Name	Fingerprint	Actions
☐	demo	16:10:5c:f7:a8:ed:5b:33:63:18:ff:55:1c:25:66:9a	Delete Keypair
☐	importedkey	c9:c4:ef:54:e5:58:dc:fe:d1:64:c9:ee:56:64:ac:0a	Delete Keypair

Displaying 2 items

图 9-9

工作原理

密钥对管理非常重要，提供了一个一致性的、安全的方法访问运行实例。允许用户在租户中创建、删除和导入密钥对，维护系统安全。

OpenStack Dashboard 允许用户通过简单的方式创建密钥对。但用户必须保证下载下来的私钥的安全。

删除密钥对也非常简单，但是该用户必须清楚是否还有运行的实例在使用该密钥对，否则该用户将不能再访问这些系统。因为每个创建的密钥对都是独一无二的，即使为密钥起了相同的名字。

导入密钥对的好处是你可以复用已有的安全密钥对，这些密钥对在 OpenStack 环境之外一直被使用，并且在新的私有云环境中还可以继续使用。这为用户从一个环境迁移到另一个环境提供了一致的用户体验。

9.4　使用 OpenStack Dashboard 管理 Neutron 网络

使用 OpenStack Dashboard 可以查看、创建和编辑 Neutron 网络，从而让管理复杂的软件定义的网络变得更简单。某些特定的功能需要用户以 admin 权限登录 OpenStack Dashboard，例如创建共享网络和路由器。不过，任何用户都是有权限创建私有网络的。OpenStack Dashboard 会自动刷新网络的拓扑结构，这能帮助用户管理复杂的软件定义的网络。

准备工作

打开浏览器，指向 OpenStack Dashboard 地址 http://172.16.0.200/，并以在 1.7 节中创建的 demo 用户身份登录，密码为 openstack。

操作步骤

创建网络

要以登录用户身份创建一个私有网络，需要执行以下步骤。

1. 选中如下截图中的 **Network** 选项卡，如图 9-10 所示。

2. 选中后，页面中会列出所有可以分配给实例的网络，如图 9-11 所示。

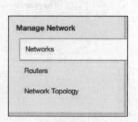

图 9-10

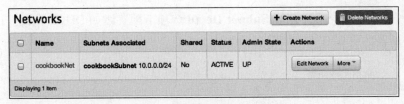

图 9-11

3. 点击 **Create Network** 按钮，创建一个新的网络。

4. 此时会弹出一个对话框要求输入网络的名字，如图 9-12 所示。

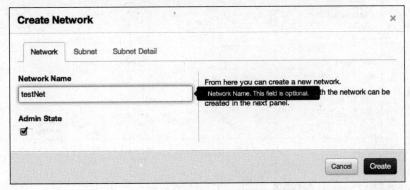

图 9-12

　5. 选择一个名字，并确认 **Admin State** 复选框已选中（表示启用该网络并允许实例接入）。接着选择 **Subnet** 选项卡来分配一个子网，如图 9-13 所示。

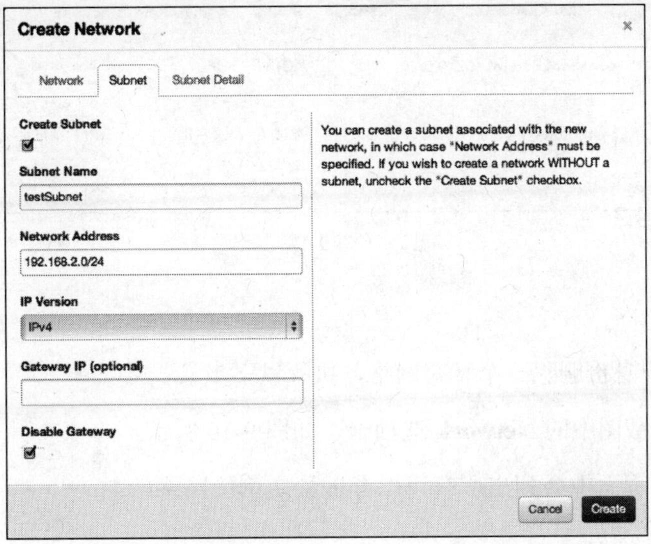

图 9-13

6. 填写完子网信息后，选择 **Subnet Detail** 选项卡配置诸如 DHCP 范围、DNS、备用路由等用户所需的更多细节，如图 9-14 所示。

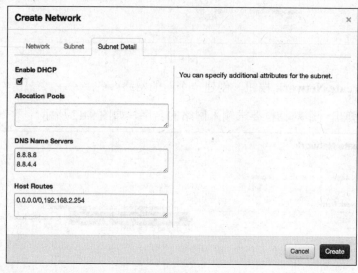

图 9-14

7. 输入完成后，点击 **Create** 按钮，使该网络对租户中的用户生效，并返回到可用网络列表，如图 9-15 所示。

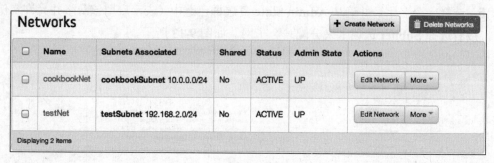

图 9-15

删除网络

要以登录用户身份删除一个私有网络，执行以下步骤。

1. 选中如下截图中的 **Network** 选项卡，如图 9-16 所示。

2. 选中后，页面中会列出所有可以分配给实例的网络，如图 9-17 所示。

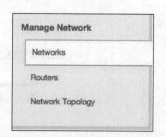

图 9-16

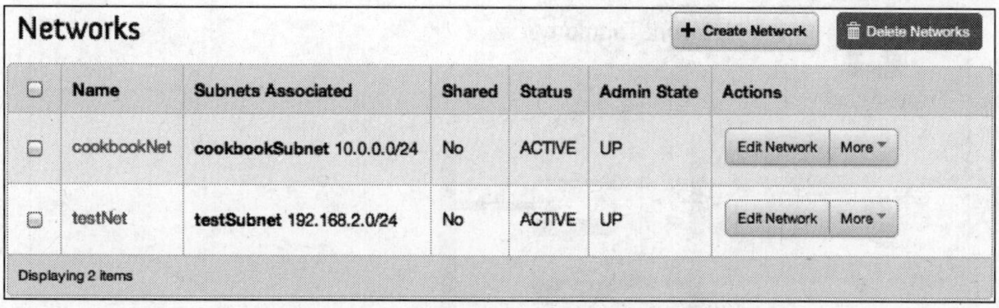

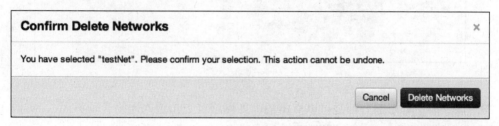

图 9-17

3. 要删除一个网络，选中网络名字后面的复选框并点击 **Delete Networks** 按钮。

4. 此时会弹出一个对话框要求确认删除操作，如图 9-18 所示。

Confirm Delete Networks　　　　　　　　　　　　　×

You have selected "testNet". Please confirm your selection. This action cannot be undone.

Cancel　　Delete Networks

图 9-18

5. 点击 **Delete Networks** 按钮后，网络将被删除，然后返回到可用网络列表。

 一个网络只有当没有任何实例接入它里面的情况下才能被删除，否则会提示不允许删除该网络因为仍有实例连接在上面。

查看网络

OpenStack Dashboard 可以让用户和管理员查看网络环境的拓扑结构。执行如下步骤来查看网络拓扑。

1. 要在 OpenStack Dashboard 中管理网络，首先应选中图 9-19 所示的 **Network** 选项卡。

2. 点击 **Network Topology** 选项卡，此时会打开一个很不错的界面展示所有网络的概况以及连接在上面的实例，如图 9-20 所示。

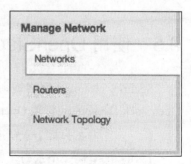

图 9-19

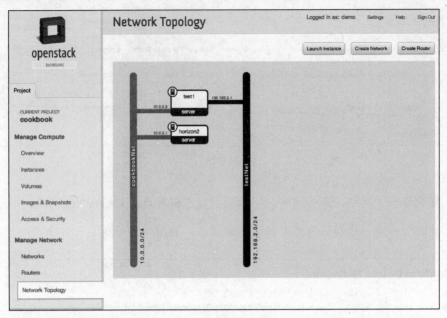

图 9-20

3. 该界面中每个部分都是可以点击的，如网络（点击进入网络管理界面）、实例（点击进入实例管理界面），并可以在界面中创建网络、路由和启动新实例。

工作原理

管理和编辑 Neutron 网络是 OpenStack Grizzly 版中的新特性。Neutron 网络管理起来可能非常复杂，而 OpenStack Dashboard 这种可视化界面能让网络管理工作变得容易得多。

管理员（拥有 admin 角色的用户）可以创建共享网络。步骤与上述步骤相同，只是多出来一个额外的选项，可以选择该网络是否对所有租户可见。

9.5　使用 OpenStack Dashboard 进行安全组管理

Security groups 是网络规则，允许一个租户（项目）里的实例与其他实例隔离开。使用 OpenStack Dashboard 管理 OpenStack 实例的安全组规则非常简单。

 正如第 1 章所述，项目（project）和租户（tenant）实际上指的是同一个东西，所以在 OpenStack Dashboard 中，租户指的就是项目，而 Keystone 项目指的就是租户。

打开浏览器，指向 OpenStack Dashboard 地址 http://172.16.0.200/，并以在 1.7 节中创建的 demo 用户身份登录，密码为 openstack。

要在 OpenStack Dashboard 里管理安全组，需要执行后面几小节讨论的步骤。

创建一个安全组

要创建安全组，需要执行以下步骤。

1. 通过使用 **Access & Security** 选项卡可以添加一个新的安全组，点击它，如图 9-21 所示。

2. 这时会看到访问安全设置和密钥管理的页面。在 **Security Groups** 选项卡下有一个安全组列表，可供实例启动时使用。点击 **Create Security Group** 按钮，创建一个新的密钥对，如图 9-22 所示。

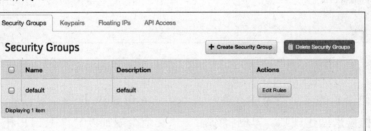

Access & Security

图 9-21

图 9-22

3. 接着会看到创建页面，输入安全组名称（不能有空格）并提供一段描述，如图 9-23 所示。

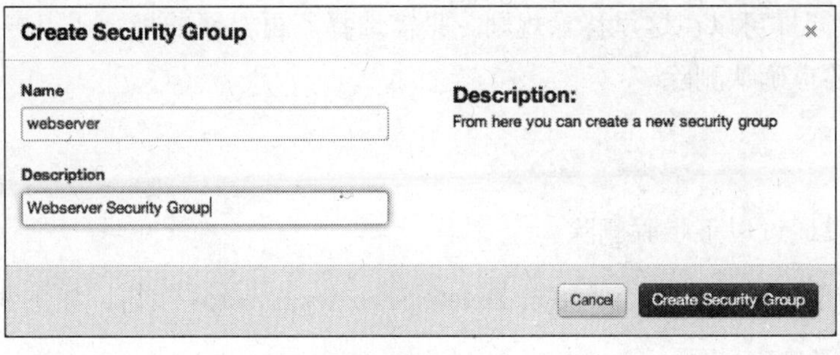

图 9-23

4. 安全组创建成功后，所有可用的安全组都会显示在页面上。

编辑安全组添加和移除规则

要添加和移除规则或安全组，执行以下步骤。

1. 要创建一个新安全组或修改现有的安全组规则，点击该安全组的 **Edit Rules** 按钮，如图 9-24 所示。

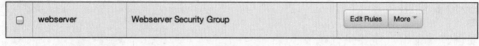

图 9-24

2. 点击 **Edit Rules** 按钮后，将看到现有规则的列表界面，如图 9-25 所示。

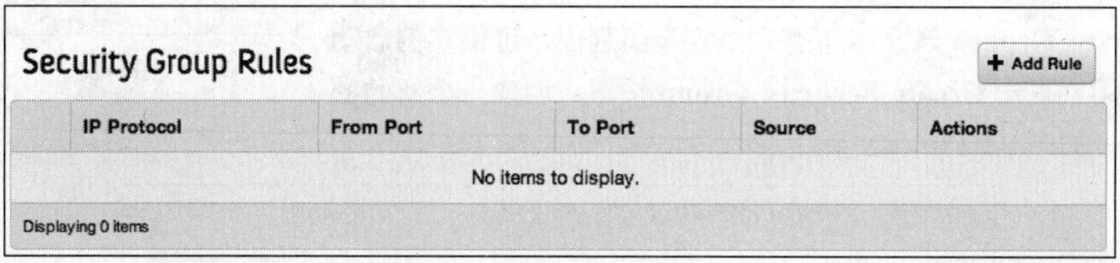

Security Group Rules
+ Add Rule

IP Protocol	From Port	To Port	Source	Actions
No items to display.				

Displaying 0 items

图 9-25

3. 要向这个新的安全组添加一条规则，点击 **Add Rule** 按钮。可以基于 ICMP、TCP、UDP 这 3 种协议来创建规则。本例将添加一个安全组规则以允许 HTTP 和 HTTPS 访问。要做到这一点，需要按图 9-26 所示的内容进行设置。

4. 点击 **Add** 按钮后返回到规则列表。重复以上步骤直到所有配置完安全组的所有规则，如图 9-27 所示。

5. 注意，同样可以在这里移除规则。只需选择不再需要的规则，点击 **Delete Rule** 按钮，弹出兑换要求确认删除。

删除安全组

安全组可以通过以下步骤删除。

1. 选择希望删除的安全组，点击 **Delete Security Groups** 按钮，如图 9-28 所示。

Add Rule   ✕

IP Protocol

TCP   ↕

Open

Port   ↕

Port

80

Source

CIDR   ↕

CIDR

0.0.0.0/0

Description:

Rules define which traffic is allowed to instances assigned to the security group. A security group rule consists of three main parts:

Protocol: You must specify the desired IP protocol to which this rule will apply; the options are TCP, UDP, or ICMP.

Open Port/Port Range: For TCP and UDP rules you may choose to open either a single port or a range of ports. Selecting the "Port Range" option will provide you with space to provide both the starting and ending ports for the range. For ICMP rules you instead specify an ICMP type and code in the spaces provided.

Source: You must specify the source of the traffic to be allowed via this rule. You may do so either in the form of an IP address block (CIDR) or via a source group (Security Group). Selecting a security group as the source will allow any other instance in that security group access to any other instance via this rule.

Cancel   Add

图 9-26

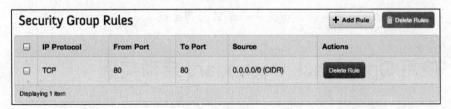

Security Group Rules   + Add Rule   🗑 Delete Rules

☐	IP Protocol	From Port	To Port	Source	Actions
☐	TCP	80	80	0.0.0.0/0 (CIDR)	Delete Rule

Displaying 1 item

图 9-27

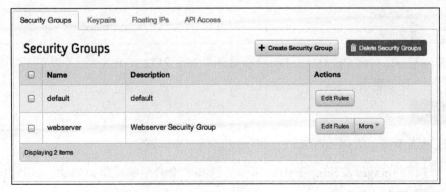

Security Groups   Keypairs   Floating IPs   API Access

Security Groups   + Create Security Group   🗑 Delete Security Groups

☐	Name	Description	Actions
☐	default	default	Edit Rules
☐	webserver	Webserver Security Group	Edit Rules More ▼

Displaying 2 items

图 9-28

2. 会提示确认删除。点击 **OK** 按钮，移除安全组及相关访问规则。

 当一个与指定的安全组相关的实例正在运行时，将无法删除这个安全组。

工作原理

安全组对于 OpenStack 环境非常重要，它可以安全和一致地访问运行中的实例。用户通过创建、删除和修改安全组，可以为租户中创建一个安全的环境。

安全组只能在实例创建时才能进行关联，不能为一个已经运行实例添加一个新安全组，但是可以修改已分配给某个运行中实例的规则。例如，假设启动一个仅有默认安全组的实例。默认安全组设置只开放了 TCP 端口 22 和 ping 实例的权限。如果需要访问 TCP 端口 80，那么可以将此规则添加到默认的安全组或者重新启动实例分配一个新的安全组，以访问 TCP 端口 80。

 安全组的修改会立即生效，任何分配该安全组的实例都会使用与它关联的新规则。而且 Grizzly 版中的 OpenStack Dashboard 存在一个 bug，使用 Neutron 命令行创建的规则不会正确显示在控制面板中。因为控制面板通过名字来查询规则，而 Neutron 是使用 UUID，所以 Neutron 可以创建多条同名的规则，但 OpenStack Dashboard 只会显示其中一条从而产生歧义。

9.6 使用 OpenStack Dashboard 启动实例

使用 OpenStack Dashboard 启动实例非常简单。只需选择镜像、实例大小，然后启动。

准备工作

打开浏览器，指向 OpenStack Dashboard 地址 http://172.16.0.200/，并以在 1.7 节中创建的 demo 用户身份登录，密码为 openstack。

操作步骤

通过以下步骤，从 OpenStack Dashboard 启动一个实例。

1. 导航到 **Images & Snapshots** 选项卡，选择一个合适的镜像，如 ubuntu12.04 X86 服务器镜像，如图 9-29 所示。

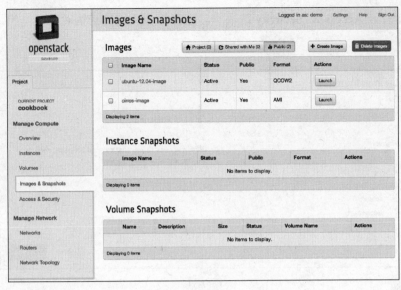

图 9-29

2. 点击启动镜像中的 **Actions** 下拉菜单中的 **Launch** 按钮。

3. 此时会出现一个提示对话框，需要输入实例名称（如 horizon1）。选择一个实例类型 m1.tiny，如图 9-30 所示。

图 9-30

4. 接着打开 **Access & Security** 选项卡，选择镜像所用的密钥对和安全组，如图 9-31 所示。

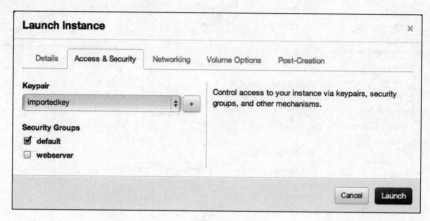

图 9-31

 如果还没创建任何密钥对，可以点击+按钮来导入一个密钥。

5. Neutron 配置正确后，选择 **Networking** 选项卡来配置实例所关联的网络。将 **Available networks** 中的网络拖拽到 **Selected Networks** 框中，如图 9-32 所示。

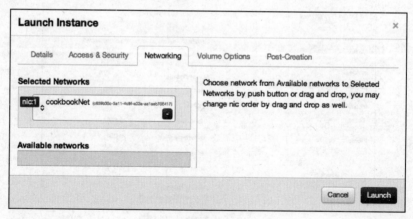

图 9-32

6. 选择完成后，点击 **Launch Instance** 按钮。

7. 这时，返回到 **Instances & Volumes** 选项卡，此时实例会处于 **Build** 状态，最后会

变为 **Active** 状态，如图 9-33 所示。

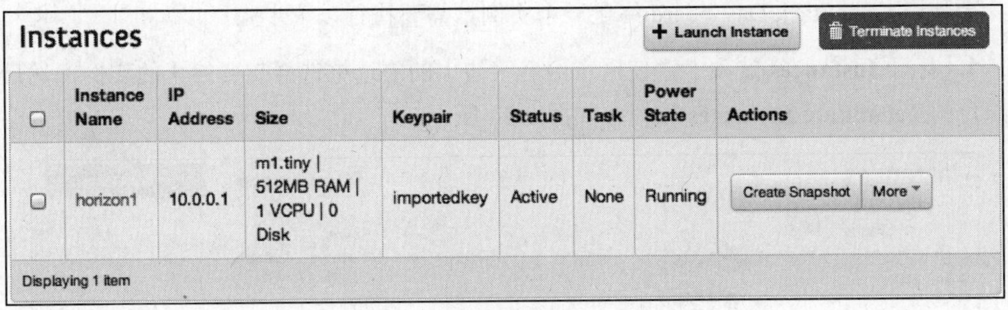

Instances
+ Launch Instance
Terminate Instances
Instance Name
IP Address
Size
Keypair
Status
Task
Power State
Actions
horizon1
10.0.0.1
m1.tiny | 512MB RAM | 1 VCPU | 0 Disk
importedkey
Active
None
Running
Create Snapshot
More
Displaying 1 item

图 9-33

> 如果屏幕没有刷新，可手动点击 **Instances** 选项卡刷新信息。

工作原理

从 Horizon——OpenStack Dashboard 启动实例分为以下两步。

1. 从 **Images** 选项卡选择合适的镜像。
2. 为实例分配合适的配置。

Instances 选项卡下会显示 `cookbook` 项目中运行的实例。

> 通过点击 **Overview** 选项卡，还可以看到在环境中运行实例的大致情况。

9.7 使用 OpenStack Dashboard 终止实例

使用 OpenStack Dashboard 终止实例非常简单。

准备工作

打开指向 OpenStack Dashboard 地址 http://172.16.0.200/，并以在 1.7 节中创建的 `demo` 用户身份登录，密码为 `openstack`。

要使用 OpenStack Dashboard 终止一个实例，需要执行以下步骤。

1. 打开 **Instances** 选项卡，使用实例名字边上的复选框选择想要终止的实例，然后点击红色的 **Terminate Instances** 按钮，如图 9-34 所示。

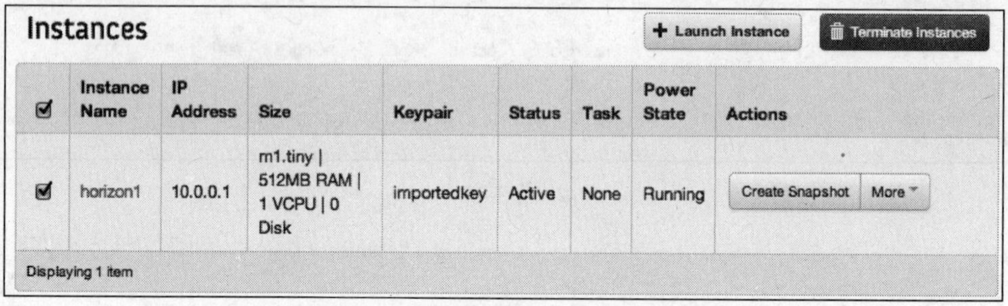

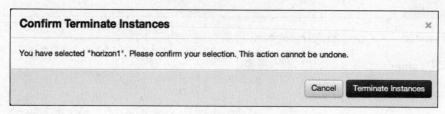

图 9-34

2. 在提示信息中，选择 **Terminate Instances** 终止所选择的实例，如图 9-35 所示。

Confirm Terminate Instances ✕

You have selected "horizon1". Please confirm your selection. This action cannot be undone.

Cancel **Terminate Instances**

图 9-35

3. 在 **Instances** 页面中可以确认实例已成功终止。

使用 OpenStack Dashboard 终止实例非常简单。只需选择运行的实例，点击 **Terminate Instances** 按钮，当某个实例已经选中时该按钮会高亮显示。点击 **Terminate Instances** 按钮之后，系统会提示确认终止该实例，以降低意外终止实例的风险。

9.8 使用 OpenStack Dashboard 连接到使用 VNC 的实例

OpenStack Dashboard 有一个非常方便的功能，它允许用户通过一个 VNC（Virtual Network Console）会话在从 Web 浏览器连接到正在运行的实例。这样，无须额外单独调用一个 SSH 会话便可以管理虚拟机实例。

打开指向 OpenStack Dashboard 地址 http://172.16.0.200/，并以在 1.7 节中创建的 demo 用户身份登录，密码为 openstack。

要通过浏览器使用 VNC 链接到一个运行的实例，需要执行以下步骤。

1. 选择 **Instances & Volumes** 选项卡，选择一个想要连接的实例。

2. 在 **More** 按钮旁边有一个向下的箭头，提示有更多的选择。点击后如图 9-36 所示。

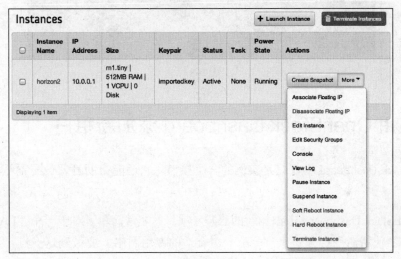

图 9-36

3. 选择 **Console** 选项。这将会显示出一个控制台屏幕，可以让用户登录到实例中，如图 9-37 所示。

 实例必须支持本地登录。因为许多 Linux 云镜像都期望用户通过使用 SSH 密钥进行身份验证。

在安装部分配置使用的 nonce、nova-consoleauth 和 nova-console 软件包可以通过网页浏览器使用一个 VNC 代理会话连接。只有支持 WebSocket 连接的浏览器能够提供这个功能。一般来说，目前任何浏览器都提供对 HTML5 的支持。

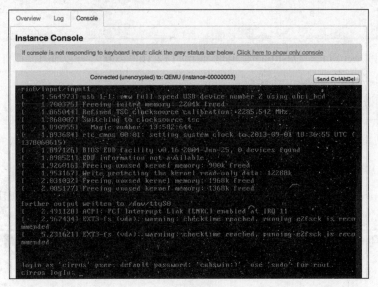

图 9-37

9.9 使用 OpenStack Dashboard 添加新租户

OpenStack Dashboard 不仅只是实例的一个接口。它还能帮助管理员配置环境、管理用户和租户。

在 OpenStack Dashboard 中添加新的租户（项目）非常简单。对于一个 VLAN-managed 环境，它需要使用命令行为新租户分配一个合适的专用网络。要做到这一点，必须以一个具有管理员权限的用户身份登录到 OpenStack Dashboard，同时也要登录到提供 OpenStack Controller API 的服务器上的 shell 中。

准备工作

打开浏览器指向 OpenStack Dashboard 地址 http://172.16.0.200/，并以在 1.7 节中创建的 demo 用户身份登录，密码为 openstack。同时通过 SSH 登录到同一个沙盒，以便运行 nova-manage 命令。

如果 Nova 使用的网络模式是 VLAN Manager，那么在 OpenStack Doshboard 中是无法将 VLAN 私有网络绑定到租户的。这时需要运行一些命令来完成这个操作。首先，登录到我们的控制节点的 Shell 中。如果该控制节点是用 Vagrant 创建的，可以使用如下命令：

```
vagrant ssh controller
```

操作步骤

要给 OpenStack 环境添加一个租户，需要执行以下步骤。

1. 当以特权用户身份登录进来时，会看到一个 **Admin** 选项卡。点击该选项卡，显示 **System Panel** 选项。在这里可以配置 OpenStack 环境，如图 9-38 所示。

图 9-38

2. 要管理租户，可以点击 **System Panel** 列表中的 **Projects** 选项，如图 9-39 所示。

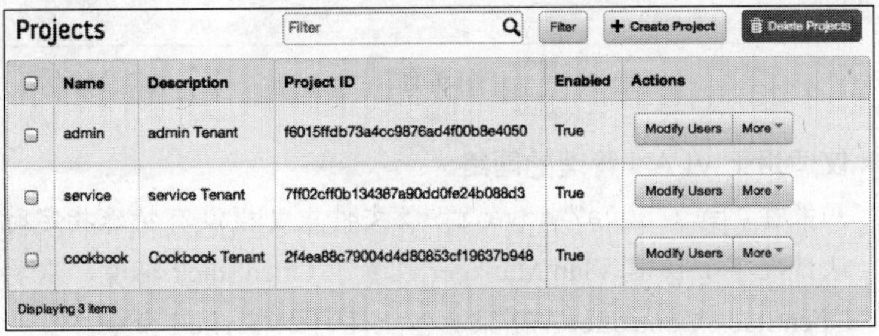

	Name	Description	Project ID	Enabled	Actions
☐	admin	admin Tenant	f6015ffdb73a4cc9876ad4f00b8e4050	True	Modify Users More ▾
☐	service	service Tenant	7ff02cff0b134387a90dd0fe24b088d3	True	Modify Users More ▾
☐	cookbook	Cookbook Tenant	2f4ea88c79004d4d80853cf19637b948	True	Modify Users More ▾

Displaying 3 items

图 9-39

3. 然后可以看到 OpenStack 环境中的租户信息。点击 **Create Project** 按钮，创建一个新的租户。

4. 然后提交一个表单，填写租户名称和描述信息。输入 horizon 作为租户名，并输入一个描述，如图 9-40 所示。

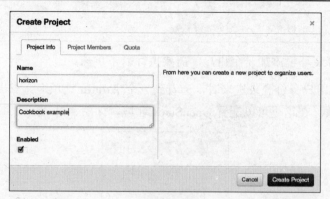

图 9-40

5. 选中 **Enabled** 复选框，确保租户被启用，然后点击 **Create Project** 按钮。

6. 这时将列出可用的租户名单，提示 `horizon` 租户已成功创建，并且要求记录下 **Tenant ID**，如图 9-41 所示。

图 9-41

仅适用于 VLAN 管理的网络

如果在 `/etc/nova/ nova.conf` 文件中（当没有特殊指定时的默认情况下）使用 Vlan Manager 设置了 OpenStack 环境，需要在 OpenStack Controller API 服务器上运行以下 shell 命令。

```
sudo nova-manage network create \
    --label=horizon \
    --num_networks= 1 \
    --network_size=64 \
    --valn =101 \
    --bridge_interface= eth2 \
    --project_id=75f386f48e77479f9a5c292b9cf8d4ec \
    --fixed_range_v4=10.2.0.0/ 8
```

它会在指定的 VLAN 中创建一个 IP 地址区间，并分配给 horizon 租户。成功后，即可使用新租户。

OpenStack Dashboard 是一个功能丰富的界面，为管理 OpenStack 环境提供了命令行工具之外的有益补充。可以简单地在 OpenStack Dashboard 里创建一个用户所属的租户（Ubuntu 的界面使用的是项目）。

当在 VLAN Manager 配置的 OpenStack 网络下创建新的租户时，要为这个租户分配一个 IP 地址区间和指定 VLAN ID。如果分配了一个新的 VLAN，则确保在相应的物理交换机上进行了正确配置，来让私有网络可以使用这个新的 VLAN ID 进行通信。请注意，这里使用了以下 nova-manage 参数来为新租户配置网络。

- ❑ -- label=horizon

- ❑ -- vlan= 101

- ❑ -- project_id=75f386f48e77479f9a5c292b9cf8d4ec

这里给这个专用网络命名，并和租户匹配。同时创建了一个新的 VLAN，通过将网络流量封装在这个新的 VLAN 中，使租户间的流量隔离开。最后，通过 OpenStack Dashboard 创建租户后，指定了返回的租户 ID。

9.10 使用 OpenStack Dashboard 进行用户管理

OpenStack Dashboard 可以通过 Web 界面进行用户管理。这使得管理员能轻松地创建和修改 OpenStack 环境内的用户。要管理用户，必须以 admin 角色用户登录。

打开浏览器，指向 OpenStack Dashboard 地址 http://172.16.0.200/horizon，并以在 1.7 节中创建的 demo 用户身份登录，密码为 openstack。

要完成在 OpenStack Dashboard 下管理用户，需要执行以下步骤。

添加用户

要添加用户，执行下列步骤。

1. 在 **Admin System Panel** 中点击 **Users** 选项，列出系统中的用户列表，如图 9-42 所示。

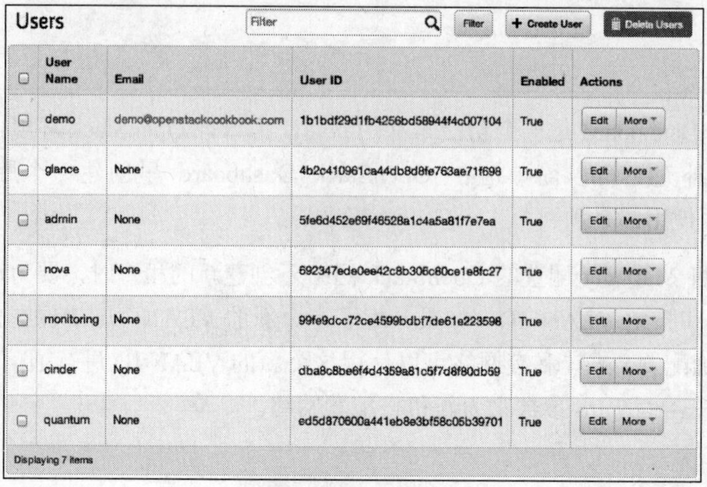

图 9-42

2. 要创建一个新用户，选择 **Create User** 按钮。

3. 填写一个关于用户名的表格。输入用户名称、用户电子邮件地址和用户密码。本例创建了一个名为 test 的用户，设置 openstack 作为密码，并分配该用户给 horizon 租户，如图 9-43 所示。

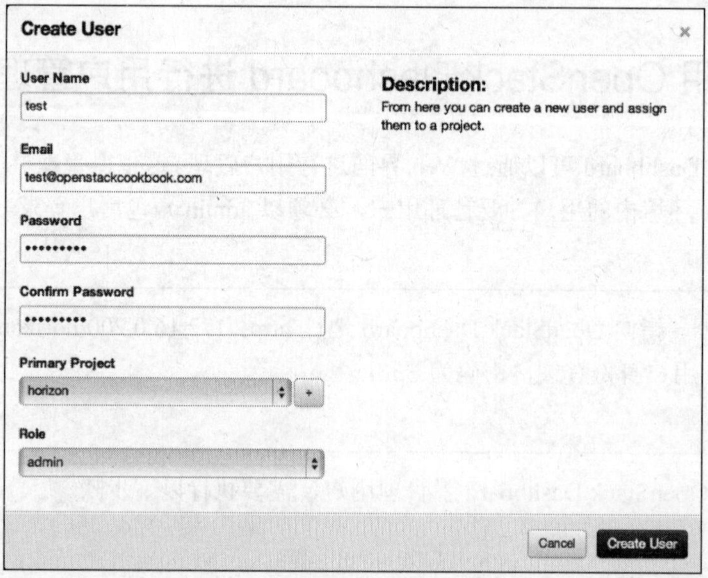

图 9-43

4. 返回到 OpenStack 环境的用户列表界面，此时会收到一个用户创建成功的信息。

删除用户

要删除用户，执行下列步骤。

1. 在 **Admin System Panel** 中点击 **Users** 选项列出系统中的用户列表。

2. 此时会看到 OpenStack 环境中设置的用户列表。点击想要删除的用户的 **More** 按钮，出现一个下拉菜单，选择 **Delete User** 选项，如图 9-44 所示。

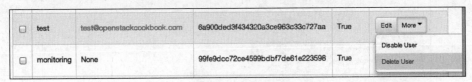

图 9-44

3. 选择之后会弹出来一个确认对话框。点击 **Delete User** 按钮，会从系统中删除该用户，如图 9-45 所示。

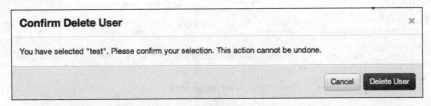

图 9-45

更新用户信息和密码

要更新用户信息和密码，执行下列步骤。

1. 在 **Admin System Pancl** 中点击 **Users** 选项列出系统中的用户列表。

2. 要修改用户密码、用户电子邮件地址或所属项目（租户），可点击该用户的 **Edit** 按钮。

3. 选择之后会弹出来一个相关信息对话框。填完相关信息之后，点击 **Update User** 按钮，如图 9-46 所示。

为租户添加用户

要为租户添加用户，执行下列步骤。

1. 在 **Admin System Panel** 点击 **Projects** 选项列出系统中的租户列表，如图 9-47 所示。

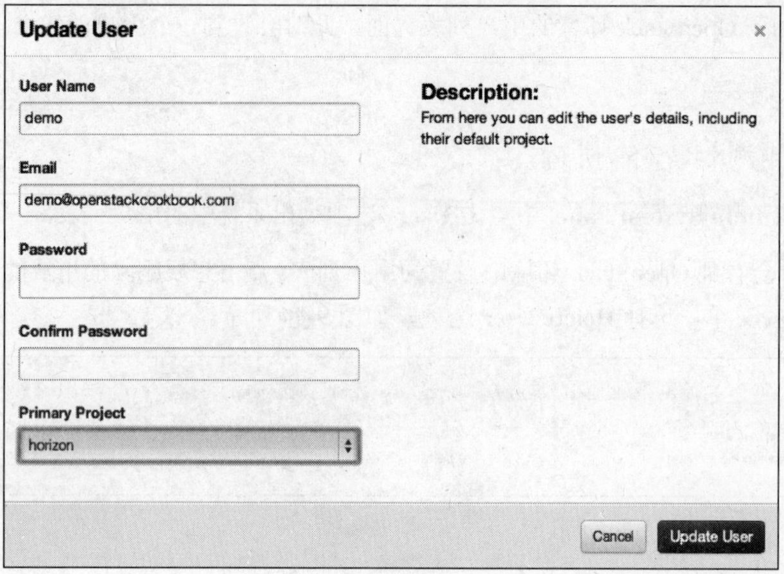

图 9-46

图 9-47

2. 点击 **Modify Users** 选项，弹出一个与租户关联的用户列表，以及可以添加到该租户的用户列表，如图 9-48 所示。

3. 要为该列表添加一个新的用户，只需点击+（加号）按钮。

4. 要改变用户在租户中的角色，可点击用户名旁边的下拉列表并选择一个新角色，如图 9-49 所示。

5. 点击对话框底部的 **Save** 按钮，将看到租户信息已更新的消息。登录时，用户可以在不同的租户中启动实例了。

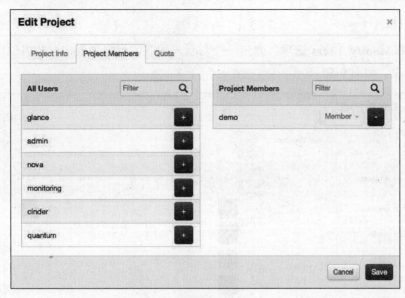

图 9-48

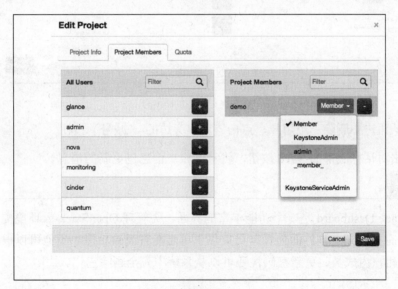

图 9-49

从租户中删除用户

要从租户中删除用户，需要执行下列步骤。

1. 在 **Admin System Panel** 中点击 **Projects** 选项列出系统中的租户列表。

2. 要删除租户中的一个用户，如 horizon，点击 **Edit Project** 旁边的下拉列表按钮，显示其他选项。

3. 点击 **Modify Users** 选项，弹出一个与租户关联的用户列表，以及可以添加到该租户的用户列表，如图 9-50 所示。

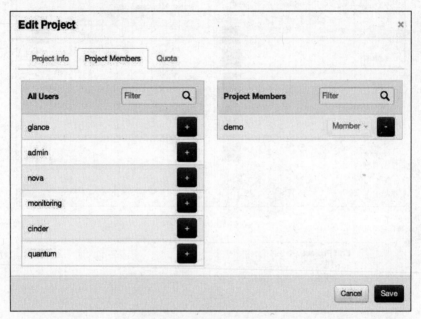

图 9-50

4. 要从租户中删除一个用户，点击该用户旁边的-（减号）按钮。

5. 点击对话框底部的 **Save** 按钮，将看到租户信息已更新的消息。

工作原理

OpenStack Dashboard 是一个功能丰富的界面，为管理 OpenStack 云环境提供了命令行工具之外的有益补充。该界面为管理员提供了尽可能直观的功能。不但可以很容易地创建用户、修改租户内成员、更新密码，还可以从系统中完全删除它们。

第 **10** 章

自动安装 OpenStack

本章将讲述以下内容：

- ❏ 安装 Opscode Chef 服务器
- ❏ 安装 Chef 客户端
- ❏ 下载 Cookbook 运行手册来支持 DHCP、Razor 和 OpenStack
- ❏ 从 Cookbook 运行手册安装 PuppetLabs Razor 和 DHCP
- ❏ 为 OpenStack 设置 Chef 环境
- ❏ 引导第一个 OpenStack 节点到 Razor
- ❏ 定义 Razor broker、model 和 policy
- ❏ 监控节点安装
- ❏ 使用 Chef 安装 OpenStack
- ❏ 扩展 OpenStack 环境

10.1 简介

OpenStack 的设计初衷是为全世界的数据中心提供一套可扩展云计算环境的软件。然而，远程管理软件的安装与在本地安装是完全不同（甚至很有挑战性），所以需要开发一些工具和技术来简化这项任务。而如何处理实际运维环境中的软硬件故障也是需要考虑到的。

本章将介绍一些方法和软件，通过这些方法和软件可以使用代码来扩展 OpenStack 环境中的 DevOps 或基础设施。使用这里提供的方法，可以让 OpenStack 环境从测试阶段进入产品级管理阶段。以这些方法为基础，不仅可以在运行期创建或重建 OpenStack 环境中的各类功能，还能动态扩展或收缩 OpenStack 环境。

> **关于本书的说明**
>
> OpenStack 的裸机部署和自动化部署有很多种方法。经过与 Kevin 和社区其他成员的讨论，作者决定在本书中不使用 Ubuntu 的 MaaS，而是采用一种更灵活的方法。尽管 TripleO 和 OpenStack 裸机部署这些项目进行得不错并取得了很大进展，这里仍决定在本书中使用 PuppetLabs Razor 和 Chef。

在本章讲述的 OpenStack 的自动化安装方式中，会选择最适合每种任务的特定的工具，且这个工具仅执行某个单一任务。不过，本章允许读者用其他类似的工具替换文中的工具。例如，文中使用的 Chef 可以用 Puppet 等工具替代。

10.2 安装 Opscode Chef 服务器

OpsCode Chef 服务器使用一套配置管理框架实现 OpenStack 的自动化。这种配置管理系统跟本书多处提到的 Vagrant 一样，指定 OpenStack 如何安装、配置和运行。Opscode Chef、PuppetLabs、Ansible、Salt 等不同平台拥有各自的术语。例如，本章所使用的 OpsCode Chef，经常使用的术语有一下几个。

- ❑ **运行手册**（cookbook）：运行手册是攻略（recipe）的集合，用于执行某个特定的任务。正如现在看到的这样。

- ❑ **攻略**（recipe）：攻略是 Chef 的基本构成单元。它会执行某个特定的任务，如安装 NTP 服务器。

- ❑ **角色**（role）：角色是一个服务器功能，是以特定顺序编排的一组攻略和运行手册。

- ❑ **节点**（node）：节点是应用配置信息的目标服务器或目标实例。

本章余下内容将使用各种运行手册来阐述如何配置环境。Chef 服务器会保留节点信息和环境属性的临时副本。此外，它也保存着角色与运行手册的定义，通过将这些定义赋予节点即可完成环境的配置。

准备工作

之前的章节都是使用 Vagrant 和 VirtualBox 来搭建环境。而本章由于是搭建一个新的环境，所以执行的命令如下所示：

```
mkdir Auto_Openstack
```

```
cd Auto_Openstack/
vagrant init
```

接下来编辑 Vagrant 文件，内容如下：

```
nodes = {
    'chef' => [1, 100],
    'razor' => [1, 101],
    'node' => [3, 103],
}

Vagrant.configure("2") do |config|
    config.vm.box = "precise64"
    config.vm.box_url = "http://files.vagrantup.com/precise64.box"
    config.vm.usable_port_range= 2800..2900

    nodes.each do |prefix, (count, ip_start)|
        count.times do |i|
            hostname = "%s" % [prefix, (i+1)]

            config.vm.define "#{hostname}" do |box|
                box.vm.hostname = "#{hostname}.cook.book"
                box.vm.network :private_network, ip: "172.16.0.#{ip_
                    start+i}", :netmask => "255.255.0.0"

                # If using Fusion
                box.vm.provider :vmware_fusion do |v|
                    v.vmx["memsize"] = 1024
                    if prefix == "chef"
                        v.vmx["memsize"] = 3128
                    end
                end

                # Otherwise using VirtualBox
                box.vm.provider :virtualbox do |vbox|
                    # Defaults
                    vbox.customize ["modifyvm", :id, "--memory", 1024]
                    vbox.customize ["modifyvm", :id, "--cpus", 1]
                    if prefix == "chef"
                        vbox.customize ["modifyvm", :id, "--memory",3128]
                    end
                end
            end
        end
    end
end
```

最后，启动 Chef 服务器并登录。

```
vagrant up Chef
```

操作步骤

登录用 Vagrant 创建的 Chef 服务器。

```
vagrant ssh chef
```

执行以下命令，安装 Chef 服务器：

```
wget -O chef-server-11.deb https://opscode-omnitruck-release.
s3.amazonaws.com/ubuntu/12.04/x86_64/Chef-Server_11.0.6-1.ubuntu.12.04_
    amd64.deb
sudo dpkg -i chef-server-11.deb

sudo chef-server-ctl reconfigure
sudo chef-server-ctl test

mkdir ~/.chef
sudo cp /etc/chef-server/admin.pem ~/.chef
sudo cp /etc/chef-server/chef-validator.pem ~/.chef
```

工作原理

通过以上命令下载 Opscode Omnibus 的 Chef 服务器安装包并完成部署。接着用 chef-server-ctl 命令进行了 Chef 服务器的初始配置和验证。

最后，将 Chef 服务器的认证文件移动到某个目录供之后使用。

10.3　安装 Chef 客户端

接下来，在 Chef 服务器节点上安装包含 Knife 工具包的 Chef 客户端。使用 Knife 工具包可以在 Chef 服务器上对各个节点执行命令与实施配置。

准备工作

执行以下 Vagrant 命令登录 Chef 服务器。

```
vagrant ssh chef
```

操作步骤

登录以后，执行以下命令安装 Chef 客户端：

```
sudo apt-get install -y curl
curl -L https://www.opscode.com/chef/install.sh | sudo bash

sudo cat > ~/.chef/knife.rb <<EOF
log_level                     :info
log_location                  STDOUT
node_name                     'admin'
client_key                    '~/.chef/admin.pem'
validation_client_name        'chef-validator'
validation_key                '~/.chef/chef-validator.pem'
chef_server_url               'https://chef.cook.book'
cookbook_path                 '/root/cookbooks/'
```

```
syntax_check_cache_path     '~/.chef/syntax_check_cache'
EOF
```

工作原理

这里使用 `curl` 命令直接将脚本 `install.sh` 推送到 bash 命令行来安装 Chef 客户端。接着创建 knife 工具的配置文件，指定 Chef 服务器和认证文件的位置。

10.4 下载运行手册来支持 DHCP、Razor 和 OpenStack

Chef 服务器和 Knife 工具包均已安装完成后，需要下载各种 Chef 运行手册（cookbook）进行余下的安装工作。

准备工作

登录到 Chef 服务器。

vagrant ssh chef

操作步骤

在 Chef 服务器上，执行如下命令来下载、配置和安装运行手册与角色，以便进行余下的安装工作：

```
# Create chef Repo
sudo apt-get install -y git
sudo git clone git://github.com/opscode/chef-repo.git /root/cookbooks

# Download the DHCP Cookbook
sudo knife cookbook site install dhcp
sudo knife data bag create dhcp_networks
sudo mkdir -p /root/databags/dhcp_networks
sudo cat > /root/databags/dhcp_networks/razor_dhcp.json <<EOF
{
        "id": "172-16-0-0_24",
        "routers": [ "172.16.0.2" ],
        "address": "172.16.0.0",
        "netmask": "255.255.255.0",
        "broadcast": "172.16.0.255",
        "range": "172.16.0.50 172.16.0.59",
        "options": [ "next-Server 172.16.0.101" ]
}
EOF

sudo knife data bag from file dhcp_networks /root/databags/dhcp_networks/
    razor_dhcp.json

# Download the PuppetLabs Razor Cookbooks
sudo knife cookbook site install razor
```

```
RAZOR_IP=\"172.16.0.101\"
sudo sed -i "s/node\['ipaddress'\]/$RAZOR_IP/g" /root/cookbooks/razor/
attributes/default.rb
sudo knife cookbook upload -o /root/cookbooks --all

# Download the Rackspace OpenStack Cookbooks
git clone https://github.com/rcbops/Chef-cookbooks.git
cd chef-cookbooks
git checkout v4.0.0
git submodule init
git submodule sync
git submodule update

sudo knife cookbook upload -a -o cookbooks
sudo knife role from file roles/*rb
```

工作原理

　　这里首先创建了一个存放 Chef 运行手册的资源库。它提供了类似 git 的组织结构以便 Chef 服务器对运行手册进行版本管理。接下来下载 DHCP 运行手册并创建一个所谓的 Chef "Databag"，即一系列配置，如 DHCP 的 IP 地址区间和下一个服务器等重要信息。然后继续下载 Razor 和 OpenStack 的运行手册。最后，在 Razor 服务器的配置信息中添加了一个 IP 地址，并上传所有的运行手册和角色。

10.5　从运行手册安装 PuppetLabs Razor 和 DHCP

　　在裸机上部署操作系统（如 Ubuntu）的工具有很多种，包括 Cobbler、Kickstart 和 Ubuntu 自带的 MAAS。本节的开发环境将使用更灵活的 PuppetLabs Razor 服务替代 Ubuntu 的 Metal as a Service。PuppetLabs 跟 MAAS 一样为 OpenStack 节点提供了一个 PXE 启动环境。此外，当节点以 PXE 方式启动时，会载入 Razor 微内核，它能报告关于物理机的许多细节。通过这些信息，Razor CLI 或 API 便可查询某台或一批物理机的情况并部署 OS。同时，它还有一个叫"broker"的功能，让 DevOps 框架来代理完成工作。

　　本节将介绍如何使用 Razor 运行手册在节点上安装 Razor。

准备工作

　　首先，登录到 Chef 服务器：

```
vagrant ssh chef
```

操作步骤

　　要登录 Razor 节点并进行配置，需要在 Chef 服务器上配置 DHCP 服务和 Razor 服务的

一些属性。执行以下命令:

```
sudo cat > ~/.chef/razor.json <<EOF
{
    "name": "razor.book",
    "chef_environment": "_default",
    "normal": {
    "dhcp": {
        "parameters": {
            "next-Server": "172.16.0.101"
    },
        "networks": [ "172-16-0-0_24" ],
    "networks_bag": "dhcp_networks"
    },
    "razor": {
        "bind_address": "172.16.0.101",
            "images": {
            "razor-mk": {
                "type": "mk",
                "url": "https://downloads.puppetlabs.com/razor/iso/
dev/rz_mk_dev-image.0.12.0.iso",
                "action": "add"
            },
            "precise64": {
                "url": "http://mirror.anl.gov/pub/ubuntu-iso/CDs/
precise/ubuntu-12.04.2-Server-amd64.iso",
                "version": "12.04",**
                "action": "add"
            }
        }
    },
        "tags": []
    },
    "run_list": [
            "recipe[razor]",
            "recipe[dhcp::server]"
    ]
}
EOF
```

```
knife node from file ~/.chef/razor.json
```

环境配置完成后,可以登录到 Razor 节点,完成余下的安装。

```
vagrant up razor
vagrant ssh razor
sudo mkdir -p /etc/chef
sudo scp user@host:/location/of/chef-validator.pem /etc/chef/
validation.pem

sudo echo "172.16.0.100              chef.book" >> /etc/hosts

# Install chef client
curl -L https://www.opscode.com/chef/install.sh | sudo bash
```

```
# Make client.rb
sudo cat > /etc/chef/client.rb <<EOF
log_level :info
log_location STDOUT
chef_server_url 'https://chef.book/'
validation_client_name 'chef-validator'
EOF

sudo chef-client
```

工作原理

本节完成了几项工作。首先，登录到 Chef 服务器创建了一个节点定义文件，指定如何配置 Razor 节点。特别是，在"dhcp"部分指定 Razor 节点作为"next-server"。同时，让 DHCP 服务使用之前 databag 中指定的网络参数。在"Razor"部分，将 Razor 服务绑定到私有网络。并指定使用哪个镜像以及镜像的下载位置。在节点定义文件中配置的最后一样东西就是"run_list"，即该节点适用的攻略，在这里就是安装 Razor 和 dhcp::Server 组件。

Chef 服务器配置完毕后，登录到 Razor 节点并复制 Chef 验证证书。只有这样，Chef 客户端才能在 Chef 服务器上注册。接着在/etc/hosts 文件中加入一行记录，让 Razor 服务器知道 Chef 服务器的位置。然后，使用和创建 Chef 服务器时同样的 curl 脚本来安装和配置 Chef 客户端。最后，用 Chef 客户端执行一系列动作，如注册到 Chef 服务器，以及运行 run-list 中的攻略。

10.6 　为 OpenStack 设置 Chef 环境

至此，一个 Opscode Chef 服务器和一个 PuppetLabs Razor 环境已经搭建好了，接下来就可以开始配置 OpenStack 环境了。Chef 服务器将用 .json 文件来定义环境的各种属性，如网络和服务等。

准备工作

要搭建环境，需要先登录到 Chef 服务器并用 sudo 切换到 root 身份。

```
vagrant ssh Chef
sudo su -
```

操作步骤

登录到 Chef 服务器后，执行如下命令：

```
cat > /root/.chef/cookbook.json <<EOF
{
    "name": "cookbook",
```

```
    "description": "OpenStack Cookbook environmnet",
    "cookbook_versions": {
    },
    "json_class": "chef::Environment",
    "chef_type": "environment",
    "default_attributes": {
    },
    "override_attributes": {
        "glance": {
            "images": [
                "cirros",
                "precise"
            ],
            "image_upload": true
        },
    "nova": {
        "libvirt": {
            "virt_type": "qemu"
            },
        "ratelimit": {
            "api": {
                "enabled": true
            },
            "volume": {
                "enabled": true
            }
        },
        "networks": [
            {
                "label": "public",
                "bridge_dev": "eth1",
                "dns2": "8.8.4.4",
                "num_networks": "1",
                "ipv4_cidr": "10.10.100.0/24",
                "network_size": "255",
                "bridge": "br100",
                "dns1": "8.8.8.8"
            }
        ]
    },
    "developer_mode": false,
    "mysql": {
        "allow_remote_root": true,
        "root_network_acl": "%"
    },
    "osops_networks": {
        "nova": "172.16.0.0/24",
        "public": "172.16.0.0/24",
        "management": "172.16.0.0/24"
    },
    "monitoring": {
        "metric_provider": "collectd",
        "procmon_provider": "monit"
}
```

```
    }
  }
EOF
```

将创建好的文件导入到 Chef。

```
knife environment from file /root/.chef/cookbook.json
```

工作原理

之前导入的 OpenStack 运行手册需要知道目标环境的详细信息。将这些信息保存在 Chef 服务器环境中的一个好处是，同一个服务器可以同时为测试、上线和生产环境服务。另外，通过把环境的配置信息保存在文件中并将该文件纳入某种版本管理系统中，可以跟踪环境参数的变换情况。

以上创建的 cookbook.json 文件给出了创建一个 OpenStack 环境的最基本配置。主要包括以下几个关键部分。第一部分配置 OpenStack Glance 镜像服务如何下载 Cirros 和 Ubuntu Precise 镜像。此外，它还将 glance 配置成允许上载镜像：

```
"glance": {
  "images": [
     "cirros",
  "precise"
  ],
  "image_upload": true
},
```

接下来，提供 Nova 计算服务的详细配置信息。本例指定了 **qemu** 为虚拟化引擎。在生产环境可以将虚拟化引擎切换到 KVM、Xen 或其他。另外，还限定了 api 和 volume 的请求频率（毕竟这是个测试环境）：

```
"nova": {
  "libvirt": {
     "virt_type": "qemu"
  },
  "ratelimit": {
     "api": {
        "enabled": true
     },
     "volume": {
        "enabled": true
     }
  },
```

然后进行网络设定。这里指定了网桥设备、DNS 信息、需要创建多少个网络，以及每个网络的大小等信息。

```
"networks": [
  {
     "label": "public",
```

```
        "bridge_dev": "eth1",
        "dns2": "8.8.4.4",
        "num_networks": "1",
        "ipv4_cidr": "10.10.100.0/24",
        "network_size": "255",
        "bridge": "br100",
        "dns1": "8.8.8.8"
    }
]
```

余下的部分指定了如何配置 MyQL 和监控等服务，以及配置在节点上的几个网络位置。

10.7　引导第一个 OpenStack 节点到 Razor

环境就绪后，开始启动第一个 OpenStack 节点。为这个节点分配 "all in one" 角色，然后接着添加更多的节点。

准备工作

```
vagrant up node-01
```

操作步骤

节点上电后会被 PXE 接管，然后就可以从 Razor 中查看该节点了。在 Razor 服务器上以 root 身份执行如下命令：

```
razor node
Discovered Nodes
            UUID              Last Checkin    Status
Tags
21rdkDEZNwDWm7h41oCmlk 7 sec                  A    [IntelCorporation,memsize_1
GiB,cpus_2,vmware_vm,nics_1]
```

工作原理

本章开始的 Vagrantfile 文件里，指定 node-##使用"razor_node"服务器。该服务器是一个空白 VM 并设置成从网络启动。本例中，该节点从 Razor 服务器的 PXE 引导，启动 Razor 微内核并运行 Facter 将节点详情以标签（tag）的形式报告给 Razor 服务器。这样便可以根据节点的各种属性来定义规则。

10.8　定义 Razor 代理、模型和策略

没有做进一步配置前，Razor 仅能搜集节点的信息。所以，接下来要定义一个 Razor

代理，它会告诉 Razor 如何将一个已经安装好的节点移交给某个配置管理框架（Chef），还需要定义一个 Razor 模型来提供各种安装期间的细节信息，如域名和默认密码，最后是创建一个 Razor 策略，它将代理和模型进行绑定，并根据节点的属性或标签将代理和模型应用到各个节点。

准备工作

以 root 身份登录 Razor 服务器。

```
vagrant ssh razor
sudo su -
```

操作步骤

在登录到 Razor 服务器后，执行如下命令创建 Razor 的模型（model）、代理（broker）和策略（policy）以进行节点的安装。

添加 Razor 模型

要添加一个 Razor 模型，需要执行如下命令：

```
root@razor:~# razor image
Images
  UUID => 1gsQVKIc1TpbEWPteB2sSc
  Type => OS Install
  ISO Filename => ubuntu-12.04.2-server-amd64.iso
  Path => /opt/razor/image/os/1gsQVKIc1TpbEWPteB2sSc
  Status => Valid
  OS Name => precise64
  OS Version => 12.04

root@razor:~# razor model add -t ubuntu_precise -l openstack_model -i
<UUID_From_razor_image>
--- Building Model (ubuntu_precise):

Please enter node hostname prefix (will append node number) (example:
node)
default: node
(QUIT to cancel)
 >
Please enter local domain name (will be used in /etc/hosts file)
(example: example.com)
default: localdomain
(QUIT to cancel)
 > cook.book
Please enter root password (> 8 characters) (example: P@ssword!)
default: test1234
(QUIT to cancel)
 >
Model created
```

```
Label => openstack_model
Template => linux_deploy
Description => Ubuntu Precise Model
UUID => 224ITdMCkDp41ga29f4KIg
Image UUID => 1gsQVKIc1TpbEWPteB2sSc
```

添加 Razor 代理

接着，执行如下命令，添加 Razor 代理：

```
# razor broker add -p chef -n openstack_broker -d "OpenStack Broker"
--- Building Broker (chef):

Please enter the URL for the Chef Server. (example: https://Chef.example.
com:4000)
(QUIT to cancel)
 > https://Chef.cook.book
Please enter the Chef version (used in gem install). (example: 10.16.2)
(QUIT to cancel)
 > 11.4.4
Please enter a paste of the contents of the validation.pem file,
followed by a blank line. (example: -----BEGIN RSA PRIVATE KEY-----\
nMIIEpAIBAA...)
(QUIT to cancel)
 > -----BEGIN RSA PRIVATE KEY-----
MIIEpAIBAAKCAQEA1EMFXoQGRRgRTgu6N8lhwO1ygWwsMW92hfzE2Vcb1o/q3dEr
…
-----END RSA PRIVATE KEY-----
enter the validation client name. (example: myorg-validator)
default: chef-validator
(QUIT to cancel)
 >
Please enter the Chef environment in which the chef-client will run.
(example: production)
default: _default
(QUIT to cancel)
 > cookbook
Please enter the Omnibus installer script URL. (example: http://mirror.
example.com/install.sh)
default: http://opscode.com/chef/install.sh
(QUIT to cancel)
 >
Please enter an alternate path to the chef-client binary. (example: /usr/
local/bin/chef-client)
default: chef-client
(QUIT to cancel)
 >
Please enter an optional run_list of common base roles. (example:
role[base],role[another])
(SKIP to skip, QUIT to cancel)
 > SKIP

Name => openstack_broker
Description => OpenStack
```

```
Plugin => chef
UUID => 39XT0By6aFT2XzqdcD8cEQ
Chef Server URL => https://Chef.cook.book
Chef Version => 11.4.4
Validation Key MD5 Hash => 55822d1a3ef564a66112f91041251690
Validation Client Name => chef-validator
Bootstrap Environment => openstack
Install Sh Url => http://opscode.com/chef/install.sh
Chef Client Path => chef-client
Base Run List =>
```

添加 Razor 策略

最后，执行如下命令添加 Razor 策略：

```
# razor policy add -p linux_deploy -l openstack_base -m <model_UUID> -b
<broker_UUID> -t OracleCorporation -e true
Policy created
 UUID => 4IMX7WwWukSvLnEInmL5Wz
 Line Number => 0
 Label => openstack_base
 Enabled => true
 Template => linux_deploy
 Description => Policy for deploying a Linux-based operating system.
 Tags => [OracleCorporation]
 Model Label => lol
 Broker Target => lol
 Currently Bound => 0
 Maximum Bound => 0
 Bound Counter => 0
```

工作原理

第一条命令"razor image"列出所有 Razor 知道的镜像和对应的 UUID。接下来的 razor model add 命令使用了 Ubuntu Precise 镜像的 UUID，并提供了很多关于安装这个 Ubuntu 模型的详细信息。

接下来是创建 Razor 代理。razor broker add 命令告诉 Razor 到如何找到配置管理框架并移交一个已安装的节点。命令运行期间，向导会提示输入 Chef 服务器的 URL、validation.pem 的 RSA 秘钥及 Cehf 的版本。

最后，执行 razor policy add 将所有的东西绑定到一起。这里指定的是"linux_deploy"策略并命名为"openstack_base"，并将之前创建的代理配置给它。由于是在小规模的已知环境中部署，所以这里将标签设为"OracleCorporation"，它会捕获 Razor 所在网络里所有已启动的 VirtualBox 虚拟机。

10.9 监控节点安装过程

在创建并配置好策略后就可以开始安装节点了。安装时间的长短取决于系统的规模。Razor 提供了一套基础的监控命令以便知道节点是否安装完毕。

准备工作

登录到 razor 节点，并切换到 root 身份。

```
vagrant ssh razor
sudo su -
```

操作步骤

要监控节点的安装进度需要执行执行如下命令：

```
watch razor active_model logview
```

工作原理

使用 razor active_model logview 命令，会在安装过程的各个阶段获取到节点的活动报告。当看到"Broker Success"的提示时，第一个节点就安装完成了。

10.10 使用 Chef 安装 OpenStack

到目前为止，已经用 Razor 在一个节点上安装了 Ubuntu 12.04。并且，该节点也包含了 Chef 11.4.4（或其他实际使用到的 Chef 版本）。

这时，需要告诉 Chef 该节点的角色，如 "all in one"，即该节点将运行 Keystone、Nova、Horizon、Glance 和其他各种服务。

准备工作

要为节点安装 OpenStack，先用 root 身份登录到 Chef 服务器。

```
vagrant ssh chef
sudo su -
```

操作步骤

要告诉 Chef 目标节点是一个 all in one 角色，需要执行如下命令，：

```
EDITOR=vim knife node edit node1.cook.book
```

修改下面这一行：

```
    "chef_environment": "cookbook",
```

添加以下几行：

```
"run_list": [
        "role[allinone]"
]
```

然后用':wq'退出 vim。

最后登录到节点上执行 chef-client。

工作原理

登录到 Chef 服务器上后，通过修改节点的定义，将它纳入 OpenStack 环境中。接着为它赋予 "all in one" 角色，该角色包含了所有其他角色和必要的服务，可以作为一个独立运行的 OpenStack 环境。最后，通过运行 Chef-client 来执行所有动作。

10.11　扩展 OpenStack 环境

拥有一个可以独立运行的单节点 OpenStack 环境是很方便的，可以用它来做很多事情。不过，Chef 和 Razor 提供了一个 OpenStack 工厂，OpenStack 环境可以轻轻松松地扩展到任意多个节点。

准备工作

启动 Razor 网络上的另一个空白虚拟机。

```
vagrant up node-##
```

这里的##暂时用 02，可以根据需要不断递增。

操作步骤

当节点启动完毕且代理的状态是成功后，登录到 Chef 服务器，执行如下命令：

```
EDITOR=vim knife node edit node2.cook.book
```

修改以下几行：

```
    "chef_environment": "cookbook",
```

添加以下几行：

```
"run_list": [
        "role[single-compute]"
]
```

然后，用':wq'退出 vim。

最后，登录到节点上执行 chef-client。

工作原理

　　登录到 Chef 服务器上后，通过修改节点的定义，将它纳入 OpenStack 环境中。接着为它赋予"single-compute"角色，该角色会将请求 Chef 服务器提供各种环境配置详情，例如"all in one"节点的位置。有了这些信息后，Chef 攻略将自动将该计算节点加入 OpenStack 集群中。最后，通过运行 Chef-client 来执行所有动作。

第**11**章

高可用 OpenStack

本章将讲述以下内容:
- ❏ 使用 Galera 管理 MySQL 集群
- ❏ 为 MySQL Galera 负载均衡器配置 HA Proxy
- ❏ 安装和设置 Pacemaker 和 Corosync
- ❏ 使用 Pacemaker 和 Corosync 配置 Keystone 和 Glance
- ❏ 绑定网络接口做冗余

11.1 介绍

OpenStac 设计为一个能提供可扩展云计算环境的软件套件,可以部署在世界各地的数据中心里。与在本地安装的软件相比,远程管理安装软件完全不一样,并且常常是很有挑战性的任务,所以需要开发相关的工具和技术来解决这个问题。设计上还必须考虑如何处理运行环境中的软硬件故障,识别**单点故障**(SPOF),并且提供多种方法使之更有弹性,以备 OpenStack 环境在出问题时仍然保持可用。

本章将介绍一些方法和软件以帮助在数据中心的生产环境中管理 OpenStack。

11.2 使用 Galera 管理 MySQL 集群

OpenStack 支持大量的数据库后端,其中最常用的是 MySQL。有许多种让 MySQL 支持弹性和高可用的方法。以下方法将使用 Galera 为前端的多读/写主集群(multi-read/write master）提供负载均衡，处理同步复制。Galera 是一种多主同步集群，但只限于使用 MySQL 的 InnoDB 数据库。Galera 集群允许在多个节点上执行同步的数据写入，且任意节点都可以执行写入操作。这样做的优势在于，当某一个数据库节点发生故障时可增添数据库集群的可靠性，因为每个节点都有数据的副本。

准备工作

这里将使用一个名为 SeveralNines.com 的免费在线配置工具，用 Galera 配置一个 3 个节点的、多主（multi-master）的 MySQL 集群，并用第四个节点运行免费的集群管理接口 cmon 进行监控。也就意味着需要 4 台运行 Ubuntu（也支持其他平台）的服务器，并且分配足够的内存和硬盘空间，以及至少 2 个 CPU。安装配置的节点如图 11-1 所示。

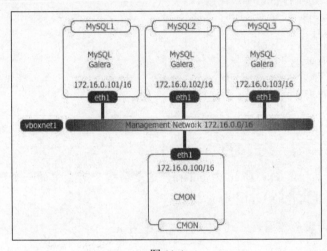

图 11-1

操作步骤

要使用 Galera 管理 MySQL 集群，需要执行以下步骤。

配置 MySQL 和 Galera

1. 首先在桌面上打开 Web 浏览器进入 http://www.severalnines.com/galera-configurator/，在页面中输入一些环境相关的信息，生成用安装我们 Galera-based MySQL 集群所需的脚本。

> 该第三方服务会请求输入环境相关的信息。在这里不要输入目标部署环境的密码。该过程会下载一些脚本和配置文件，在执行之前修改里面的一些设置以匹配实际配置情况即可。

2. 第一个页面询问 **Vendor**（厂商）信息，选择 **Codership**（**based on MySQL 5.5**），如图 11-2 所示。

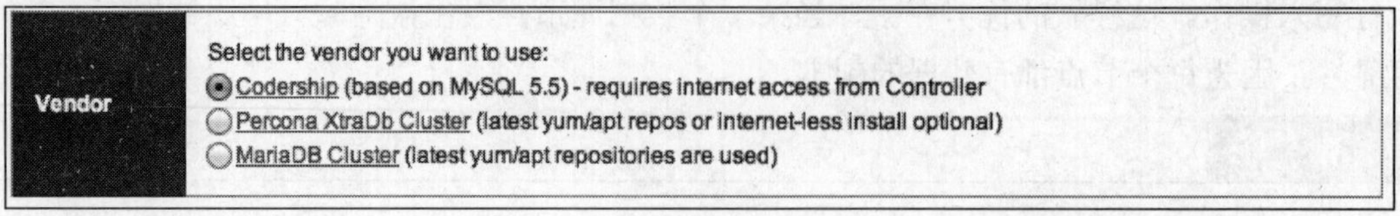

Vendor

Select the vendor you want to use:
- Codership (based on MySQL 5.5) - requires internet access from Controller
- Percona XtraDb Cluster (latest yum/apt repos or internet-less install optional)
- MariaDB Cluster (latest yum/apt repositories are used)

图 11-2

3. 接下来询问一些通用配置信息，如下：

```
Infrastructure: none/on-premise
Operating System: Ubuntu 12.04
Platform: Linux 64-bit (x86_64)
Number of Galera Servers: 3+1
MySQL PortNumber: 3306
Galera PortNumber: 4567
Galera SST PortNumber: 4444
SSH PortNumber: 22
OS User: galera
MySQL Server Password (root user): openstack
CMON DB password (cmon user): cmon
Firewall (iptables): Disabled
```

 这里指定 **OS User** 为 galera，这是第四个节点中的一个用于执行安装工作的 Linux 账户。

4. 然后，配置服务器属性（可按实际需求配置）：

```
System Memory (MySQL Servers): (at least 512Mb)
WAN: no
Skip DNS Resolve: yes
Database Size < 8Gb
Galera Cache (gcache): 128Mb
MySQL Usage: Medium write/high read
Number of cores: 2
Max connections per server: 200
Innodb_buffer_pool_size: 48 Mb
Innodb_file_per_table: checked
```

5. 下一个界面，配置节点和地址。第一部分询问运行 Cmon 的 ClusterConter 服务器的详情，如下所示：

```
ClusterControl Server: 172.16.0.100
System Memory: (at least 512Mb)
Datadir: <same as for mysql>
Installdir: /usr/local
```

```
Web server(apache) settings
Apache User: www-data
WWWROOT: /var/www/
```

6. 接着配置 Galera 节点。表 11-1 列出了服务器的 IP 地址，数据目录和安装目录。

Config Directory: /etc/mysql

表 11-1

Server-id	IP 地址	Datadir	Installdir
1	172.16.0.101	/var/lib/mysql/	/usr/local/
2	172.16.0.102	/var/lib/mysql/	/usr/local/
3	172.16.0.103	/var/lib/mysql/	/usr/local/

7. 最后一步要求输入一个邮箱地址，用来接收配置和部署脚本。输入一个有效邮箱地址，然后点击 **Generate Deployment Scripts** 按钮。

 API key 也会通过邮件寄出，也会在安装脚本运行结束的时候显示。

节点的准备工作

1. 需要允许刚执行过安装步骤的用户（上节第二步配置的 OS 用户）能够 SSH 到每个节点上，且无须密码就可以用 sudo 执行命令。为此，首先要创建用户的 SSH 密钥如下：

ssh-keygen -t rsa -N ""

2. 然后，复制密钥到每一个节点，包括当前这个节点（这样才能 SSH 到它自身）。

```
# copy ssh key to 172.16.0.20, 172.16.0.21, 172.16.0.22
# and 172.16.0.23
for a in {20..23}
do
  ssh-copy-id -i .ssh/id_rsa.pub galera@172.16.0.${a}
done
```

 这里指定的用户名 galera 需要和刚刚用 SeveralNines 设置 Galera 时配置的 **OS User** 一样。

3. 上面命令在循环中的每一个节点上都会提示输入 galera 用户的密码。不过，此后将再不会要求输入密码了。可以用以下的简单命令进行验证，看看执行过程是否被打断：

```
for a in {20..23}
do
  ssh galera@172.16.0.${a} ls
done
```

4. 现在需要保证 Galera 用户能执行 `sudo` 命令，而无须输入密码。在所有节点上执行以下命令：

```
echo "galera ALL=(ALL:ALL) NOPASSWD:ALL" | sudo tee -a
    /etc/sudoers.d/galera
# Then fix the permissions to prevent future warnings
sudo chmod 0440 /etc/sudoers.d/galera
```

安装

1. 从收到的邮件里下载附件中 `gzipped` 压缩包，复制到配置时指定的第一个节点，作为 ClusterControl 服务器（如 172.16.0.20）。压缩包很小，包含了一些预先配置好脚本和配置选项，这些脚本可以半自动化安装 Galera 和 MySQL。

2. 使用在 MySQL 和 Galera 配置一节中第二步设定的 **OS User**（如 `galera`）身份登录到 ClusterControl 服务器。

```
ssh galera@172.16.0.20
```

3. 解压复制过来的压缩包，然后切换到解压后的 `install` 子目录，如下所示：

```
tar zxf s9s-galera-codership-2.4.0.tar.gz
cd s9s-galera-codership-2.4.0/mysql/scripts/install
```

4. 执行该目录下的 `deploy.sh` 脚本。

```
bash ./deploy.sh 2>&1 |tee cc.log
```

5. 这里会询问能否允许进入每个节点的 shell 环境，回复 `Y`，脚本将继续安装用 Galera 配置 MySQL，以及用于监控环境的 cmon。

6. 等待安装完成后，通过 Web 浏览器访问 ClusterControl 服务器（如 http://172.16.0.100/cmonapi/）来完成安装。在 **Register your cluster with ClusterControl** 中输入 cmon 服务器监听地址 http://172.16.0.100/clustercontrol，如图 11-3 所示。

7. 完成以后，点击 **Login Now** 按钮进入登录界面。要以管理员用户登录，输入在 SeveralNines.com 注册的邮箱地址作为用户名和 `admin` 作为密码，如图 11-4 所示。

8. 登录后，需要提供脚本最后显示的 API 键和 ClusterControl 服务器 API 的地址（如 http://172.16.0.100/cmonapi），在 ClusterControl 中进行集群的注册，如图 11-5 所示。

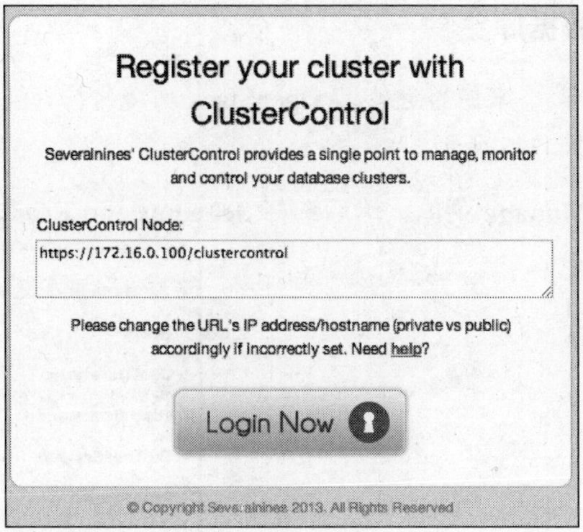

图 11-3

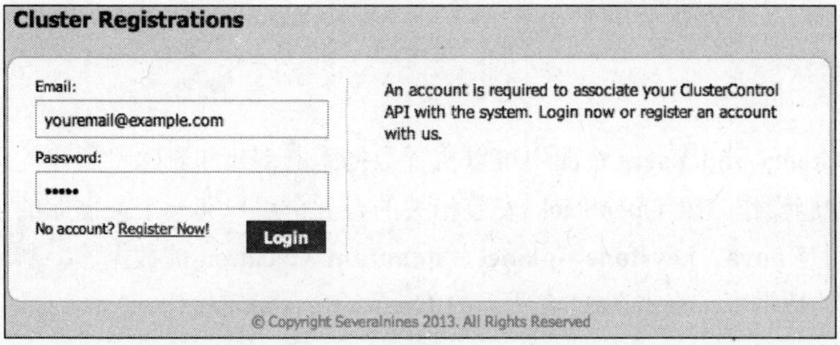

图 11-4

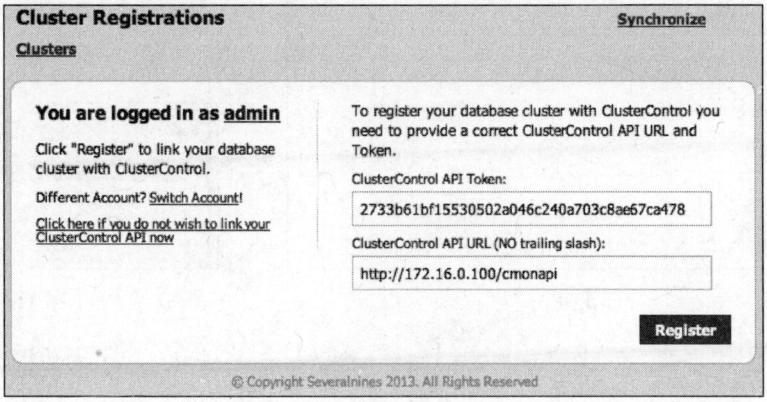

图 11-5

9. 输入完成后，点击 **Register**，进入 ClusterControl 的管理界面。

为 OpenStack 配置数据库集群

1. 集群一旦建立，接下来像普通安装 OpenStack 环境一样，创建数据库、用户、权限。点击链接 **Manage**，如图 11-6 所示。

2. 打开页面中的 **Manage** 菜单，然后选择 **Schemas and Users**，如图 11-7 所示。

图 11-6

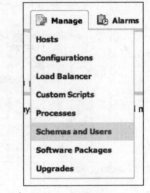

图 11-7

3. 在 **Schema and Users** 页面中可以执行数据库的创建和删除、用户的创建和删除、以及权限的增删操作。跟 OpenStack 安装相关的有五个用户和五个数据库的创建和相应权限设置，分别是 **nova**、**keystone**、**glance**、**quantum**（Neutron 的数据库）和 **cinder**。这里先创建 nova 的数据库。点击图 11-8 所示的 **Create Database** 按钮。

4. 点击 **Create Database** 按钮后，会弹出请求已确认的页面，如图 11-9 所示。

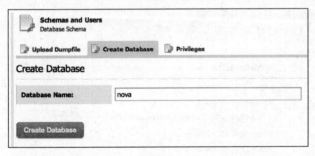

图 11-8

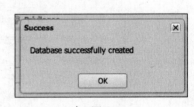

图 11-9

5. 重复上述步骤，创建 keystone、glance、quantum 和 cinder 数据库。

6. 数据库创建好以后，接下来创建用户。点击图 11-10 所示的 **Privileges** 按钮。

7. 首先创建用户 nova，用于连接 nova 数据库。点击 **Create User** 按钮，填入所需信息，如图 11-11 所示。

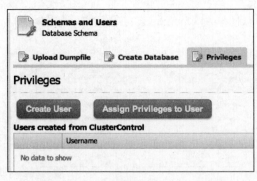

图 11-10

图 11-11

8. 重复这一步骤，创建其他数据库所需的用户。为了管理方便，这里使用与数据库名一样的用户名：`glance`、`keystone`、`quantum` 和 `cinder`。全部完成后，结果如图 11-12 所示。

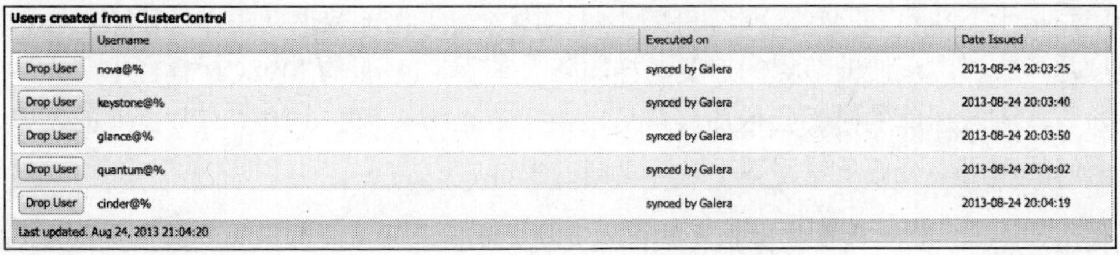

Users created from ClusterControl			
	Username	Executed on	Date Issued
Drop User	nova@%	synced by Galera	2013-08-24 20:03:25
Drop User	keystone@%	synced by Galera	2013-08-24 20:03:40
Drop User	glance@%	synced by Galera	2013-08-24 20:03:50
Drop User	quantum@%	synced by Galera	2013-08-24 20:04:02
Drop User	cinder@%	synced by Galera	2013-08-24 20:04:19
Last updated. Aug 24, 2013 21:04:20			

图 11-12

9. 用户创建完后，需要赋予这些用户在对应数据库上的权限。对于用户 `nova`，需要允许他可以从任何主机（使用 MySQL 通配符`%`）访问数据库，如图 11-13 所示。

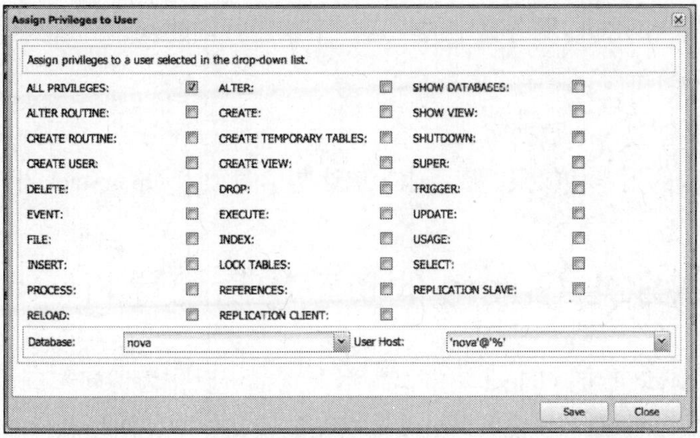

图 11-13

10. 重复这一步骤，设置其他用户的权限，以便利用 OpenStack 的新集群，如图 11-14 所示。

GRANTS issued from ClusterControl			
	Command	Executed on	Date Issued
Revoke	GRANT ALL PRIVILEGES ON nova.* TO 'nova'@'%'	synced by Galera	2013-08-24 20:05:37
Revoke	GRANT ALL PRIVILEGES ON keystone.* TO 'keystone'@'%'	synced by Galera	2013-08-24 20:05:51
Revoke	GRANT ALL PRIVILEGES ON glance.* TO 'glance'@'%'	synced by Galera	2013-08-24 20:06:00
Revoke	GRANT ALL PRIVILEGES ON quantum.* TO 'quantum'@'%'	synced by Galera	2013-08-24 20:06:11
Revoke	GRANT ALL PRIVILEGES ON cinder.* TO 'cinder'@'%'	synced by Galera	2013-08-24 20:06:21
Last updated. Aug 24, 2013 21:06:22			

图 11-14

工作原理

Galera 是 InnoDB 的一个同步多主插件（synchronous multi-master plugin）。它的优势在于允许任意客户端写入集群中的任意节点而不会导致写冲突和数据复制的延迟。不过，也要考虑到基于 Galera 的 MySQL 集群的不足。因为为了保证数据同步，任何数据库的写操作速度是和集群中最慢的节点的速度一样。随着基于 Galera 的 MySQL 集群中节点数量的增加，写入到数据库的时间会增加。最后，由于每个节点都在本地留有数据库的副本，对存储空间的利用率会低于使用基于共享存储的集群。

使用 SeveralNines 提供的免费在线配置工具，通过它可以很容易地创建一个基于 Galera 数据复制的高可用 MySQL 集群。按照配置流程，最终会得到 4 个节点，其中 3 个用于运行带有 Galera 的 MySQL，第四个用于管理集群。

自动化安装流程完成后，可以使用 ClusterControl 界面创建数据库和用户并分配权限，而无须考虑任何 MySQL 数据复制的问题。事实上，可以像使用普通的独立 MySQL 服务器那样，连接到 3 个 MySQL 服务器中的任意一个来进行创建操作，数据会被自动同步到其他的节点上。

为 OpenStack 创建 5 个数据库（nova、glance、quantum、cinder 和 keystone）并为数据库分配相应的用户和权限。接下来，把这些信息放入 OpenStack 相应的配置文件中。

11.3　为 MySQL Galera 的负载均衡配置 HA 代理

一旦配置好 MySQL 的 Galera 集群，每个节点都可以作为访问入口，任何写入的数据都会即时复制到集群的其他节点上。虽然可以在配置文件中使用任意一个 MySQL 节点的地址，但是一旦此节点出错，数据库的连接就会断开，从而导致 OpenStack 环境失效。一个可选的解决方案是在整个 MySQL 集群前端放置一个负载均衡器。由于集群任意一个节点都可读可写，并可保证数据的一致性，因此这种基于负载均衡器的方案还是很不错的。

以下将介绍如何配置一个双节点的高可用 HA 代理，它将作为 OpenStack 配置文件中的 MySQL 的服务端点（endpoint）。如果是在正式生产环境中使用负载均衡，建议使用专用的 HA 负载均衡器。

准备工作

将两台 Ubuntu 12.04 的服务器配置成与 OpenStack 和 MySQL Galera 集群处于同一个子网中。在接下来的步骤中，这两个节点的 IP 分别是 172.16.0.248 和 172.16.0.249，并拥有一个浮动 IP 地址 172.16.0.251（使用 keepalived 配置）。在 OpenStack 的配置文件中将使用该浮动 IP 作为数据库连接的地址。

操作步骤

因为这对服务器的配置完全一样，所以这里先配置第一台，然后依葫芦画瓢配置第二台。第一台使用 IP 地址 172.16.0.248，在配置第二台只需把 IP 地址换成 172.16.0.249 即可。

在这两台服务器上均执行以下步骤，以配置 MySQL Galera 集群的高可用 HA 代理进行负载均衡。

安装 MySQL 的 HA 代理

1. 首先使用常用的 `apt-get` 安装 HA 代理如下：

```
sudo apt-get update
sudo apt-get -y install haproxy
```

2. 安装好 HA 代理后，为 MySQL Galera 集群配置第一台代理服务器。按以下内容修改配置文件 /etc/haproxy/haproxy.cfg：

```
global
  log 127.0.0.1 local0
  log 127.0.0.1 local1 notice
  #log loghost local0 info
  maxconn 4096
  #chroot /usr/share/haproxy
  user haproxy
  group haproxy
  daemon
  #debug
  #quiet

defaults
  log global
  mode http
```

```
    option tcplog
    option dontlognull
    retries 3
    option redispatch
    maxconn 4096
    timeout connect 50000ms
    timeout client 50000ms
    timeout server 50000ms

listen mysql 0.0.0.0:3306
    mode tcp
    balance roundrobin
    option tcpka
    option mysql-check user haproxy
    server mysql1 172.16.0.101:3306 weight 1
    server mysql2 172.16.0.102:3306 weight 1
    server mysql3 172.16.0.103:3306 weight 1
```

3. 保存文件并退出，然后启动 HA 代理，如下：

```
sudo sed -i 's/^ENABLED.*/ENABLED=1/' /etc/defaults/haproxy
sudo service haproxy start
```

4. 在 HA 代理服务器连接到 3 个 MySQL 节点之前，必须先在创建一个 `haproxy.cfg`
文件中所指定的 MySQL 用户，该用户仅是系
统用来检测 MySQL 是否已启动的，所以这里
只需在 MySQL 集群中添加一个可以接入的
用户。可以使用 ClusterControl 界面，或者使
用 `mysql` 客户端连接到集群中任意 MySQL
实例，创建无密码用户 `haproxy`，并允许该
用户从 HA 代理服务器 IP 地址接入，如图
11-15 所示。

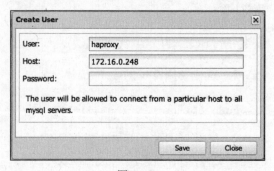

图 11-15

至此，便可以用 MySQL 客户端连接到
HA 代理的地址 172.16.0.248，并从 MySQL 得到正确的响应。

 使用第二台节点的 IP 地址 172.16.0.249 替换 172.16.0.248，重复第
1～4 步。

5. 此时位于多主 MySQL 集群前端的这台 HA 代理服务器会成为一个单点故障。
所以，需要在第二台 HA 代理服务器上重复以上步骤，然后使用 `keepalived` 进行简
单的 **VRRP**（虚拟冗余路由器协议）管理。因此，需要在两台 HA 代理服务器上安装
`keepalived`。与之前一样，首先配置一台服务器，然后在第二台服务器上重复这些步

骤，如下：

```
sudo apt-get update
sudo apt-get -y install keepalived
```

6. 为了让软件能够绑定到一个服务器上不存在的 IP 地址，需要在 /etc/sysctl.conf 中加入以下一行：

```
net.ipv4.ip_nonlocal_bind=1
```

7. 执行以下命令让修改生效：

```
sudo sysctl -p
```

8. 接下来开始配置 keepalived。创建 /etc/keepalived/keepalived.conf 文件并输入以下内容：

```
vrrp_script chk_haproxy {
    script "killall -0 haproxy" # verify the pid exists or not
    interval 2        # check every 2 seconds
    weight 2          # add 2 points if OK
}

vrrp_instance VI_1 {
    interface eth1    # interface to monitor
    state MASTER
    virtual_router_id 51  # Assign one ID for this route
    priority 101 # 101 on master, 100 on backup
    virtual_ipaddress {
      172.16.0.251        # the virtual IP
    }
    track_script {
      chk_haproxy
    }
}
```

9. 在这台服务器上使用以下命令启动 keepalived：

```
sudo service keepalived start
```

10. 第一台 HA 代理服务器的 keepalived 作为主节点运行后，在第二台 HA 代理服务器上重复以上步骤。keepalived 文件中仅有两处修改（state BACKUP 和 priority 100）。配置文件的完整内容如下：

```
vrrp_script chk_haproxy {
    script "killall -0 haproxy" # verify the pid exists or not
    interval 2             # check every 2 seconds
    weight 2               # add 2 points if OK
}

vrrp_instance VI_1 {
    interface eth1         # interface to monitor
    state BACKUP
```

```
    virtual_router_id 51   # Assign one ID for this route
    priority 100           # 101 on master, 100 on backup
    virtual_ipaddress {
      172.16.0.251         # the virtual IP
    }
    track_script {
      chk_haproxy
    }
}
```

11. 启动第二台节点上的 keepalived，它们之间会相互自动协调。一旦第一台 HA 代理服务器关机，第二台会在 2 秒后接管浮动 IP 地址 172.16.0.251，这样，新的 MySQL 连接不会受到影响。

使用浮动 IP 地址的 OpenStack 配置

在两台 HA 代理服务器进行了同样的 HA 配置并均运行 keepalived 后，就可以在各种配置文件中使用 virtual_ipaddress 地址（浮动 IP 地址）和进行数据库连接了。修改 OpenStack 中的以下文件来使用浮动 IP 地址 172.16.0.251：

```
# Nova
# /etc/nova/nova.conf
sql_connection=mysql://nova:openstack@172.16.0.251/nova

# Keystone
# /etc/keystone/keystone.conf
[sql]
connection = mysql://keystone:openstack@172.16.0.251/keystone

# Glance
# /etc/glance/glance-registry.conf
sql_connection = mysql://glance:openstack@172.16.0.251/glance

# Neutron
# /etc/quantum/plugins/openvswitch/ovs_quantum_plugin.ini
[DATABASE]
sql_connection=mysql://quantum:openstack@172.16.0.251/quantum

# Cinder
# /etc/cinder/cinder.conf
sql_connection = mysql://cinder:openstack@172.16.0.251/cinder
```

工作原理

HA 代理是一种非常流行且有效的代理服务和负载均衡器，所以非常合适放在 MySQL 集群前端为它提供负载均衡的能力。这个服务搭建起来很简单。

首先需要监听合适的端口，对于 MySQL 来说是 3306。在配置文件中的监听端口这一行同时用 0.0.0.0 这一地址来监听所有来源地址，不过，也可以使用某个特定的地址来对环境进行更精确的控制。

要让 MySQL 正常工作，模式必须设置为 `tcp` 并设置 `keepalived` 的 `tcpka` 的选项，它可以确保用户打开的 MySQL 服务器长连接不会被中断和关闭。

负载均衡的策略是 `roundrobin`，这种策略对于这种多读多写的多主集群是最佳组合。

用一个基本的检查可以确保 MySQL 服务器能被正确标记为脱机状态。内建的 `mysql-check` 选项（需要在 MySQL 中创建一个用户来登录 MySQL 节点和退出）可以在一台 MySQL 服务器失效后忽略它并将请求传递到另一台可用的 MySQL 服务器上。需要注意的是，它不会检查某个表是否存在，这种检查需要用更复杂的配置来定义一个脚本，让它跑在每个节点上并作为检查动作的一部分被调用。

配置 HA 代理的最后一步是列出所有被监听节点的地址和端口，组成一个负载均衡的服务器池。

不推荐仅用一台 HA 代理来给高可用的多主集群做代理，因为这个负载均衡器本身会成为一个单点故障。所以，需要安装和配置 `keepalived`，让两台 HA 代理服务器共享一个浮动 IP 地址。这样，OpenStack 的各种服务就可以使用该浮动 IP 地址了。

11.4　安装和设置 Pacemaker 和 Corosync

OpenStack 被设计成一个可以消除单点故障（SPOF）的高可用环境，但需要在环境中自行搭建。例如，Keystone 是整个 OpenStack 环境的底层核心服务，因此，需要在环境中建立多个 keystone 实例。Glance 同样也是 OpenStack 环境运行所需的关键服务。通过创建这些服务的多个实例，并通过 Pacemaker 和 Corosync 进行管控，可以让运行这些服务的节点容错性更高。

准备工作

首先必须为 OpenStack 配置两台服务器。由于这两台服务器仅运行 Keystone 和 Glance，所以服务器仅需要一个网络接口和一个网址用于 OpenStack 通信。该网络接口可以使用多网卡捆绑来增加可用性。

第一个节点 `controller1` 的主机管理地址为 172.16.0.111。第二个节点 `controller2` 的主机管理地址为 172.16.0.112。

操作步骤

要在这两台运行 Keystone 和 Glance 等服务的服务器上安装 Pacemaker 和 Corosync，执行以下步骤。

配置第一个节点（`controller1`）

1. 确认 Ubuntu 已安装好且配置的地址可以与其他 OpenStack 服务正常通信后，接着安装 Pacemaker 和 Corosync，如下：

```
sudo apt-get update
sudo apt-get -y install pacemaker corosync
```

2. 务必确保两个节点都知道对方的地址和主机名，因此在/etc/hosts 中输入以下信息以跳过 DNS 查询：

```
172.16.0.111 controller1.book controller1
172.16.0.112 controller2.book controller2
```

3. 编辑/etc/corosync/corosync.conf 文件中的网络接口部分，如下：

```
interface {
    # The following values need to be set based on your environment
    ringnumber: 0
    bindnetaddr: 172.16.0.0
    mcastaddr: 226.94.1.1
    mcastport: 5405
}
```

 Corosync 使用了多播。所以，确保该地址没有与网络中其他使用多播的服务冲突。

4. corosync 服务默认不会启动。为此，编辑/etc/default/corosync 服务，设置 START=yes 以确保安全启动：

```
sudo sed -i 's/^START=no/START=yes/g' /etc/default/corosync
```

5. 现在，需要生成一个认证密钥来加密两台服务器之间的通信。

```
sudo corosync-keygen
```

6. 此时系统会要求使用键盘输入一段随机密文。但如果此时不是在服务器的控制台上进行操作而是通过 SSH 会话接入的，就无法使用键盘输入这段密文。

所以，为了远程完成这个操作，先打开一个新的 SSH 会话，当 corosync-keygen 命令等待输入的时候，在这个新的会话中运行如下指令：

```
while /bin/true; do dd if=/dev/urandom of=/tmp/100 bs=1024
    count=100000; for i in {1..10}; do cp /tmp/100
    /tmp/tmp_$i_$RANDOM; done; rm -f /tmp/tmp_*
    /tmp/100; done
```

7. 等待 corosync-keygen 命令完成并生成一个密钥文件后，按 Ctrl + C 组合键中止这个随机生成密文的循环。

配置第二个节点（controller2）

1. 在第二台主机 controller2 上安装 Pacemaker 和 Corosync，执行如下指令：

```
sudo apt-get update
sudo apt-get install pacemaker corosync
```

2. 确保/etc/hosts 文件也有之前在另一台主机上录入的内容。

```
172.16.0.111 controller1.book controller1
172.16.0.112 controller2.book controller2
```

3. corosync 服务默认不会启动。为此，编辑/etc/default/corosync 服务，设置 START=yes 以确保它会启动。

```
sudo sed -i 's/^START=no/START=yes/g' /etc/default/corosync
```

继续配置第一个节点（controller1）

在编辑完文件/etc/corosync/corosync.conf 且/etc/corosync/authkey 文件已经生成后，将它们复制到集群中的其他节点上。

```
scp /etc/corosync/corosync.conf /etc/corosync/authkey
    openstack@172.16.0.112:
```

继续配置第二个节点（controller2）

把与第一个节点相同的 corosync.conf 文件及生成的密钥文件放到/etc/corosync 目录下。

```
sudo mv corosync.conf authkey /etc/corosync
```

启动 Pacemaker 和 Corosync 服务

1. 一切就绪后，在两个节点上都执行以下命令来启动这些服务：

```
sudo service pacemaker start
sudo service corosync start
```

2. 检查一下服务已经启动且集群工作正常，使用 crm_mon 命令查询集群状态。

```
sudo crm_mon -1
```

3. 命令会返回类似下面的输出结果，其中比较重要的信息包括已配置的节点数目、预计的节点数目和已经上线的这两个节点。

```
============
Last updated: Sat Aug 24 21:07:05 2013
Last change: Sat Aug 24 21:06:10 2013 via crmd on
    controller1
Stack: openais
Current DC: controller1 - partition with quorum
Version: 1.1.6-9971ebba4494012a93c03b40a2c58ec0eb60f50c
2 Nodes configured, 2 expected votes
0 Resources configured.
============

Online: [ controller1 controller2 ]

First node (controller1)
```

4. 使用 `crm_verify` 命令验证配置。

`sudo crm_verify -L`

5. 命令会返回一个关于 **STONITH**（Shoot The Other Node In TheHead）的错误。STONITH 是用与在 3 个节点以上的集群中负责仲裁的。而这里的双节点集群不需要用它，故禁用 STONITH。

`sudo crm configure property stonith-enabled=false`

6. 再次用 `crm_verify` 命令查看错误信息：

`sudo crm_verify -L`

7. 同样，由于集群只有两个节点，实用如下指令禁用仲裁相关的配置：

`sudo crm configure property no-quorum-policy=ignore`

8. 接下来，在第一台节点上进行服务配置并设置一个两台服务器共享的浮动 IP 地址。这里用的浮动 IP 地址是 172.16.0.253 并设定监控的间隔时间为 5 s。还是使用 `crm` 命令完成这个浮动 IP 地址（取名为 `FloatingIP`）的配置。

`sudo crm configure primitive FloatingIP \`
`    ocf:heartbeat:IPaddr2 params ip=172.16.0.253 \`
`    cidr_netmask=32 op monitor interval=5s`

9. 此时，用 `crm_mon` 查看集群状态时就可以看到 `FloatingIP` 地址已经被分配给 `controller1` 主机了。

`sudo crm_mon -1`

查询输出类似如下结果，表示有一个资源已经配置好（`FloatingIP`）了。

```
============
Last updated: Sat Aug 24 21:23:07 2013
Last change: Sat Aug 24 21:06:10 2013 via crmd on
```

```
    controller1
Stack: openais
Current DC: controller1 - partition with quorum
Version: 1.1.6-9971ebba4494012a93c03b40a2c58ec0eb60f50c
2 Nodes configured, 2 expected votes
1 Resources configured.
=============

Online: [ controller1 controller2 ]

FloatingIP (ocf::heartbeat:IPaddr2): Started controller1
```

10. 现在已经可以使用这个地址连接第一个节点了。当第一个节点关机后 5 秒，该地址会移动到第二台节点。

工作原理

配置 OpenStack 服务的高可用性是一个复杂的课题，可用的办法有很多。使用 Pacemaker 和 Corosync 是其中一个很不错的解决方案。它将一个浮动 IP 地址赋予整个集群并（用 Corosync）关联到其中一个合适的节点，并使用代理管理各种服务以便集群管理器能根据需要启停服务，从而提供了一个高可用的用户体验。

通过将 Keystone 和 Glance 安装到两个节点（每台都配置好了一个例如 Galera MySQL 的远程后端数据库）上，并将镜像放到共享文件系统或某种云存储上，便可以使用 Pacemaker 监控这些服务了。一旦发现活动节点上的服务失效，Pacemaker 就会在后备节点上启动这些服务。

11.5　使用 Pacemaker 和 Corosync 配置 Keystone 和 Glance

这部分内容介绍了如何使用 Pacemaker 和 Corosync 控制两台 Glance 和 Keystone 节点以主备模式运行，来保证单点失效下的可用性。如果是在正式生产环境中，建议在一个集群中使用至少 3 个节点来保证单点故障下的弹性与一致性。

准备工作

首先，配置好两台 OpenStack 服务器。由于这两台服务器只运行 Keystone 和 Glance，因此仅需一个网络接口和一个网络地址与 OpenStack 的服务通信即可。可以通过多网卡捆绑增加该网络接口的高可用性。

操作步骤

为了增加 OpenStack 服务的可用性，执行以下步骤。

1. 如果第一台主机上还未安装 Keystone，请先按第 1 章中所述进行安装配置。确保 keystone 的数据库使用类似 MySQL 这样的数据库后端。

2. Keystone 在这台主机上运行起来以后，应该可以用任意一个客户端使用该主机的本地 IP 地址（172.16.0.111）和浮动 IP 地址（172.16.0.253）执行 Keystone 查询。

```
# Assigned IP
export OS_USERNAME=admin
export OS_PASSWORD=openstack
export OS_TENANT_NAME=cookbook
export OS_AUTH_URL=http://172.16.0.111:5000/v2.0/
keystone user-list
# FloatingIP (Keepalived and HA Proxy)
export OS_AUTH_URL=http://172.16.0.253:5000/v2.0/
keystone user-list
```

3. 在第二个节点 controller2 上安装配置 Keystone，并将 Keystone 指向同一数据库后端。

```
sudo apt-get update
sudo apt-get install keystone python-mysqldb
```

4. 将第一台主机上的/etc/keystone/keystone.conf 文件复制到第二台主机上，然后重启 Keystone 服务。由于在第一个节点上安装完 Keystone 以后数据库中已经保存了端点（endpoint）和用户（user）的信息，因此这里没有额外的配置工作了。重启服务并连接上数据库。

```
sudo stop keystone
sudo start keystone
```

5. 现在，已经能使用第二个节点的 IP 地址与 Keystone 进行交互了。

```
# Second Node
export OS_AUTH_URL=http://172.16.0.112:5000/v2.0/
keystone user-list
```

使用 **FloatingIP** 让 Glance 跨两个节点

为了让 Glance 能够跨多个节点，必须配置一个共享存储后端（如 Swift）和相应的数据库后端（如 MySQL）。在第一台节点按照第 2 章所述安装与配置 Glance。

1. 在第二台主机上简单地安装一下 Glance 所需的软件包。

```
sudo apt-get install glance python-swift
```

2. 将/etc/glance 下的配置文件复制到第二台主机上，然后在两台节点上启动 glance-api 和 glance-registry 服务如下：

```
sudo start glance-api
sudo start glance-registry
```

3. 现在既可以使用 Glance 服务器的地址也可以使用分配给第一个节点的 `FloatingIP` 地址来查看镜像。

```
# First node
glance -I admin -K openstack -T cookbook -N
    http://172.16.0.111:5000/v2.0 index
# Second node
glance -I admin -K openstack -T cookbook -N
    http://172.16.0.112:5000/v2.0 index
# FloatingIP
glance -I admin -K openstack -T cookbook -N
    http://172.16.0.253:5000/v2.0 index
```

为 Glance 与 Keystone 配置 Pacemaker

1. 现在两个节点上都运行有 Keystone 和 Glance 了。接下来，配置 Pacemaker 来管控这些服务，以确保 Keystone 与 Glance 在一个节点失效的情况下能在另一个节点上运行。首先需要关闭 Keystone 和 Glance 服务的自动启动设置（`upstart job`）。在两个节点上均创建以下文件：`/etc/init/keystone.override`、`/etc/init/glance-api.override` 和 `/etc/init/glance-registry.override`。文件内容仅需包含关键字 `manual`：

```
echo "manual" > /etc/init/keystone.override
echo "manual" > /etc/init/glance-api.override
echo "manual" > /etc/init/glance-registry.override
```

2. 在两个节点上均下载 **OCF**（Open Cluster Format）资源代理。这是一些用于控制 Keystone 和 Glance 服务的 Shell 脚本或代码片段。

```
wget https://raw.github.com/madkiss/keystone
    /ha/tools/ocf/keystone
wget https://raw.github.com/madkiss/glance/
    ha/tools/ocf/glance-api
wget https://raw.github.com/madkiss/glance/
    ha/tools/ocf/glance-registry
sudo mkdir -p /usr/lib/ocf/resource.d/openstack
sudo cp keystone glance-api glance-registry
    /usr/lib/ocf/resource.d/openstack
sudo chmod 755 /usr/lib/ocf/resource.d/openstack/*
```

3. 查询一下新安装的 OCF 代理，看看是否会返回 3 个代理。

```
sudo crm ra list ocf openstack
```

4. 接下来，配置 Pacemaker 使用这些代理管理 Keystone 服务。执行如下一组命令：

```
sudo crm cib new conf-keystone
sudo crm configure property stonith-enabled=false
sudo crm configure property no-quorum-policy=ignore
sudo crm configure primitive p_keystone
    ocf:openstack:keystone \
    params config="/etc/keystone/keystone.conf" \
```

```
    os_auth_url="http://localhost:5000/v2.0/" \
    os_password="openstack" \
    os_tenant_name="cookbook" \
    os_username="admin" \
    user="keystone" \
    client_binary="/usr/bin/keystone" \
    op monitor interval="5s" timeout="5s"
sudo crm cib use live
sudo crm cib commit conf-keystone
```

5. 为两个 Glance 服务执行类似的一组命令：

```
sudo crm cib new conf-glance-api
sudo crm configure property stonith-enabled=false
sudo crm configure property no-quorum-policy=ignore
sudo crm configure primitive p_glance_api ocf:openstack:glance-api \
    params config="/etc/glance/glance-api.conf" \
    os_auth_url="http://localhost:5000/v2.0/" \
    os_password="openstack" \
    os_tenant_name="cookbook" \
    os_username="admin" \
    user="glance" \
    client_binary="/usr/bin/glance" \
    op monitor interval="5s" timeout="5s"
sudo crm cib use live
sudo crm cib commit conf-glance-api
sudo crm cib new conf-glance-registry
sudo crm configure property stonith-enabled=false
sudo crm configure property no-quorum-policy=ignore
sudo crm configure primitive p_glance_registry
    ocf:openstack:glance-registry \
    params config="/etc/glance/glance-registry.conf" \
    os_auth_url="http://localhost:5000/v2.0/" \
    os_password="openstack" \
    os_tenant_name="cookbook" \
    os_username="admin" \
    user="glance" \
    op monitor interval="5s" timeout="5s"
sudo crm cib use live
sudo crm cib commit conf-glance-registry
```

6. 执行如下命令，确认一下 Pacemaker 是否配置正确：

```
sudo crm_mon -1
```

7. 命令将返回类似如下内容：

```
Last updated: Sat Aug 24 22:55:25 2013
Last change: Tue Aug 24 21:06:10 2013 via crmd on
    controller1
Stack: openais
Current DC: controller1 - partition with quorum
Version: 1.1.6-9971ebba4494012a93c03b40a2c58ec0eb60f50c
2 Nodes configured, 2 expected votes
4 Resources configured.
```

```
=============

Online: [ controller1 controller2 ]

FloatingIP (ocf::heartbeat:IPaddr2): Started controller1
p_keystone (ocf::openstack:keystone):
      Started controller1
p_glance_api (ocf::openstack:glance_api):
      Started controller1
p_glance_registry (ocf::openstack:glance_registry):
      Started controller1
```

如果发现类似下面的错误：

```
Failed actions:
    p_keystone_monitor_0 (node=ubuntu2, call=3, rc=5,
    status=complete): not installed
```

则执行如下指令清除状态信息，然后再次查看一下状态：

```
sudo crm_resource -P
sudo crm_mon -1
```

8. 至此，便已经可以在客户端配置使用浮动 IP 地址 172.16.0.253 来访问 Glance 和 Keystone 服务了。这样一来，即使关闭第一个节点上的网卡，仍可以通过浮动 IP 来访问 Keystone 和 Glance 服务。

由于 keystone 和 Glance 均运行在两台独立节点上，当某个节点失效时，这些服务依然可用。

工作原理

Pacemaker 的配置基本上都是用 crm 工具来完成的。它不光可以通过脚本的方式完成配置，还有一个交互式的命令行工具可以编辑、增加和删除各种服务以及查询集群状态。这是一个非常强大的集群管理工具。

这两个节点都运行着 Keystone 和 Glance，可以使用 Corosync 提供的浮动 IP 地址来访问，而 Pacemaker 通过专用的 OCF 代理控制 Keystone 和 Glance 的运行。OCF 代理所用的一些参数就是普通客户端访问常用的用户名、密码、租户名和端点 URL 等。

两台代理均设置了 5 秒的超时来触发浮动 IP 迁移到另一台主机。

配置完成后，将得到图 11-16 所示的 Keystone 和 Glance 的主从配置。

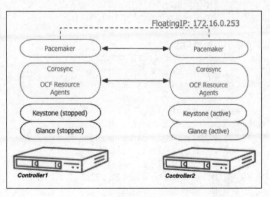

图 11-16

11.6 绑定网络接口做冗余

通过在多台机器上运行多个服务实例，并配以特定的 HA 方法，可以让 OpenStack 环境具备较高的容错性。不过，一旦物理网络失效导致进出服务的数据中断，服务也将无法使用。网卡捆绑（NIC bonding，也称为 teaming 或 link aggregation）能解决这样的问题，它通过调整路由让数据经由其他路由器或交换机到达目的地。

准备工作

实现网卡捆绑需要系统管理员和负责交换机的网络管理员之间相互合作。网卡捆绑的方法有很多种。这里介绍的是主从模式（active-passive），使用这种模式，正常情况下数据只会流经一个交换机，而另一块网卡仅当必要时才会传输数据。

操作步骤

在 Ubuntu 12.04 中，需要安装额外的软件包才能使用网卡捆绑。

1. 按照通常的方式进行软件包安装如下：

```
sudo apt-get update
sudo apt-get -y install ifenslave
```

2. 安装完毕后，使用 Ubuntu 中常见方法进行网卡配置，然后加入一些关于网卡捆绑的设置。按如下内容编辑/etc/network/interfaces 文件（配置主从模式的网卡捆绑）——将 eth1 和 eth2 捆绑成 bond0，并配置为 IP 地址 172.16.0.111。

```
auto eth1
iface eth1 inet manual
  bond-master bond0
  bond-primary eth1 eth2

auto eth2
iface eth2 inet manual
  bond-master bond0
  bond-primary eth1 eth2

auto bond0
iface bond0 inet static
  address 172.16.0.111
  netmask 255.255.0.0
  network 172.16.0.0
  broadcast 172.16.255.255
  bond-slaves none
  bond-mode 1
  bond-miimon 100
```

3. 在 /etc/modprobe.d/bonding.conf 文件中加入如下内容，指定捆绑使用的是主从模式（mode=1），监控的时间间隔为 100 ms。

```
alias bond0 bonding
options bonding mode=1 miimon=100
```

4. 现在可以重启网络服务，启动捆绑的网络接口和对应的 IP 地址。

```
sudo service networking restart
```

工作原理

只要配合交换机的设置，就可以简单地通过 Ubuntu 中的网卡捆绑来避免服务器失效。由于每块网卡分别连到不同的交换机，主机拥有了多条独立的网络通路，具备了高级别的容错能力来应对诸如交换机失效这样的网络异常。

要实现网卡捆绑，只需在 Ubuntu 传统的 /etc/network/interfaces 文件中加入网卡捆绑的信息，指定将哪块网卡分配到哪个捆绑接口上。每个捆绑接口至少需要两个独立的网络接口，接着需要给捆绑接口 bond0 配置普通的 IP 地址和网络掩码等。然后配置一些选项，告诉 Ubuntu 该捆绑接口使用哪种捆绑模式。

为了确保捆绑模块在内核加载时使用了正确的模式，还需配置 /etc/modprobe.d/bonding.conf 文件。这样，当捆绑模块和网络接口都加载以后，服务器就可以承受单台交换机的失效异常了。

延伸阅读

❑ 想要了解 Ubuntu Linux 所支持的各种捆绑模式，参见 https://help.ubuntu.com/community/LinkAggregation。

第**12**章

故障排除

本章将讲述以下内容：

- ❑ 理解日志
- ❑ 检查 OpenStack 服务
- ❑ OpenStack 计算服务故障排除
- ❑ OpenStack 对象存储服务故障排除
- ❑ OpenStack Dashboard 故障排除
- ❑ OpenStack 身份认证故障排除
- ❑ OpenStack 网络故障排除
- ❑ 提交 bug 报告
- ❑ 从社区获得帮助

12.1 介绍

OpenStack 是一个复杂的软件套件，对于初学者和有经验的系统管理员来说都有相当多的问题需要解决。虽然没有单一的故障排查的方法，但通过了解 OpenStack 日志的重要信息并掌握可用于帮助追查错误的工具，将有助于解决可能会遇到的问题。不过可以预料的是，如果没有外部的支持，就不可能解决所有的问题。因此，搜集需求信息来帮助 OpenStack 社区识别错误并提出修正意见是非常重要的，它将有助于 bug 或问题得到迅速且有效的处理。

12.2 理解日志

日志对于所有计算机系统都很关键。但是，越复杂的系统越是依赖日志来发现问题，从而缩短故障排除时间。理解 OpenStack 系统的日志对于保证 OpenStack 环境的健康非常重要，同样，对于提交相关日志信息给社区帮助修复 bug 也很有帮助。

准备工作

作为 root 用户登录到安装了 OpenStack 服务的服务器上。

操作步骤

OpenStack 生成大量的日志信息用来帮助排查 OpenStack 安装问题。下面将详细介绍这些服务的相关日志位置。

OpenStack 计算服务日志

OpenStack 计算服务日志位于/var/log/nova/，默认权限拥有者是 nova 用户。为了读取信息，使用 root 用户登录。下面是服务列表和相关的日志。需要注意的是，并不是每台服务器上都包含所有的日志文件。例如，nova-compute.log 仅在计算节点上生成。

❏ nova-compute:/var/log/nova/nova-compute.log：虚拟机实例在启动和运行中产生的日志。

❏ nova-network:/var/log/nova/nova-netwrok.log：关于网络状态、分配、路由和安全组的日志项。

❏ nova-manage:/var/log/nova/nova-manage.log:运行 nova-manage 命令时产成的日志项。

❏ nova-scheduler:/var/log/nova/nova-scheduler.log：有关调度的，分配任务给节点以及消息队列的相关日志项。

❏ nova-objectstore:/var/log/nova/nova-objectstore.log：镜像相关的日志项。

❏ nova-api:/var/log/nova/nova-api.log：用户与 OpenStack 交互以及 OpenStack 组件间交互的消息相关日志项。

❏ nova-cert:/var/log/nova/nova-cert.log：nova-cert 过程的相关日志项。

- ❑ nova-console:/var/log/nova/nova-console.log：关于 nova-console 的 VNC 服务的详细信息。

- ❑ nova-consoleauth:/var/log/nova/nova-consoleauth.log：关于 nova-console 服务的验证细节。

- ❑ nova-dhcpbridge:/var/log/nova/nova-dhcpbridge.log：与 dhcpbridge 服务相关的网络信息。

OpenStack Dashboard 日志

OpenStack Dashboard（Horizon）是一个 Web 应用程序，默认运行在 Apache 服务器上，所以任何错误和访问信息都会记录在 Apache 日志中。用户可以在 /var/log/apache2/*.log 中查看，这将有助于理解谁在访问这些服务以及服务中的错误信息。

OpenStack 对象存储日志

OpenStack 对象存储（Swift）默认日志写到 syslog 中。在一个 Ubuntu 系统中，可以通过/var/log/syslog 查看。在其他系统中，可能位于/var/log/messages 中。

OpenStack 块存储服务 Cinder 产生的日志默认放在/var/log/cinder 目录下。下面列出了相关的日志文件。

- ❑ cinder-api:/var/log/cinder/cinder-api.log：关于 cinder-api 服务的细节。

- ❑ cinder-scheduler:/var/log/cinder-scheduler.log：关于 Cinder 调度服务的操作的细节。

- ❑ cinder-volume:/var/log/cinder/cinder-volume.log：与 Cinder 卷服务相关的日志项。

OpenStack 身份日志

OpenStack 身份服务 Keystone 将日志写到 /var/log/keystone/keystone.log 中。根据 Keystone 设置的不同，日志文件中的信息可能寥寥数行，也可能是包含了所有明文请求的一大堆日志信息.

OpenStack 镜像服务日志

OpenStack 镜像服务将日志保存在/var/log/glance/*.log 中，每个服务有一个独立的日志文件。下面是默认的日志文件列表。

❏ `api: /var/log/glance/api.log`：Glance API 相关的日志。

❏ `registry: /var/log/glance/registry.log`：Glance registry 服务相关的日志。根据日志配置的不同，会保存诸如元信息更新和访问记录这些信息。

OpenStack 网络服务日志

OpenStack 网络服务 Neutron，之前叫 Quantum，在 `/var/log/quantum/*.log` 中保存日志，每个服务有一个独立的日志文件。下面是对应的日志文件列表。

❏ `dhcp-agent: /var/log/quantum/dhcp-agent.log`：关于 dhcp-agent 的日志项。

❏ `l3-agent: /var/log/quantum/l3-agent.log`：与 l3 代理及其功能相关的日志项。

❏ `metadata-agent: /var/log/quantum/metadata-agent.log`：通过 Quantum 代理给 Nova 元数据服务的相关日志项。

❏ `openvswitch-agent: /var/log/quantum/openvswitch-agent.log`：与 Open vSwitch 相关操作的日志项。在具体实现 OpenStack 网络的时候，如果使用了不同的插件，就会有相应的日志文件名。

❏ `server:/var/log/quantum/server.log`：与 quantum API 服务相关的日志项及细节。

❏ `OpenVSwitch Server:/var/log/openvswitch/ovs-vswitchd.log`：与 OpenVSwitch Switch 守护进程相关的日志项和细节。

改变日志级别

每个 OpenStack 服务的默认日志级别均为警告级（Warning）。该级别的日志对于了解运行中系统的状态或者基本的错误定位已经够用。但有时候需要上调日志级别来帮助诊断问题，或者下调日志级别以减少日志噪声。

由于各个服务的日志设置方式类似，因此这里就以 OpenStack 计算服务为例。

设置 OpenStack 计算服务中的日志级别

登录到运行有 OpenStack 计算服务的机器上，执行如下命令：

sudo vim /etc/nova/logging.conf

将列出的某个服务的日志级别修改为 DEBUG、INFO 或 WARNING。

```
[logger_root]
level = WARNING
```

```
handlers = null

[logger_nova]
level = INFO
handlers = stderr
qualname = nova
```

设置其他 OpenStack 服务中的日志级别

其他服务（如 Glance 和 Keystone）目前都在它们的主配置文件中设置了日志级别，例如 /etc/glance/glance-api.conf。可以通过修改这些文件中的对应设置来将日志级别调整到 **INFO** 或 **DEBUG**：

```
[DEFAULT]
# Show more verbose log output (set INFO log level output)
verbose = False

# Show debugging output in logs (set DEBUG log level output)
debug = False
```

 修改日志级别手需要重启对应的服务来使改变生效。

工作原理

记录日志对于任意一个软件都是非常重要的活动，OpenStack 也不例外。它可以帮助管理员定位问题，并通过社区帮助提供解决方案。理解服务日志的位置并管理这些日志对于快速识别问题非常重要。

12.3 检查 OpenStack 服务

OpenStack 提供工具来检测计算服务的不同组件。本节将介绍如何查看这些服务的运行状态，同时也将使用一些通用的系统命令来检测环境是否如所期望的那样正常运行。

准备工作

要检测 OpenStack 计算主机，必须登录到这台服务器。所以，在执行以下步骤之前应先登录到服务器。

操作步骤

要验证 OpenStack 计算服务运行正常，需要调用 nova-manage 工具，并指定不同参数来了解环境状况。

检查 OpenStack 计算服务

要检查 OpenStack 计算服务是否正常，执行以下命令：

```
sudo nova-manage service list
```

:-) 图标意味着一切正常，看到的输出类似于图 12-1 所示。

Binary	Host	Zone	Status	State	Updated_At
nova-conductor	controller.book	internal	enabled	:-)	2013-06-18 16:41:31
nova-scheduler	controller.book	internal	enabled	:-)	2013-06-18 16:41:22
nova-compute	compute.book	nova	enabled	:-)	2013-06-18 16:41:24
nova-network	compute.book	internal	enabled	:-)	2013-06-18 16:41:23

图 12-1

这些字段的含义具体如下。

❏ **Binary**：要检查状态的服务的名字。

❏ **Host**：运行该服务的主机活服务器的名字。

❏ **Zone**：运行该服务的 OpenStack Zone。一个地区（zone）可以运行多个服务。默认的地区为 **nova**。

❏ **Status**：管理员是否启用了该服务。

❏ **State**：表示该服务是否正在工作。

❏ **Updated_At**：上一次检查该服务的时间。

如果在 **:)** 的位置看到 **XXX**，那就一定有问题了。用以下命令看到的结果是一样的：

```
nova-compute compute.book nova enabled XXX 2013-06-18 16:47:35
```

故障排查会在本书后面介绍，但如果看到 **XXX**，答案一定在 /var/log/nova 的日志文件中。

 如果你间歇的看到一个服务出现 **XXX** 和 **:-)**，首先需要检查的是时钟同步问题。

检查 OpenStack 镜像服务（Glance）

尽管 OpenStack 镜像服务 Glance 是 OpenStack 启动实例所需的一个非常关键的服务，但它却没有自带工具来检查服务状态，所以要依赖一些 Linux 系统自带命令来替代。例如：

```
ps -ef | grep glance
netstat -ant | grep 9292.*LISTEN
```

这些命令会报告 Glance 进程的状态信息，以及默认的监听端口 9292 是否处于 LISTEN
模式就绪：

```
ps -ef | grep glance
```

输出结果类似于图 12-2 所示的截图。

```
glance   11254      1   0 Jun17 ?        00:00:00 /usr/bin/python /usr/bin/glance-registry
glance   11259      1   0 Jun17 ?        00:00:00 /usr/bin/python /usr/bin/glance-api
glance   11275  11254   0 Jun17 ?        00:00:00 /usr/bin/python /usr/bin/glance-registry
glance   11276  11259   0 Jun17 ?        00:00:01 /usr/bin/python /usr/bin/glance-api
root     49070  26778   0 10:34 pts/13   00:00:00 grep --color=auto glance
```

图 12-2

执行以下命令查看端口是否正在使用：

```
netstat -ant | grep 9292
tcp 0 0 0.0.0.0:9292 0.0.0.0:* LISTEN
```

其他需要检测的服务

如果以上服务都运行正常但 Glance 服务仍然有问题，不妨查看一下以下服务：

❑ rabbitmq：运行下面的命令。

```
sudo rabbitmqctl status
```

图 12-3 所示是 rabbitmqctl 的一个正常工作的示例输出。

```
Status of node rabbit@controller ...
[{pid,20299},
 {running_applications,[{rabbit,"RabbitMQ","2.7.1"},
                        {mnesia,"MNESIA  CXC 138 12","4.5"},
                        {os_mon,"CPO  CXC 138 46","2.2.7"},
                        {sasl,"SASL  CXC 138 11","2.1.10"},
                        {stdlib,"ERTS  CXC 138 10","1.17.5"},
                        {kernel,"ERTS  CXC 138 10","2.14.5"}]},
 {os,{unix,linux}},
 {erlang_version,"Erlang R14B04 (erts-5.8.5) [source] [64-bit] [rq:1] [async-threads:30] [kernel-poll:true]\n"},
 {memory,[{total,29074440},
          {processes,12843432},
          {processes_used,12832224},
          {system,16231008},
          {atom,1124433},
          {atom_used,1120222},
          {binary,183856},
          {code,11134393},
          {ets,2461776}]},
 {vm_memory_high_watermark,0.3999999997144103},
 {vm_memory_limit,840366489}]
...done.
```

图 12-3

如果 rabbitmq 没有正常工作，会看到类似于图 12-4 所示的输出，表示 rabbitmq 服务或者所在节点已失效。

```
Status of node 'rabbit@controller' ...
  Error: unable to connect to node 'rabbit@controller': nodedown
  diagnostics:
  - nodes and their ports on controller: [{rabbitmqctl,...}]
  - current node: 'rabbitmqctl@controller'
  - current node home dir: [...]
  - current node cookie hash: [...]
```

图 12-4

❑ ntp（Network Time Protocol，用来在节点之间同步）：运行下面的命令。

ntpd -p

它的返回值会输出 NTP 服务器的信息，如图 12-5 所示。

remote	refid	st	t	when	poll	reach	delay	offset	jitter
+javanese.kjsl.c	68.0.14.76	2	u	48	128	377	114.204	-0.418	2.696
*ntp.rack66.net	131.188.3.222	2	u	45	128	377	41.561	1.715	1.821
-one36.fusa.be	88.190.29.49	3	u	100	128	377	40.354	12.264	5.835
-mirror	204.9.54.119	2	u	13	128	377	129.301	2.719	2.072
+europium.canoni	193.79.237.14	2	u	100	128	377	34.319	-1.327	1.493

图 12-5

 ntp 是多节点 OpenStack 环境的必备组件，但它有可能默认没有安装。可以通过 apt-get install -y ntp 来安装 ntp 软件包。

❑ MySQL 数据库服务器：执行以下命令。

PASSWORD=openstack
mysqladmin -uroot -p$PASSWORD status

如果 MySQL 正在运行，就会返回一些关于 MySQL 的数据，如图 12-6 所示。

```
Uptime: 4743  Threads: 36  Questions: 9386  Slow queries: 0  Opens: 255
Flush tables: 1  Open tables: 62  Queries per second avg: 1.978
```

图 12-6

检查 OpenStack Dashboard 服务（Horizon）

和 Glance 服务不一样，OpenStack Dashboard 服务（即 Horizon）并没有内置工具来查看状态。

不过，尽管没有自带健康检查工具，但是由于 Horizon 依赖 Apache 网页服务器来展示页面，因此可以通过查看网页服务器的状态来检查该服务的状态。要检查 Apache 网页服务，登录到运行 Horizon 的服务器上并运行：

```
ps -ef | grep apache
```

该命令会输出类似于图 12-7 所示的结果。

```
root       736 28164    0 13:20 pts/13   00:00:00 grep --color=auto apache
root     17523     1    0 Jun19 ?        00:00:04 /usr/sbin/apache2 -k start
www-data 17684 17523    0 Jun19 ?        00:00:00 /usr/sbin/apache2 -k start
www-data 17685 17523    0 Jun19 ?        00:00:02 /usr/sbin/apache2 -k start
www-data 17686 17523    0 Jun19 ?        00:00:02 /usr/sbin/apache2 -k start
www-data 17687 17523    0 Jun19 ?        00:00:02 /usr/sbin/apache2 -k start
www-data 17689 17523    0 Jun19 ?        00:00:00 /usr/sbin/apache2 -k start
www-data 17805 17523    0 Jun19 ?        00:00:00 /usr/sbin/apache2 -k start
```

图 12-7

要查看 Apache 是否正常运行在默认的 TCP 80 端口，执行如下命令：

```
netstat -ano | grep :80
```

该命令输入结果如下所示：

```
tcp 0 0 0.0.0.0:80 0.0.0.0:* LISTEN off (0.00/0/0)
```

执行如下命令行以验证是否可以连接到网页服务器：

```
telnet localhost 80
```

该命令将显示如下输出：

```
Trying 127.0.0.1...
Connected to localhost.
Escape character is '^]'.
```

检查 OpenStack 身份认证服务（Keystone）

Keystone 自带了一个客户端实现，叫 `python-keystone` 客户端。可以使用这个工具来检查 Keystone 服务的状态。

调用如下 `keystone` 命令，检查 Keystone 正在运行必要的服务：

```
# keystone user-list
```

产生的输出结果如图 12-8 所示。

此外，还可以使用以下命令检查 Keystone 的状态：

```
# ps -ef | grep keystone
```

命令结果类似如下输出：

```
keystone 5441 1 0 Jun20 ? 00:00:04 /usr/bin/python /usr/bin/keystone-all
```

```
+-----------------------------------+----------+---------+-----------------------+
|                id                 |   name   | enabled |         email         |
+-----------------------------------+----------+---------+-----------------------+
| 920c6566bb3f4e528294d644ea603c94  |  admin   |  True   |    root@localhost     |
| c39eada811f2486eb05e57d5879cbe66  |  cinder  |  True   |   cinder@localhost    |
| f087f1334e9a49e1947778de6d7bbc46  |  demo    |  True   |    demo@localhost     |
| 634699216d4f482fb5cf7aceac476a7f  |  glance  |  True   |   glance@localhost    |
| caa3f38fdb1f45eb88310ee795744f2d  | keystone |  True   |  keystone@localhost   |
| 3ca6c71d832644c886acd7f147357591  |  nova    |  True   |    nova@localhost     |
| 9f7c63d544bc4771ba357b8a0cf0e547  | quantum  |  True   |   quantum@localhost   |
| 1b8f5ceabe0e4a70a67d13dcc1e7b705  |  swift   |  True   |    swift@localhost    |
+-----------------------------------+----------+---------+-----------------------+
```

图 12-8

接下来，可以使用下列命令查看服务是否已在网络上监听：

netstat -anlp | grep 5000

命令结果类似如下输出：

tcp 0 0 0.0.0.0:5000 0.0.0.0: LISTEN 54421/python

检查 OpenStack 网络服务（Neutron）

OpenStack 网络服务 Neutron 在运行时，有一系列服务运行在不同的节点上，如图 12-9 所示。

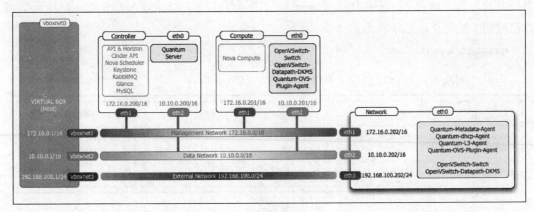

图 12-9

在控制节点上，按下面的方法检查 Quantum Server API 服务是否已运行在 TCP 端口 9696 上。

sudo netstat -anlp | grep 9696

命令会返回类似如下输出：

tcp 0 0 0.0.0.0:9696 0.0.0.0:* LISTEN 22350/python

在计算节点这边，使用 ps 命令检查下列服务是否正在运行。

❑ ovsdb-server；

❑ ovs-switchd；

❑ quantum-openvswitch-agent。

例如，运行下面的命令：

ps -ef | grep ovsdb-server

在 Network 节点上，检查以下服务是否在运行：

❑ ovsdb-server；

❑ ovs-switchd；

❑ quantum-openvswitch-agent；

❑ quantum-dhcp-agent；

❑ quantum-l3-agent；

❑ quantum-metadata-agent。

同时，为了检查 Neutron 代理（agent）是否运行正常，可以导入 OpenStack 认证信息并在控制主机上使用以下命令：

quantum agent-list

如果一切正常，则返回类似于图 12-10 所示的结果。

```
+--------------------------------------+------------------+--------------+-------+----------------+
| id                                   | agent_type       | host         | alive | admin_state_up |
+--------------------------------------+------------------+--------------+-------+----------------+
| 5e9ae41a-cce6-4e2b-99ba-8f4a5389e3d9 | DHCP agent       | network.book | :-)   | True           |
| 6a0c7849-bd79-43f2-8d48-db66784a7466 | L3 agent         | network.book | :-)   | True           |
| ec44282c-7558-4fb1-94cb-848793a334ac | Open vSwitch agent | compute.book | :-)   | True           |
| ff732fd9-d904-45c6-b76f-7053a4ab255d | Open vSwitch agent | network.book | :-)   | True           |
+--------------------------------------+------------------+--------------+-------+----------------+
```

图 12-10

检查 OpenStack 块存储服务（Cinder）

可以使用以下命令来检查 OpenStack 块存储服务 Cinder 的状态：

❑ 检查 Cinder 是否正在运行。

ps -ef | grep cinder

命令返回结果如图 12-11 所示。

```
root         736 28164   0 13:20 pts/13   00:00:00 grep --color=auto apache
root       17523     1   0 Jun19 ?        00:00:04 /usr/sbin/apache2 -k start
www-data 17684 17523   0 Jun19 ?        00:00:00 /usr/sbin/apache2 -k start
www-data 17685 17523   0 Jun19 ?        00:00:02 /usr/sbin/apache2 -k start
www-data 17686 17523   0 Jun19 ?        00:00:02 /usr/sbin/apache2 -k start
www-data 17687 17523   0 Jun19 ?        00:00:02 /usr/sbin/apache2 -k start
www-data 17689 17523   0 Jun19 ?        00:00:00 /usr/sbin/apache2 -k start
www-data 17805 17523   0 Jun19 ?        00:00:00 /usr/sbin/apache2 -k start
```

图 12-11

❑ 检查 iSCSI target 是否在网络上正常监听。

```
netstat -anp | grep 3260
```

命令返回结果如下所示：

```
tcp 0 0 0.0.0.0:3260 0.0.0.0:* LISTEN 10236/tgtd
```

❑ 检查 Cinder API 是否在网络上正常监听。

```
netstat -an | grep 8776
```

命令返回结果如下所示：

```
tcp 0 0.0.0.0:8776 0.0.0.0:* LISTEN
```

❑ 如果上述所有部件工作正常，可以使用以下命令列出所有 Cinder 已知的卷来检验 Cinder 服务的操作：

```
cinder list
```

命令返回结果如图 12-12 所示。

```
+--------------------------------------+-----------+--------------+------+-------------+----------+-------------+
|                  ID                  |   Status  | Display Name | Size | Volume Type | Bootable | Attached to |
+--------------------------------------+-----------+--------------+------+-------------+----------+-------------+
| 480980e4-856d-44f8-893f-76c72b6d5895 | available |     lol      |  1   |     None    |   false  |             |
+--------------------------------------+-----------+--------------+------+-------------+----------+-------------+
```

图 12-12

检查 OpenStack 对象存储服务（Swift）

OpenStack 对象存储服务 Swift 有一些自带工具可以检查服务的健康状态。登录到 Swift 节点上，执行如下命令。

❑ 使用以下命令检查 Swift 服务。

　❑ 使用 Swift Stat。

```
swift stat
```

命令返回结果如图 12-13 所示。

```
    Account: AUTH_c0eb4abcca554c08b996d12756086e13
 Containers: 0
    Objects: 0
      Bytes: 0
Accept-Ranges: bytes
X-Timestamp: 1375635973.90090
X-Trans-Id: txfe84cdc421b645fab63a0362d6810e19
Content-Type: text/plain; charset=utf-8
```

图 12-13

❑ 使用 PS。

```
ps -ef | grep swift
```

命令返回结果如图 12-14 所示。

```
swift   9804   1  0 12:06 ?     00:00:00 /usr/bin/python /usr/bin/swift-container-updater /etc/swift/container-server/1.conf
swift   9805   1  0 12:06 ?     00:00:00 /usr/bin/python /usr/bin/swift-container-updater /etc/swift/container-server/2.conf
swift   9806   1  0 12:06 ?     00:00:00 /usr/bin/python /usr/bin/swift-container-updater /etc/swift/container-server/3.conf
swift   9807   1  0 12:06 ?     00:00:00 /usr/bin/python /usr/bin/swift-container-updater /etc/swift/container-server/4.conf
```

图 12-14

每个已配置的容器、账户、对象存储都有一个独立的服务

❑ 使用以下命令检查 Swift API：

```
ps -ef | grep swift-proxy
```

命令返回结果如图 12-15 所示。

```
swift   9818     1  0 12:06 ?     00:00:00 /usr/bin/python /usr/bin/swift-proxy-server /etc/swift/proxy-server.conf
swift  10156  9818  0 12:06 ?     00:00:00 /usr/bin/python /usr/bin/swift-proxy-server /etc/swift/proxy-server.conf
```

图 12-15

❑ 使用以下命令检查 Swift 正在网络上监听：

```
netstat -anlp | grep 8080
```

命令返回结果如下所示：

```
tcp 0 0 0.0.0.0:8080 0.0.0.0:* LISTEN
9818/python
```

工作原理

这里使用一些基本的命令来与 OpenStack 计算及其他服务通信，以显示他们是否正常运行。这些基础级别的故障排除可以确保系统按预期运行。

12.4 OpenStack 计算服务故障排除

OpenStack 计算服务非常复杂，能够及时进行故障诊断才能确保平稳的运行这些服务。幸好，OpenStack 计算提供了一些工具来帮助解决这个问题，同时 Ubuntu 也提供了一些工具帮助定位问题。

操作步骤

OpenStack 计算服务的故障排除是个复杂的问题，但是问题解决时的条理性能够帮助你得到一个满意的答案。当遇到相应问题时，可以尝试以下方案。

不能 ping 通或 SSH 连到实例

1. 当启动实例时，指定一个安全组。如果没有特别指定，默认使用 default 安全组。这个强制安全组确保在默认情况下云环境是启用了安全策略的，正因为如此，必须明确指出需要能够 ping 通实例以及 SSH 连到实例上。对于这样一个基本的活动，通常需要在默认安全组中添加这些规则。

2. 网络问题也可能阻止用户访问云中实例。所以，首先检查一下计算实例是否能够从公共接口转发分组到桥接接口。

```
sysctl -A | grep ip_forward
```

3. net.ipv4.ip_forward 应该设置为 1。否则应检查/etc/sysctl.conf 是否注释掉以下选项：

```
net.ipv4.ip_forward=1
```

4. 然后，运行以下命令，执行更新。

```
sudo sysctl -p
```

5. 其他网络问题可能涉及路由问题。检查是否可以从客户端与 OpenStack 计算节点通信，并且任何通往这些实例的路由记录是否都正确。

6. 此外，还有可能遇到 IPv6 冲突，如果不需要 IPv6，可以添加--use_ipv6=false 到/etc/nova/nova.conf 文件中，并重启 nova-compute 和 nova-network 服务。可以在操作系统中取消 IPv6，通过修改 etc/modprobe.d/ipv6.conf 文件中的：

```
install ipv6 /bin/true
```

7. 如果使用了 OpenStack Neutron，检查一下主机上 neutron 服务的状态，以及是否使用了正确的 IP 命名空间。

8. 重启主机。

查看实例控制台日志

1. 如果使用命令行，则输入以下命令（输出如图 12-16 所示）：

```
nova list
```

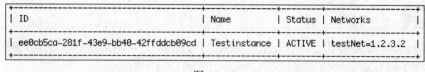

图 12-16

```
nova console-log INSTANCE_ID
```

例如：

```
nova console-log ee0cb5ca-281f-43e9-bb40-42ffddcb09cd
```

2. 如果使用 Horizon，则执行以下步骤。

❑ 导航到实例列表并选中一个实例。

❑ 这时进入的是 **Overview** 页面。在 **Overview** 页面顶端有一个 **Log** 标签，图 12-17 所示为实例的控制台日志。

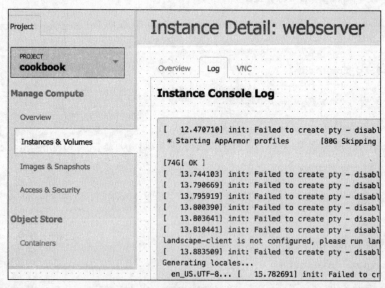

图 12-17

3. 如果是直接在 `nova-compute` 主机上查看日志，则寻找以下文件：`/var/lib/nova/instances/&lt; instance_id&gt; /console.log`（因为控制台日志的所有者是 `root` 用户，所以只有管理员才能查看）。

实例无法下载元数据信息

如果一个实例不能下载该实例的元数据，则可以在实例运行时终止实例，但是将不能登录该实例，因为需要注入 SSH 密钥信息。

查看控制台日志将会显示图 12-18 所示的信息。

```
2013-07-03 21:00:29,162 - DataSourceEc2.py[WARNING]: 'http://169.254.169.254' failed: url error [[Errno 111] Connection refused]
2013-07-03 21:00:35,174 - DataSourceEc2.py[CRITICAL]: giving up on md after 120 seconds
```

图 12-18

如果没有使用 Neutron，则应做到以下几点。

1. 确保 `nova-api` 运行在控制节点上（在 `multi_host` 环境下，确保有一个 `nova-api` 和 `nova-network` 节点运行在 `nova-compute` 主机上）。

2. 检查一下计算节点上 `iptables`。

sudo iptables -L -n -t nat

正常情况下将看到的输出如图 12-19 所示。

```
Chain nova-network-PREROUTING (1 references)
target     prot opt source              destination
DNAT       tcp  --  0.0.0.0/0           169.254.169.254      tcp dpt:80 to:172.16.0.1:8775
```

图 12-19

3. 如果不是，重启 `nova-network` 服务，然后再次检查。

4. 有时会有多个 `dnsmasq` 副本在同时运行，这会引起问题。所以，需要确保只有一个 `dnsmasq` 实例在运行。

ps -ef | grep dnsmasq

这会返回两个进程的信息，一个父进程 `dnsmasq` 和一个派生的子进程。如果还发现了其他 `dnsmasq` 实例在运行，执行 `kill` 命令杀掉它们。之后重启 `nova-network`，将会再次生成 `dnsmasq`，不会再有冲突的进程。

如果使用了 Neutron，那么应先看一下网络主机上的`/var/log/quantum/ metadata_agent.log` 文件。这里面有可能有一些 Python 的错误栈输出，说明服务运行不正常。如果出现连接拒绝的错误信息，则表示运行在网络主机上的元数据代理无法通过元数据代理服务（也运行在网络主机上）与控制节点上的元数据服务通信。

由于元数据服务运行在控制节点上的 8775 端口，因此要检查一下服务是否正在运行以及对应的端口是否打开。执行以下命令：

```
sudo netstat -antp | grep 8775
```

如果一切都没问题，返回结果如下所示：

```
tcp 0 0 0.0.0.0:8775 0.0.0.0:* LISTEN
```

否则，检查一下 nova-api 服务有没有启动。

实例启动时停在 Building 或 Pending 阶段

有时需要一点耐心才能判断实例是否没有起来，这是因为镜像文件是通过网络复制到节点上的。虽然在其他时候，如果实例一直停留在启动或类似的状态时间较长，则可以认为出现问题了。马上要做的就是查看的日志中的错误。从控制节点快速处理的方法是执行以下命令：

```
sudo nova-manage logs errors
```

通常的错误是跟 AMQP 不可达相关。一般这些可以被忽略，除非这些错误正在发生。因为服务启动时可能会出现很多这样的错误，所以在做结论前，务必检查一下这些错误信息的时间戳。

该命令返回的日志带有 ERROR 标识 log level，但需要查看日志详细信息才能知道具体细节。

当故障实例未能正常启动时，可查看一个关键的日志文件 /var/log/nova/nova-compute.log。这个文件很可能包含实例堵塞在 Building 状态的原因。另外，还可以在实例启动的时候查看一下计算节点的 /var/log/nova/nova-compute.log 文件，以找到更多的信息。如果环境繁忙，可以 tail 一下日志文件并用实例 ID 过滤一下日志信息。

检查 /var/log/nova/nova-network.log 文件，如果实例没有正确分配 IP 地址。这可能是 DHCP 相关问题导致不能分配地址。

如果使用 nova network，检查一下 /var/log/nova/nova-network.log 文件，如果使用 Neutron，检查一下 /var/log/quantum/*.log 日志文件，寻找实例没有分配到 IP 地址的原因。有可能是 DHCP 无法分配地址或者 IP 配额已满。

401、403、500 等错误代码

主要的 OpenStack 服务都是 Web 服务，这意味着服务响应都有明确的定义。

❑ **40X**：指一个服务已经起来但用户产生的响应事件出错。例如，401 是身份认证失败，需要检查访问该服务所用证书。

❑ **50X**：错误意味着一个链接服务不可达，或者产生一个错误导致服务中断响应失败。通常这类问题都是服务没有正常启动，所以请检查服务运行状况。

如果所有的尝试都没能解决问题，那么可以求助与社区，通过使用邮件列表或 IRC，那里有许多热心肠的朋友会无私地提供帮助。要获得更多信息请参加 12.10 节。

在所有主机上查看所有实例

从 OpenStack 控制节点，可执行以下命令获取环境中运行的实例列表：

```
sudo nova-manage vm list
```

要查看所有租户的所有实例，以 admin 角色的用户身份执行以下命令：

```
nova list--all-tenants
```

这对于判断任何一个失败的实例和它运行在哪个主机上非常有帮助。然后可以继续跟进。

工作原理

OpenStack 计算问题的故障排除可能会非常复杂，但正确的解决方法可以帮助排除一些通用的故障。不幸的是，如同其他计算机系统故障排除一样，没有一个单一的指令可以识别可能遇到的所有的问题，但是 OpenStack 还是提供了一些工具帮助你识别问题。对于网络和服务器管理的知识对于 OpenStack 这样的分布式云计算环境的排错将会有所帮助。

不止一处地方可以找到问题原因，遵循一些规律和方法有助于解决一些看似头疼的问题。

12.5 OpenStack 对象存储服务故障排除

OpenStack 对象存储服务（Swift）是为高可靠存储系统构建的，但是仍然有可能出现不可预知的问题，无论是身份认证问题还是硬件故障。

操作步骤

遇到问题时可参考并执行以下步骤。

身份认证问题

在 Swift 中身份认证问题经常出现，主要是用户或系统配置时证书出错。一个支持 OpenStack 身份认证服务（Keystone）的 Swift 系统需要手动设置身份认证步骤，同时查看日志。检查 Keystone 日志可供用户判断 Swift 身份认证问题。

当出现身份认证问题时，用户可以看到以下信息：

```
Auth GET failed: http://172.16.0.1:5000/v2.0/tokens 401 Not Authorized
```

如果 Swift 工作正常，但 Keystone 有问题，则跳到 12.7 节。

当容器使用 ACL 时，会给 Swift 带来复杂的身份认证问题。例如，一个用户可能没有被分配到合适的组中，不允许在该容器中执行该功能。为了查看一个容器的 ACL，可以通过在安装 Swfit 工具的客户端执行以下命令：

```
swift -V 2.0 -A http://keystone_server:5000/v2.0 -U tenant:user -K
password stat container
```

Read ACL:和 **Write ACL:**信息里会提示允许哪些角色执行哪类操作。

要查看一个用户的角色，可以在 Keystone 服务器上运行以下命令：

```
Administrator Credentials
export OS_USERNAME=admin
export OS_PASSWORD=openstack
export OS_AUTH_ URL=http://172.16.0.1:5000/v2.0
export OS_TENANT_NAME=cookbook
#Get User ID
keystone user-list
#Get Tenant ID
keystone tenant-list
#Use the user-id and tenant-id to get the roles for
#that user in that tenant
keystone -I admin -K openstack -N http://172.16.0.1:5000/v2.0/ -T
cookbook role-list --user user-id --tenant tenant-id
```

然后，可以比对分配给容器的 ACL 角色是否正确。

处理磁盘故障

当 OpenStack 对象存储环境中的磁盘出故障时，首先确认磁盘已经被卸载，这样 Swift 才不会继续试图写入数据。替换掉磁盘并重新调整 ring。这部分在第 6.8 节有详细介绍。

处理服务器故障并重启系统

OpenStack 对象存储服务非常可靠。如果一个服务器几个小时不工作，Swift 仍够照常工作，并从 ring 中跳过该服务器。如果时间持续更久，服务器需要从 ring 中移除。为此，可以参考 6.7 节。

工作原理

OpenStack 对象存储服务（即 Swift），是一个健壮的对象存储系统，能够处理系统中绝大多数的故障问题。排除 Swift 故障包括运行客户端测试，查看日志，以及在故障事件中识别最佳操作。

12.6　OpenStack Dashboard 故障排除

OpenStack Dashboard（即 Horizon）为用户提供了一个使用 OpenStack 环境的 Web 界面，所以确保它的正常运行是很关键的。有些情况下，Horizon 可能会出问题。

操作步骤

当 Horizon 初问题的时候，可以检查以下内容。

无法登录到 OpenStack Dashboard

如果无法登录 Horizon，则检查一下用户名或密码是否正确。登录到一个有 `python-keystone` 客户端的节点上，用同样的用户进行身份认证。

```
export OS_TENANT_NAME=cookbook
export OS_USERNAME=admin
export OS_PASSWORD=openstack
export OS_AUTH_URL=http://172.16.0.200:5000/v2.0/

keystone user-list
```

接下来，如果可以登录，但是界面提示 **Something went wrong**，则要检查一下运行 Horizon 的机器可以访问所有 Keystone 的服务。登录到 horizon 服务器上，执行（如果没有安装 `python-keystone` 客户端，先安装）：

```
sudo apt-get install -y python-keystoneclient

export OS_TENANT_NAME=cookbook
export OS_USERNAME=admin
export OS_PASSWORD=openstack
export OS_AUTH_URL=http://172.16.0.200:5000/v2.0/

for i in 'keystone endpoint-list | grep http | awk {'print
    $6'} | cut -d / -f 3,3 | cut -d : -f 1'; do ping -c 1 $i; done
```

结果如图 12-20 所示。

```
PING 172.16.0.200 (172.16.0.200) 56(84) bytes of data.
64 bytes from 172.16.0.200: icmp_req=1 ttl=64 time=0.037 ms
--- 172.16.0.200 ping statistics ---
1 packets transmitted, 1 received, 0% packet loss, time 0ms
rtt min/avg/max/mdev = 0.037/0.037/0.037/0.000 ms
PING 172.16.0.200 (172.16.0.200) 56(84) bytes of data.
64 bytes from 172.16.0.200: icmp_req=1 ttl=64 time=0.032 ms
```

图 12-20

还可以编辑 Horizon 的配置文件，打开更详细的日志输出来定位错误。修改 /etc/openstack-dashboard/local_settings.py 中的 LOGGIN 部分。

```python
LOGGING = {
 'version': 1,
 # When set to True this will disable all logging except
 # for loggers specified in this configuration dictionary. Note
 # that if nothing is specified here and disable_existing_loggers
 # is True, django.db.backends will still log unless it is
 # disabled explicitly.
 'disable_existing_loggers': False,
 'handlers': {
   'null': {
       'level': 'DEBUG',
       'class': 'django.utils.log.NullHandler',
   },
 'console': {
   # Set the level to "DEBUG" for verbose output logging.
       'level': 'INFO',
       'class': 'logging.StreamHandler',
   },
 },
 'loggers': {
   # Logging from django.db.backends is VERY verbose, send to null
   # by default.
   'django.db.backends': {
       'handlers': ['null'],
   'propagate': False,
   },
   'requests': {
       'handlers': ['null'],
       'propagate': False,
   },

   'horizon': {
       'handlers': ['console'],
       'propagate': False,
   },
   'openstack_dashboard': {
       'handlers': ['console'],
       'propagate': False,
   },
   'novaclient': {
       'handlers': ['console'],
       'propagate': False,
   },
   'keystoneclient': {
       'handlers': ['console'],
       'propagate': False,
   },
   'glanceclient': {
       'handlers': ['console'],
       'propagate': False,
   },
```

```
    'nose.plugins.manager': {
        'handlers': ['console'],
        'propagate': False,
    }
  }
}
```

工作原理

由于 Horizon 依赖 OpenStack 环境的正常运行，因此在大多数情况下，如果其他服务修复好了后 Horizon 就会恢复正常。尽管如此，本节讲述的方法有助于定位出错的服务，帮助用户重新上线。

12.7　OpenStack 身份认证故障排除

OpenStack 身份认证服务（Keystone）是一个复杂的服务，它负责整个系统的身份认证和授权功能。通常的问题包括端点配置错误，参数错误以及一般的用户身份认证问题，如重设密码或者提供更详细的信息给用户。

准备工作

因为 Keystone 故障排除需要管理员权限，所以首先配置环境以便方便执行 Keystone 相关命令。

```
# Administrator Credentials
export OS_USERNAME=admin
export OS_PASSWORD=openstack
export OS_AUTH_URL=http://172.16.0.1:5000/v2.0
export OS_TENANT_NAME=cookbook
```

操作步骤

遇到问题时，可参考并执行以下步骤。

错误配置端点

Keystone 是一个中心服务，直接对用户进行授权访问提供相关服务，因此必须保证能够把用户指向到正确的地方。症状包括，在各种日志中出现 HTTP 500 错误信息，表示试图访问的服务不存在，导致客户端链接超时。为验证在每个区域（region）中的端点，执行以下命令：

```
keystone endpoint-list
```

通过以下命令我们进一步可以判断服务类型。例如，显示所有区域中的计算服务的 adminURL。

```
keystone endpoint-get --service compute --endpoint_type adminURL
```

另一种使用该格式列出端点的方式是列出 catalog，它能输出更加人性化的细节信息。

```
keystone catalog
```

这个命令提供了更加方便的方式来查看端点配置。

身份认证问题

一直以来，使用者都会遇到各种 Keystone 身份认证问题，包括忘记密码或者过期，以及不可预知的身份认证失败问题。定位这些问题可以让服务恢复访问，或者让用户可以继续使用 OpenStack 环境。

首先要查看的是相关日志，包括/var/log/nova、/var/log/glance（如果是镜像相关问题）和/var/log/keystone 下的日志。

账号相关的问题可能包括账户丢失。因此，先使用以下命令查看一下用户。

```
keystone user-list
```

如果该用户的账号存在于用户列表中，再进一步查看一下该用户的详细信息。例如，在得到某个用户的 ID 后，可以使用以下命令：

```
keystone user-get 68ba544e500c40668435aa6201e557e4
```

返回的结果类似图 12-21 所示。

```
+----------+----------------------------------+
| Property |              Value               |
+----------+----------------------------------+
| email    | kevin@example.com                |
| enabled  | True                             |
| id       | 68ba544e500c40668435aa6201e557e4 |
| name     | kevinj                           |
| tenantId | 1a50d87215ba444f8c62b42cb6b9de6f |
+----------+----------------------------------+
```

图 12-21

这有助于了解该用户是否在某个租户中拥有有效的账号。

如果需要重置某个用户的密码，可以使用以下命令将用户密码重置（例如设为openstack）：

```
keystone user-password-update \
    --pass openstack \
    68ba544e500c40668435aa6201e557e4
```

如果用户被停用，可以使用以下命令简单地重新启用该账号：

```
keystone user-update --enabled true 68ba544e500c40668435aa6201e557e4
```

有些时候账号没有问题，但是问题出现在客户端。所以在查找 Keystone 的问题之前，应确保用户账号所处的环境正确。即，以下环境变量（以用户名为 kevinj 为例）。

```
export OS_USERNAME=kevinj
export OS_PASSWORD=openstack
export OS_AUTH_URL=http://172.16.0.200:5000/v2.0
export OS_TENANT_NAME=cookbook
```

工作原理

用户身份认证问题可能是客户端或服务端引起的，在客户端做过基本的排错后，可以接着使用 Keystone 命令查看一下为什么某个用户出错了。Keystone 命令可以查看和更新用户详情，设置密码，分配给某个租户，以及根据需要启用或停用账号。

12.8 OpenStack 网络故障排除

随着 Neutron 的引入，OpenStack 网络变成了一个复杂的服务，因为它使得用户可以在云环境中定义和创建他们自己的网络。对于 OpenStack 网络管理员来说，常见的问题包括 Neutron 安装过程中的配置错误、路由故障和虚拟交换机插件问题。对于用户来说常见的问题包括对于 Neutron 功能的误解，以及管理员设置的限制。

准备工作

接下来的 Neutron 安装的错误诊断需要有管理员权限，所以首先要确保以 root 身份登录控制节点（controller）、计算节点（compute）和网络节点（network），并配置好环境以便运行各种命令。使用以下命令登录到之前使用 Vagrant 创建的主机上：

```
vagrant ssh controller
vagrant ssh compute
vagrant ssh network
```

在控制节点和网络节点上，以 root 身份运行以下命令：

```
# Administrator Credentials
export OS_USERNAME=admin
export OS_PASSWORD=openstack
export OS_AUTH_URL=http://172.16.0.200:5000/v2.0
export OS_TENANT_NAME=cookbook
```

操作步骤

当出现问题时，执行以下步骤来排错。

Cloud-init 在访问元数据时报告连接被拒绝

在实例的控制台日志中（通过命令 `nova console-log INSTANCE_ID` 查看）会看到图 12-22 所示的两行错误。

```
2013-07-03 21:00:29,162 - DataSourceEc2.py[WARNING]: 'http://169.254.169.254' failed: url error [[Errno 111] Connection refused]
2013-07-03 21:00:35,174 - DataSourceEc2.py[CRITICAL]: giving up on md after 120 seconds
```

图 12-22

错误的原因可能有多种，但是后果都是一样的。即，由于实例无法被注入 SSH 密钥而使得用户无法登录该实例。

检查一下网络节点和计算节点上的物理网卡是否已经配置好供 OVS 使用。同时应确保在安装和配置的过程中运行过以下命令：

ovs-vsctl add-port br-eth1 eth1

其中，`eth1` 是物理网卡，`br-eth1` 是在该网卡上创建的网桥。

检查一下实例是否能够从实例的网关路由到 169.254.169.254 元数据服务器，如果不能则创建一条到该网络的路由规则。在创建子网并制定网关时，该网关的地址应该能够路由到地址 169.254.169.254. 否则，就会看到以上的错误。使用以下选项在创建子网的时候同时创建实例到 169.254.169.254 的路由规则。

```
quantum subnet-create demoNet1 \
    10.1.0.0/24 \
    --name snet1 \
    --no-gateway \
    --host_routes type=dict list=true \
    destination=0.0.0.0/0,nexthop=10.1.0.1 \
    --allocation-pool start=10.1.0.2,end=10.1.0.254
```

使用--no-gateway 选项。Neutron 会将 169.254.169.254 的路由注入到实例中，以出现在实例的路由表中。但为了提供一个默认路由规则，这里还指定 0.0.0.0/0 为目标地址以及路由表的下一条地址，以便实例访问其他位置。

12.9　提交 bug 报告

OpenStack 是一个非常成功的公有云/私有云开源框架。能发展到今天这个程度，都要归功于许多个人和组织的下载和对它的贡献。当一个软件运行在如此多环境和场景中，并且运行在各类硬件上时，不可避免的会遇到 bug。对于一个开源项目，现在能做的最好就是向开发者报告这个错误，这样他们才能修正这个错误或者建议一个解决方法。

OpenStack 项目可以通过 LaunchPad 获取。LaunchPad 是一个开源的工具套件，它可以帮助人们和团队协同开发软件项目。它位于 http://launchpad.net/，所以，第一步就是要创建一个账号。

创建一个 LaunchPad 账号

在 LaunchPad 上创建账号的步骤如下。

1. 在 LaunchPad 上创建账号非常容易。首先导航到 https://login.launchpad.net/+new_account（或者点击首页的 **Login/Register** 链接）。

2. 输入名字、电子邮件地址和密码等详情，如图 12-23 所示。

图 12-23

3. 然后它会发送一条包含链接的电子邮件，点击链接，访问确认页面以完成注册。

4. 接着会被引导到账号页面，不过这里不需要再输入其他账号信息了。

通过 LaunchPad 提交 bug

有了 LaunchPad 的账号后就可以提交 bug 了。通过以下链接可以直接提交相应项目的 bug。

- ❑ **Nova**：https://bugs.launchpad.net/nova/+filebug。

- ❑ **Swift**：https://bugs.launchpad.net/swift/+filebug。

- ❑ **Cinder**：https://bugs.launchpad.net/cinder/+filebug。

- ❑ **Glance**：https://bugs.launchpad.net/glance/+filebug。

- ❑ **Keystone**：https://bugs.launchpad.net/keystone/+filebug。

- ❑ **Dashboard**：https://bugs.launchpad.net/horizon/+filebug。

- ❑ **Neutron**：https://bugs.launchpad.net/neutron/+filebug。

在提供 bug 的摘要时，系统会搜索是否存在类似的 bug。如果存在，点击 bug 并点击链接 **This bug affects X people. Does this bug affect you?**。如果有多人都报告受到该 bug 影响，该 bug 的状态会变为 **confirmed**，以帮助 bug 鉴别团队。确保提供了更多的相关信息，来帮助开发团队了解存在的问题。

如果还没有类似的 bug，则会出现一个表单，包含一行摘要和一个用于输入必要信息的多行文本框。

在提交 bug 时，应尽量遵循以下规则。

- ❑ 提供操作系统的平台、架构和软件包的版本。

- ❑ 提供重现 bug 的详细步骤。

- ❑ 输入预期出现的结果。

- ❑ 输入实际出现的结果。

- ❑ 描述要准确——开发人员喜欢准确的描述。

使用命令行帮助报告 bug

使用以下命令列表可以完成报告 bug 中的信息。

- ❑ 操作系统版本：`lsb_release -r`。

- ❑ 系统架构：`uname -i`。

- ❑ 软件包版本：

```
dpkg -l | grep name_of_package
dpkg -s name_of_package | grep Version
```

粘贴日志

在 bug 报告中有些时候需要提供日志信息。这些信息有可能很冗长，所以，与其直接在文本框中粘贴这些日志，更鼓励使用文本粘贴服务。它提供了一个唯一的 URL 来引用 bug 中的日志信息。该服务位于 http://paste.openstack.org/。

 确保发布的这些数据是干净的。譬如，需要移除其中的 IP、用户名和密码等数据。

bug 提交后，就会在注册 LaunchPad 时使用的邮箱里收到一封电子邮件。之后所有该 bug 的信息更新都会发往这个邮箱地址，以便跟踪 bug 进展直到发布补丁。

工作原理

相对于 OpenStack 的下载人数和使用人数来说，OpenStack 的开发人员数量是相对较小的群体。这意味着开发者不可能有效测试甚至遇见所有的这些使用场景。结果就是经常会报告有 bug。所以报告这些 bug 非常重要，这也是为什么开源软件的开发方式如此成功地塑造了经过反复认证的可靠软件。

OpenStack 在 LanchPad 上进行开发工作，所有 bug 跟踪和汇报也使用了它的服务。它为全球的开发社区提供了一个集中式工具，也让最终用户可以与社区交互并提交 bug。

提交 bug 对于开源项目至关重要。这使用户可以定义项目的远景并成为整个项目生态系统的一部分。

很重要的一点是，在提交 bug 时，应向开发人员提供尽可能多的信息。描述时尽量准确，并确保可以很容易地根据所提供的步骤重现 bug。同时，也阐述一下重现 bug 所需的工作环境信息。因为如果 bug 无法重新，它就不会被修复。

延伸阅读

有关 OpenStack 社区的更多信息，请访问 http://www.openstack.org/community/。

12.10　从社区获得帮助

如果没有不断增长的商业社区、赞助者和个人用户，就不会有现在的 OpenStack。和许多大型开源项目一样，OpenStack 社区的帮助和支持是非常好的，即 24 小时都可以得到关注和帮助，这比有些付费的支持做得还好。

操作步骤

接下来的几节将介绍几种从这个优秀的 OpenStack 社区申请支持的途径。

IRC 支持

Internet Relay Chat（在线延迟聊天）从互联网伊始就是主流，开发者和用户之间的协作在 Freenode IRC network 上均能找到。

OpenStack 有一个叫#openstack 的频道（或者叫房间）。

访问 IRC 的方式有两种，即通过网页界面或使用 IRC 客户端。

❑ 使用网页界面访问 IRC。

    ❑ 要使用网络浏览器访问#openstack 频道，先打开 http://webchat.freenode.net/。

    ❑ 在频道名中输入#openstack。

    ❑ 为自己选择一个用户名。

    ❑ 输入 CAPTCHA 验证码后进入#openstack 频道。

❑ 使用 IRC 客户端访问 IRC。

    ❑ 下载一个适合自己的操作系统的 IRC 客户端（如 Xchat）。

    ❑ 打开客户端，输入用户名（如果注册了该用户名还需输入一个密码），然后连接到 Freenode 网络（irc.freenode.net）。

    ❑ 连接完成后，输入以下命令加入#openstack 频道：

        `/j #openstack`

    ❑ 然后就进入#openstack 频道了。

邮件列表

如果不需要即时回复，或者需要将问题提交给比 IRC 相对更多的会员，则可以注册并加入一个邮件列表来提问和回复。

访问 https://launchpad.net/openstack 来注册到邮件列表中，这里会看到一个注册邮件列表的选项。

 需要创建一个 LaunchPad 的 ID 并成为 OpenStack 项目的会员（具体步骤可参见 12.9 节）。

粘贴日志

在请求帮助时，通常需要复制出用户自己的系统环境中的一些日志文件同社区分享。可以通过 http://paste.openstack.org/提供的网络服务来更好的完成这个步骤，通过它粘贴的日志信息可以作为一个链接放到 IRC 聊天或电子邮件里以便访问。

当创建一个新的粘贴时，会获得一个唯一的 URL，通过它可以引用到用户粘贴的信息。

 请确认发布的任何数据是干净的。例如，需要移除其中的 IP、用户名和密码等数据。

工作原理

OpenStack 社区造就了目前的 OpenStack。这个社区包含所有的开发人员、用户、测试人员、公司和个体，他们都希望 OpenStack 能够成功。在很多地方都可以找到社区的支持，包括 IRC 和邮件列表。

我们鼓励用户在 IRC 和邮件列表中提交和回复各种请求，因为有可能很多用户都在期待同一个问题得到解决。同样，很多开发人员和项目成员也想了解引起问题的原因，这样他们才能帮忙解决问题。

延伸阅读

更多关于 OpenStack 社区的信息，请访问 http://www.openstack.org/community/。

第13章

监控

本章将讲述以下内容：

- ❑ 使用 Nagios 监控 OpenStack 服务
- ❑ 使用 Munin 监控计算服务
- ❑ 使用 Munin 和 Collectd 监控实例
- ❑ 使用 StatsD/Graphite 监控存储服务
- ❑ 使用 Hyperic 监控 MySQL

13.1　简介

有许多方式可以监控系统和它们的服务，但基本原理都是相同的。充分的监测和报警服务是唯一能够保证在客户之前发现问题的途径。从 SNMP trap（SNMP 陷阱）到运行在机器上的特定服务的代理，在部署 OpenStack 的生产环境中配置监控是必不可少的。本章主要介绍一些工具，可以用来在 OpenStack 环境中监控相关服务。

在撰写 Grizzly 版本的过程中，经过调研那些可用工具的开发状况千差万别。最终决定在本章讲述 Nagios 并在 openstackcookbook.com 上持续更新其他工具的信息。

13.2 使用 Nagios 监控 OpenStack 服务

Nagios 是一个成熟健壮的开源网络和系统监控程序。它由一个 Nagios 服务器和一些插件（或者检查）来组成。插件既可以本地安装到 Nagios 服务器，也可以与 **NRPE**（Nagios Remote Plugin Execution，远程插件执行）插件一起安装。NRPE 插件可以使用类似代理的方式在远程系统上做检查。

准备工作

在一台可以访问到 OpenStack 计算环境的服务器上配置 Nagios，IP 地址为 172.16.0.212。确保服务器有足够的内存、磁盘空间和 CPU 处理能力来运行这个环境。在一个最小的测试环境中，可以把它运行在一台带有 1vCPu、1.5 GB 内存和 8 GB 磁盘的虚拟机中。

操作步骤

执行以下步骤，为 OpenStack 搭建 Nagios。

1. 安装 Nagios 服务器。

2. 在节点上配置 NRPE 插件。

3. 为 Nagios 配置 OpenStack 的检查。

Nagios 服务器

Nagios 服务器提供了一个网页界面和许多服务监控器。在开始使用 Nagios 做监控之前，先按以下步骤进行安装。

1. 在服务器上安装好 Ubuntu 12.04 64 位版本，并确保它可以访问到 OpenStack 环境。

2. 从 Ubuntu 资源库中安装 Nagios：

```
sudo apt-get update
sudo apt-get -y install nagios3 nagios-nrpe-plugin
```

3. 安装过程是交互式的，其中会提示用户输入各种配置。如果环境中没有配置其他邮件服务，可在 **Postfix Configuration** 中选择 **Local only** 作为邮件发送方式。这样，所有的警告邮件都会发送给 root 用户的本地邮箱，如图 13-1 所示。

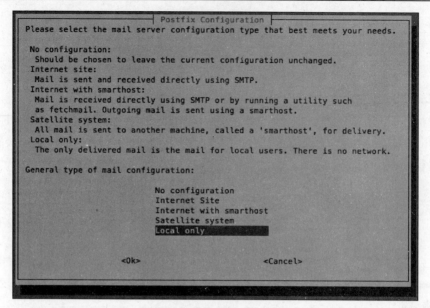

图 13-1

 如果采用自动化无交互的方式安装 Nagios，可以使用 `sudo apt-get -f install` 来配置 Postfix。

4. 接下来，系统会询问本地邮件发送到的主机和域。输入运行 Nagios 的**完整机器名称（FQDN）**，如图 13-2 所示。

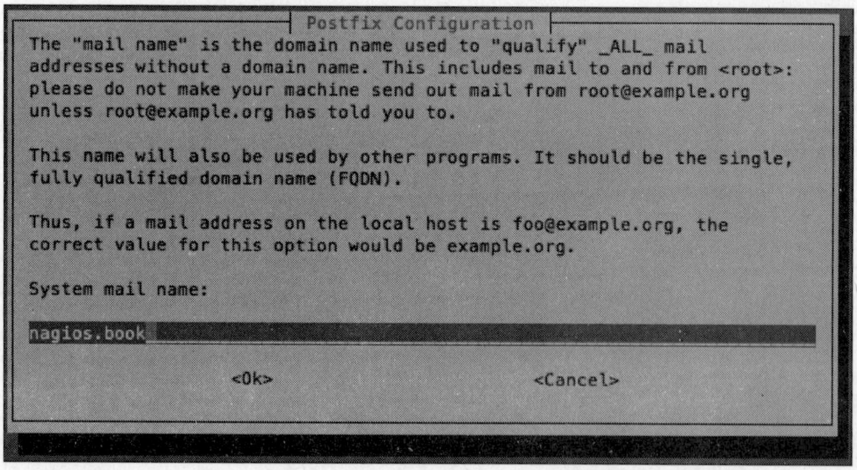

图 13-2

5. 接下来，系统会要求输入并确认用户 **nagiosadmin** 的密码，使用该账号可以登录到 Nagios 的网页界面，如图 13-3 所示。

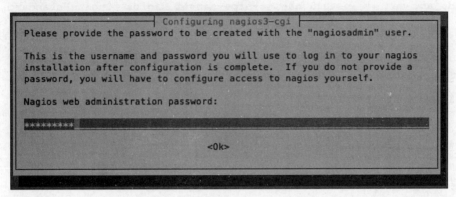

图 13-3

6. 至此，最基本的 Nagios 已经安装好了。它已经可以搜集安装了 Nagios 的机器的信息。打开浏览器并访问 http://nagios.book/nagios3，就可以查看这些信息了，如图 13-4 所示。

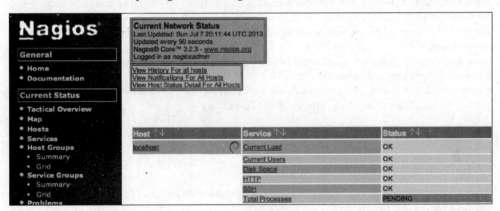

图 13-4

7. Nagios 服务器的配置均在 `/etc/nagios3/conf.d/*.cfg` 配置文件中。这里面每台主机和每个服务都对应一个单独的配置文件。

接一下，继续配置控制节点和计算节点。

在节点上配置 NRPE

Nagios 服务器安装好以后，接着在每台需要监控的节点上配置 Nagios NRPE。

1. 首选需要在 OpenStack 主机上使用如下命令分别安装 `nagios-nrpe-server` 和

nagios-pluginsstandard:

```
sudo apt-get update
sudo apt-get -y install nagios-nrpe-server nagios-plugins-standard
```

2. 安装好以后，需要进行配置才能使 Nagios 服务器有权从这些节点上获得信息。编辑/etc/nagios/npre.cfg 文件加入 allowed_hosts 一行即可。例如，加入以下一行，让 IP 为 172.16.0.212 的 Nagios 服务器可以访问：

```
allowed_hosts=172.16.0.212
```

3. 此外，还需要在这个/etc/nagios/nrpe.cfg 文件中指定需要运行的检查项。在每台需要监控的机器上的 npre.cfg 文件中放入检查列表。

在控制服务器上

将下列内容添加到/etc/nagios/nrpe.cfg 中：

```
command[check_keystone_api]=/usr/lib/nagios/plugins/check_http localhost
-p 5000 -R application/vnd.openstack.identity
command[check_keystone_procs]=/usr/lib/nagios/plugins/check_procs -C
keystone-all -u keystone -c 1:1
command[check_glance_api_procs]=/usr/lib/nagios/plugins/check_procs -C
glance-api -u glance -c 1:4
command[check_glance_registry]=/usr/lib/nagios/plugins/check_procs -C
glance-registry -u glance -c 1:2
command[check_nova_api]=/usr/lib/nagios/plugins/check_http localhost -p
5000 -R application/vnd.openstack.identity
```

在计算服务器上

将下列内容添加到/etc/nagios/nrpe.cfg 中：

```
command[check_nova_metadata]=/usr/lib/nagios/plugins/check_procs -C novaapi-
metadata -u nova -c 1:4
command[check_nova_compute]=/usr/lib/nagios/plugins/check_procs -C novacompute
-u nova -c 1:4
```

针对 Swift

要检查 Swift，需要在 swfit 服务器的/usr/lib/nagios/plugins 的目录下放一个 check_swift 插件。截至本书写作的时候，该插件可以从 http://exchange.nagios.org/directory/Plugins/Clustering-and-High-2DAvailability/check_swift/details 下载到。

在 swift 服务器的/etc/nagios/nrpe/nrpe.cfg 文件中进行如下设置：

```
command[check_swift_api]=/usr/lib/nagios/plugins/check_swift check_
swift -A http://172.16.0.200:5000/v2.0/ -U swift -K swift -V 2 -c nagios
```

其他 OpenStack 服务

除了上面提到的服务，还可以在各个节点上通过类似的 check_procs 命令和 NRPE 服务来进行额外的 OpenStack 相关服务的检查。此外，尽管本书没有提及，还有一套健壮的 Chef 安装脚本可以在扩展 OpenStack 的时候顺便将监控也集成进来。

在每个节点的 nrpe.cfg 文件中添加了以上几行后，重启 nagiosnpre-server 服务使修改生效：

```
service nagios-nrpe-server restart
```

配置 Nagios 来监控 OpenStack 节点

在每台 OpenStack 节点上配置好 NRPE 检查后，需要告诉 Nagios 服务器使用 NRPE 插件检查哪些机器。所以，在 Nagios 服务器上为每个节点在 /etc/nagios3/conf.d/ 目录下创建一个文件。例如，下面是一个控制节点的配置文件（/etc/nagios3/conf.d/cookbookcontroller.cfg）的例子。

```
define host{
   use            generic-host
   host_name      controller
   alias          controller
   address        172.16.0.200
}

define service{
   host_name controller
   check_command check_nrpe_1arg!check_keystone_api
   use generic-service
   notification_period 24x7
   service_description cookbook-keystone
}

define service {
   host_name controller
   check_command check_nrpe_1arg!check_keystone_procs
   use generic-service
   notification_period 24x7
   service_description cookbook-keystone_procs
}

define service {
   host_name controller
   check_command check_nrpe_1arg!check_glance_api_procs
   use generic-service
   notification_period 24x7
   service_description cookbook-glance_api_procs
}
```

```
define service {
   host_name controller
   check_command check_nrpe_1arg!check_glance_registry
   use generic-service
   notification_period 24x7
   service_description cookbook-glance_registry
}

define service {
   host_name controller
   check_command check_nrpe_1arg!check_nova_api
   use generic-service
   notification_period 24x7
   service_description cookbook-nova_api
}
```

下面是一个计算节点的配置文件（/etc/nagios3/conf.d/cookbookcompute.cfg）的例子。

```
define host{
   use              generic-host
   host_name        compute
   alias            compute
   address          172.16.0.201
}

define service {
   host_name compute
   check_command check_nrpe_1arg!check_nova_compute
   use generic-service
   notification_period 24x7
   service_description cookbook-nova_compute
}

define service {
   host_name compute
   check_command check_nrpe_1arg!check_nova_metadata
   use generic-service
   notification_period 24x7
   service_description cookbook-nova-metadata
}
```

如果要检查其他 OpenStack 服务，也需要做类似的配置。

工作原理

Nagios 是一个优秀的开源在线资源监控工具。它能帮助分析资源消耗趋势并定位 OpenStack 环境的问题。它配置简单明了，默认自带了许多检查选项。只要添加一些额外的配置和插件，就可以用它监控 OpenStack 环境。

Nagios 安装好以后，还需要进行一些额外的配置来生成图形化的统计信息。

1. 为每个需要监控的节点配置 NRPE 来检查角色相关的问题（nova-compute）。在 /etc/nagios/nrpe/nrpe.cfg 中配置 command 选项。

2. 在 Nagios 服务器上为每台机器分别创建一个配置文件（/etc/nagios3/conf.d/*.cfg），描述怎样以及何时运行这些服务。

3. 最后，重启 Nagios 服务器上的 nrpe-server 服务。

延伸阅读

❑ 更多关于 Nagios 和相关插件的信息可访问 www.nagios.org。

13.3 使用 Munin 监控计算服务

Munin 是一个网络和系统监控程序，可以通过 Web 接口输出监控图像。它由一个主服务器来收集运行在每个主机上的代理的输出数据。

准备工作

先在一台服务器上配置 Munin，使之能够访问 OpenStack 计算节点。要确保该服务器有足够的 RAM、硬盘和 CPU 能力。以一个最小的测试环境为例，至少需要一个配置为 1vCPU、1.5 GB RAM 和 8 GB 硬盘的虚拟机。

操作步骤

为 OpenStack 设置 Munin 需要执行以下步骤。

1. 安装 Munin。

2. 配置 Munin 节点。

3. 配置 Munin 插件。

Munin Master 服务器

Munin Master 节点是一个提供 Web 访问接口的服务器，可以查看所收集的网络中相关节点的信息。所以必须先安装好。

1. 配置一台 64 位的 ubuntu 12.04 服务器，并能够访问 OpenStack 环境。

2. 从 Ubuntu 资源库中安装 Munin：

```
sudo apt-get update
sudo apt-get -y install apache2
```

```
sudo apt-get -y install munin munin-plugins-extra
sudo service apache2 restart
```

3. 默认 Munin 的 Apache 配置文件中只允许从 127.0.0.1 访问。编辑/etc/apache2/conf.d/munin 文件设置以允许从网络访问 Munin。例如，可以添加如下的 Access 行，允许从 192.168.1.0/24 访问。

```
Allow from 192.168.1.
```

4. 重新加载 Apache 服务，更新设置。

```
sudo service apahce2 reload
```

5. 此时，已经安装好了一个能够收集数据的 Munin 服务器。可以通过访问 http://server/munin 来查看数据，如图 13-5 所示。

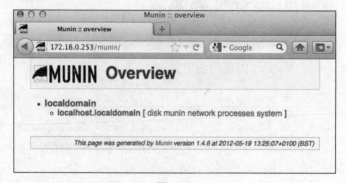

图 13-5

6. 通过配置文件/etc/munin/munin.conf 文件来配置 Munin Master。在这里，告诉 Munin 关于 OpenStack 主机的位置。Munin 会把它们划分到同一域名下。例如，添加两个地址为 172.16.0.1（openstack1）和 172.16.0.2（openstack2）的主机，需要在 munin.conf 文件中添加以下字节：

```
[openstack1.cloud.test]

        address 172.16.0.1
        use_node_name yes

[openstack2.cloud.test]
        address 172.16.0.2
        use_node_name yes
```

现在可以开始配置 openstack1 和 openstack2 节点了。

Munin 节点

把 Munin Master 节点安装好之后，就可以配置 Munin 节点了。在每个 Munin 节点上都有一个名为 munin-node 的代理，master 节点通过这些代理收集信息并显示给用户。

1. 首先，需要在 OpenStack 主机上安装 munin-node。在每个 OpenStack 节点上执行：

```
sudo apt-get update
sudo apt-get -y install munin-node munin-plugins-extra
```

2. 安装好之后，需要通过配置使 Munin Master 节点可以访问它并收集信息。为此，编辑 /etc/munin/munin-node.conf 文件，添加 allow 行。为了使 IP 地址为 172.16.0.253 的 Master 能够访问，需要添加以下条目：

```
allow ^172\.16\.0\.253$
```

3. 添加好之后，可以重启 munin-node 服务，更新设置。

```
sudo restart munin-node
```

监控 OpenStack 计算服务

安装好 Munin Master 节点并设置好 node 节点，就可以安装 OpenStack 服务插件来收集图像化数据。为此，需要从 github 上下载一些插件。

1. 首先，需要确认 OpenStack 节点安装了 git 客户端。

```
sudo apt-get update
sudo apt-get -y install git
```

2. 然后下载 OpenStack 插件（目前还不能从 munin-plugins-extra 包中直接获取）。

```
git clone https://github.com/munin-monitoring/contrib.git
```

3. 该操作会检出代码和插件到 contrib 目录下。将 OpenStack 相关服务插件复制到 Munin 插件目录下。

```
cd contrib/plugins
sudo cp nova/* /usr/share/munin/plugins/
sudo cp keystone/* /usr/share/munin/plugins
sudo cp glance/* /usr/share/munin/plugins
```

4. munin-node 有个实用的小工具，可以自动启用主机上的相关插件。运行以下命令：

```
sudo munin-node-configure --suggest
sudo -i # get root shell
munin-node-configure --shell 2>&1 | egrep -v "^\#" | sh
```

5. Keystone 和 Glance 插件不能自动启动，所以需要通过符号链接手动添加到插件目录。

```
cd /etc/munin/plugins
sudo ln -s /usr/share/munin/plugins/keystone_stats
sudo ln -s /usr/share/munin/plugins/glance_size
```

```
sudo ln -s /usr/share/munin/plugins/glance_status
```

6. 同时还需要在插件目录添加一个额外的配置文件/etc/munin/plugin-conf.d/openstack。

```
[nova_*]
user nova
[keystone_*]
user keystone
[glance_*]
user glance
```

7. 配置好插件之后，重启 munin-node 服务，更新设置。

```
sudo restart munin-node
```

8. 刷新 Mater 服务器后，可以看到 OpenStack 服务的相关选项和图表的链接，如图 13-6 所示。

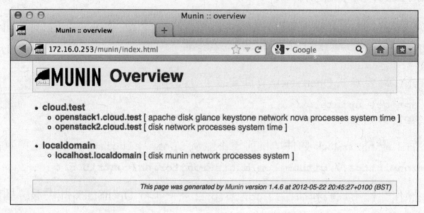

图 13-6

工作原理

　　Munin 是一个非常棒的开源的网络、资源监控工具，可以帮助分析资源趋势以及识别出 OpenStack 环境中的问题。配置非常直观，预设的配置通过 **RRD**（Round Robin Database）文件提供了许多有用的图形化信息。通过添加一些额外的配置选项和插件，可以扩展 Munin 用于监控 OpenStack 环境。

　　安装好 Munin 之后，必须进行一些设置以生成图形化的统计数据。

1. 配置 Master Munin 服务器和希望监控的节点。这是通过/etc/munin/munin.conf 文件下树形结构的 domain/host 地址区间来实现的。

2. 为每个节点配置 `munin-node` 服务。每个 `munin-node` 服务有各自的配置文件，需要在里面显式设置 Munin 服务器需要采集的图形数据。同时还要在 /etc/munin/munin.conf 文件中的 `allow` 行中授权该 IP 地址的 Mater 服务器访问。

3. 为希望监控的服务配置相关的插件。通过安装相关的 OpenStack 插件，可以监控 Compute、KeyStone 和 Glance 服务，获取统计信息，如运行实例数、分配的浮动 IP 数及分配和使用信息等，如图 13-7 所示。

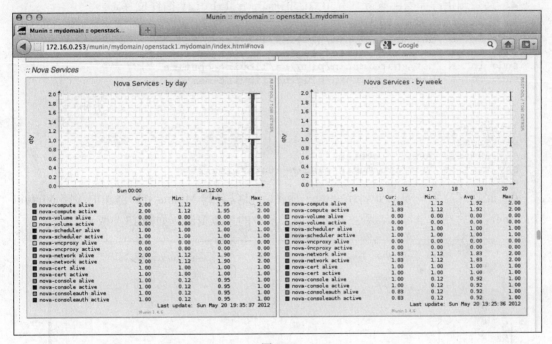

图 13-7

13.4 使用 Munin 和 Collectd 监控实例

云解决方案中的底层基础设施的健康固然重要，但理解计算实例提供的指标同样重要。为此，可以使用一个名为 Collectd 的监控工具获取相关指标，利用 Munin 来获取运行实例的概况。

准备工作

执行以下步骤设置 Munin 和 Collectd。

Munin

通过配置 Munin，不仅能够查看主机 CPU，内存和硬盘空间，而且可以通过调用 `libvirt` 插件查询计算节点上运行的实例里的数据。

1. Ubuntu 资源库中提供了 `libvirt munin` 插件，可以很轻松地安装。

```
sudo apt-get update
sudo apt-get -y install munin-libvirt-plugins
```

2. 安装完毕，需要配置好计算节点上的 `munin libvirt` 插件位置。

```
cd /etc/munin/plugins
sudo ln -s /usr/share/munin/plugins/libvirt-blkstat
sudo ln -s /usr/share/munin/plugins/libvirt-ifstat
sudo ln -s /usr/share/munin/plugins/libvirt-cputime
sudo ln -s /usr/share/munin/plugins/libvirt-mem
```

3. 插件就绪之后，需要配置 `/etc/munin/plugin-conf.d/libvirt` 文件。

```
[libvirt*]
user root
env.address qemu:///system
env.tmpfile /var/lib/munin/plugin-state/libvirt
```

4. 配置完成后，重启 `munin-node` 服务，可以看到 Munin 中新添加的策略 **Virtual Machine**，然后在这里可以查看主机上使用了多少的系统资源，如图 13-8 所示。

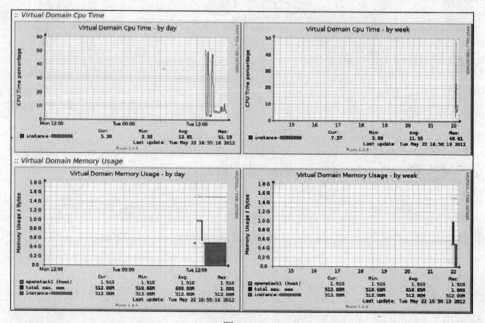

图 13-8

collectd

collectd 设置分为三部分。collectd 服务器通过 UDP 监听客户端发送回来的数据，客户端收集服务将数据发送给 collectd 服务器。最终，通过 Collectd 的 Web 接口 collectd-web 显示 collectd 发送的图形化信息。

collectd 服务器

1. 首先，从 Ubuntu 资源库中安装 collectd 和它依赖的 Perl 资源。

```
sudo apt-get update
sudo apt-get -y install collectd libjson-perl
```

2. 安装完成之后，配置服务监听选定的端口。collectd 的配置文件位于/etc/collectd/collectd.conf。下面配置了对 UDP 端口 12345 的监听。

```
Hostname "servername"
Interval 10
ReadThreads 5

LoadPlugin network
<Plugin network>
Listen "*" "12345"
</Plugin>

    LoadPlugin cpu
    LoadPlugin df
    LoadPlugin disk
    LoadPlugin load
    LoadPlugin memory
    LoadPlugin processes
    LoadPlugin swap
    LoadPlugin syslog
    LoadPlugin users
    LoadPlugin interface
    <Plugin interface>
       Interface "eth0"
    </Plugin>
    LoadPlugin tcpconns

    LoadPlugin rrdtool
    <Plugin "rrdtool">
      CacheFlush 120
      WritesPerSecond 50
    </Plugin>

    Include "/etc/collectd/filters.conf"
    Include "/etc/collectd/thresholds.conf"
```

3. 重启服务更新配置。

```
sudo service collectd restart
```

collectd 客户端

1. collectd 客户端和服务器都是使用同一个包，所以客户端安装方式相同。

```
sudo apt-get update
sudo apt-get -y install collectd libjson-perl
```

2. 修改同样的配置文件，编辑 `/etc/collectd/collectd.conf` 为如下内容：

```
FQDNLookup true
Interval 10
ReadThreads 5
LoadPlugin network
<Plugin network>
Server "172.16.0.253" "12345"
</Plugin>
LoadPlugin cpu
LoadPlugin df
LoadPlugin disk
LoadPlugin load
LoadPlugin memory
LoadPlugin processes
LoadPlugin swap
LoadPlugin syslog
LoadPlugin users
LoadPlugin interface
<Plugin interface>
  Interface "eth0"
</Plugin>
```

3. 重启 collectd 服务更新配置。

```
sudo service collectd restart
```

collectd-web

1. 至此，数据正发送给 collectd 服务器（地址为 172.16.0.253）。为了看到这些数据，需要安装另一个包来解析 RRD 文件，并提供在一个易于使用的 Web 界面显示。首先，通过以下链接下载 `collectd-web` 包：http://collectdweb.appspot.com/download/。

2. 然后解压：

```
tar zxvf collectd-web_0.4.0.tar.gz
```

3. 复制到 Web 服务器 `DocumentRoot` 目录。

```
sudo cp -a ./collectd-web /var/www
```

4. 创建或修改 `/etc/collectd/collection.conf` 文件，添加以下内容：

```
datadir: "/var/lib/collectd/"
```

```
libdir: "/usr/lib/collectd/"
```

5. 运行单机（standalone）服务器，监听本地请求。

```
cd /var/www/collectd-web
sudo nohup python runserver.py &
```

6. 然后编辑 `vhost` 文件，设置 Apache 服务器 `DocumentRoot`（Ubuntu 系统上是在 `/etc/apahce2/sites-enabled/000-default`）来 `.htassess` 文件可以通过 `AllowOverride all` 来理解所有的配置。

```
<Directory /var/www/>
  Options Indexes FollowSymLinks MultiViews
  AllowOverride all
  Order allow,deny
  allow from all
</Directory>
```

7. 重启 Apache，更新配置。

```
sudo service apache2 reload
```

8. 现在可以通过浏览器查看 collectd 数据：

```
http://172.16.0.253/collectd-web
```

工作原理

Munin 针对不同的监控活动提供相应的插件，包括 `libvirt`。因为 `libvirt` 用来管理计算节点上运行的实例，可以把它管理的各种信息提供给 Munin，从而更好地理解 OpenStack 计算节点和实例上所发生的一切。

Collectd 是通过一种标准的方式从服务器和实例上收集资源信息。它是基于 C/S 架构，使用同样的安装包在监控主机和客户机上安装。不同之处在于配置文件 `/etc/collectd/collectd.conf`。对于服务器，需要指定监听的端口，配置文件如下所示：

```
<Plugin network>
  Listen "*" "12345"
</Plugin>
```

对于客户端来说，需要指定数据发送的地址，配置文件如下所示：

```
<Plugin network>
  Server "172.16.0.253" "12345"
</Plugin>
```

为了方便的把两者发送给 collectd，还安装了 `collectd-web` 接口，它有一个独立的服务可以与 Apache 配合使用。

13.5 使用 StatsD/Graphite 监控存储服务

在监控 OpenStack 存储服务（即 Swift）时，可以从存储集群中搜集关键指标，来确定其健康度。为此，需要使用一个中间件 `swift-informat` 和工具 StatsD、Graphite 一起生成接近实时状态的集群信息。

将在一台服务器上配置 StatsD 和 Graphite，该服务器应该能够访问 OpenStack 存储代理服务器。确保该服务器有足够的 RAM、硬盘和 CPU 能力以满足运行环境的要求。

安装 StatsD 和 Graphite 需要执行以下步骤。

Prerequisites

为此，配置一台新的 Ubuntu 12.04 服务器。Ubuntu 安装完毕后，预装一些组件。

```
apt-get -y install git python-pip gcc python2.7-dev apache2
    libapache2-mod-python python-cairo python-django
    libapache2-mod-wsgi python-django-tagging
```

Graphite

1. Graphite 可以通过 Python 软件包管理器 `pip` 来安装。

```
sudo pip install carbon
sudo pip install whisper
sudo pip install graphite-web
```

2. 安装完成之后，对安装进行配置。配置文件的例子可以在 /opt/graphite/conf 中看到。重命名这些样例文件。

```
cd /opt/graphite/conf
sudo mv carbon.conf.example carbon.conf
sudo mv storage-schemas.conf.example storage-schemas.conf
```

3. 为 Apache 服务器创建 vhost 文件以加载 Graphite 前端页面。创建 /etc/apache2/sites-available/graphite，内容如下：

```
<VirtualHost *:80>
  ServerName 172.16.0.253
  DocumentRoot "/opt/graphite/webapp"
  ErrorLog /opt/graphite/storage/log/webapp/error.log
  CustomLog /opt/graphite/storage/log/webapp/access.log
```

```
common

# I've found that an equal number of processes & threads tends
# to show the best performance for Graphite (ymmv).
WSGIDaemonProcess graphite processes=5 threads=5 display-name='%{GROUP}'
    inactivity-timeout=120
WSGIProcessGroup graphite
WSGIApplicationGroup %{GLOBAL}
WSGIImportScript /opt/graphite/conf/graphite.wsgi
    process-group=graphite application-group=%{GLOBAL}

WSGIScriptAlias / /opt/graphite/conf/graphite.wsgi

Alias /content/ /opt/graphite/webapp/content/
<Location "/content/">
  SetHandler None
</Location>

Alias /media/ "/usr/lib/python2.7/dist-packages
    /django/contrib/admin/ media/"
<Location "/media/">
  SetHandler None
</Location>

# The graphite.wsgi file has to be accessible by apache.
# It won't be visible to clients # because of the DocumentRoot though.
<Directory /opt/graphite/conf/>
  Order deny,allow
  Allow from all
</Directory>
</VirtualHost>
```

4. 通过 a2ensite 工具启动 graphite 站点。

sudo a2ensite graphite

5. 为 Graphite 配置 WSGI。

sudo mv graphite.wsgi.example graphite.wsgi

6. 修改权限以运行 Apache Web 服务器。

sudo chown -R www-data:www-data /opt/graphite/storage/log/
sudo touch /opt/graphite/storage/index
sudo chown www-data:www-data /opt/graphite/storage/index

7. 重启 Apache，使更新生效。

sudo service apache2 restart

8. Graphite 服务后端运行在 SQLite 数据库上，所以需要初始化它。

```
cd /opt/graphite/webapp/graphite
sudo python manage.py syncdb
```

9. 该过程会询问一些相关信息，如下：

```
You just installed Django's auth system, which means you
  don't have any superusers defined.
Would you like to create one now? (yes/no): yes
Username (Leave blank to use 'root'):
E-mail address: user@somedomain.com
Password:
Password (again):
Superuser created successfully.
Installing custom SQL ...
Installing indexes ...
No fixtures found.
```

10. 确保 Apache 能够写入。

```
sudo chown -R www-data:www-data /opt/graphite/storage
```

11. 最后，重启服务。

```
cd /opt/graphite
sudo bin/carbon-cache.py start
```

StatsD

1. StatsD 使用 node.js 运行，所以必须使用 Ubuntu 资源库中的软件包安装 node.js。

```
sudo apt-get update
sudo apt-get -y install nodejs
```

2. 然后从 Git 签出 StatsD 代码：

```
git clone https://github.com/etsy/statsd.git
```

3. 修改 example 配置文件来完成 Statsd 的配置：

```
cd statsd
cp exampleConfig.js Config.js
```

4. 修改 Config.js 文件，将 graphiteHost: 参数改为 localhost，像正在同一主机上运行 Graphite：

```
{
  graphitePort: 2003
  , graphiteHost: "localhost"
  , port: 8125
}
```

5. 要启动该服务，需要执行以下命令：

```
nohup node stats.js Config.js &
```

swift-informant

至此，我们可以开始来配置 OpenStack Swift 代理服务器了。通过配置/etc/swift/proxy-server.conf 将中间件 swiftinformant 加入管道中。

1. 首先，使用如下命令下载并安装该中间件：

```
git clone https://github.com/pandemicsyn/swiftinformant. git
cd swift-informant
sudo python setup.py install
```

2. 安装完成后，修改/etc/swift/proxy-server.conf 的管道，指定一个名为 informant 的过滤器：

```
[pipeline:main]
pipeline = informant healthcheck cache swift3 s3token
tokenauth keystone proxy-server
```

3. 接着添加过滤器 informant 的内容，在其中 statsd_host 一段指定 StatsD 服务器的地址。如下：

```
[filter:informant]
use = egg:informant#informant
statsd_host = 172.16.0.9
# statsd_port = 8125
# standard statsd sample rate 0.0 <= 1
# statsd_sample_rate = 0.5
# list of allowed methods, all others will generate a "BAD_METHOD" event
# valid_http_methods = GET,HEAD,POST,PUT,DELETE,COPY
# send multiple statsd events per packet as supported by statsdpy
# combined_events = no
# prepends name to metric collection output for easier
   recognition, e.g. company.swift.
# metric_name_prepend =
```

4. 修改完成后，重启 OpenStack 代理服务即可：sudo swift-init proxy-server restart

5. 打开浏览器，访问安装好的 Graphite 页面，即可看到实时图形更新。

工作原理

通过在 OpenStack 的存储代理服务器的管道中添加一个中间件 swift-informant，加上工具 StatsD 和 Graphite，可以掌握 OpenStack 存储集群正在做什么。StatsD 是一个 node.js 的服务，监听 UDP 分组发送给它的统计。Graphite 采用该数据，提供一个正在运行的服务的实时图形视图。

安装和配置分为几个阶段。首先安装配置一个服务器用来配置 StatsD 和 Graphite。Graphite 可以通过 Pyhont 包标准安装方式（pip 工具）安装，为此要安装三部分软件：carbon（收集器）、whisper（固定大小的 RRD 服务）以及 Django Web 接口 graphite-web。使用 pip 工具把这些服务安装到服务器的 /opt 目录下。

一旦运行有 Graphite 和 StatsD 的服务器设置好之后，就可以配置 OpenStack 存储代理服务，使统计数据可以发送给 Graphite 和 StatsD 服务器。通过配置，OpenStack 存储服务将自动通过 UDP 发送事件给 StatsD 服务。

Graphite 的网络接口通过 Apache 的 vhost 文件来配置，该文件在 Ubuntu Apahce 的 sites-availabele 目录下。配置好后启用它。

需要提醒的是，vhost 要根据当前 Python 环境进行配置，即 DJANGO_ROOT 的路径。对于 Ubuntu12.04，vhost 文件中 /usr/lib/python2.7/dist-packages/django 的配置如下所示。

```
Alias /media/ "/usr/lib/python2.7/dist-packages/django/contrib/admin/media/"
```

然后，确保 Graphite **WSGI**（Web Service Gateway Interface）文件位置正确，该路径在 opt/graphite/conf/graphite.wsgi 文件中通过 WSGIScriptAlias 指定。

接下来，还要确保文件系统授予 Graphite 合适的权限在运行时可以写入这些日志和信息。

完成之后，只需简单重启 Apahce，执行更改。

在 Graphite Web 的接口配置好以后，初始化数据库，本例使用的是 SQLite 数据库资源。使用 syncdb 选项运行 /opt/graphite/webapp/graphite 目录下的 **Graphite** manage.py 脚本来完成初始化。该脚本会提示你创建一个名为 user 的超级用户，用来管理系统。

当这些都做完后，就可以启动收集服务 carbon 了。它会启动相关服务来监听发送给它的数据。

继续关注 OpenStack 存储代理服务。只需简单下载 swift-informant 中间件并插入代理服务的管理即可。

延伸阅读

❏ 关于 Graphite 相关信息可访问 graphite.wikidot.com。

❏ 关于 StatsD 相关信息可访问 github.com/etsy/statsd。

13.6　使用 Hyperic 监控 MySQL

数据库的监控可能非常复杂。用户有可能根据以往的经验和环境已经进行过设置，如果没有设置过的话，来自 SpringSource 的 Hyperic 是一个非常不错的 MySQL 监控和预警工具。该软件有两个版本，一个是适合小规模安装的开源版，还有一个提供付费支持的企业版。本节中的内容将介绍开源版本的使用。

 Hyperic 能够监控许多 Openstack 环境情况，如系统负载、网络统计、Memcached 和 RabbitMQ 状态。更多信息请访问 www.hyperic.com。

准备工作

将在一台 Ubuntu12.04 服务器上配置 Hyperic，该服务器可以访问 OpenStack 环境中的 MySQL 服务端。确保该服务器有足够的内存、硬盘和 CPU。以普通用户身份登录服务器并下载和安装软件。

操作步骤

要安装 Hyperic，需要执行以下步骤。

在 Hyperic 服务器上

1. 从下列 URL 中找到 Hyperic 服务器安装包。

`http://www.springsource.com/landing/hyperic-open-source-download`

2. 填写完相关信息后会看到两个链接地址。一个是服务端下载地址，一个是代理下载地址。下载这两个软件。

3. 在安装 Hypric 的服务器上，按如下方式解压 Hyperic 软件包。

```
tar zxvf hyperic-hq-installer-4.5-x86-64-linux.tar.gz
```

解压完毕，切换到目录：

```
cd hyperic-hq-installer-4.5
```

4. Hyperic 默认安装目录是/home/Hyperc，创建该目录并确保其他非特权用户可以有写权限。

```
sudo mkdir -p /home/hyperic
sudo chown openstack /home/hyperic
```

5. 完成之后，设置 Hyperic 安装脚本。

`./setup.sh`

6. 安装过程中，会有一个提示消息，请求在服务器上打开另一个终端以 root 身份执行一小段脚本，如图 13-9 所示。

```
****
Now login to another terminal as root and execute this script:
     /home/openstack/hyperic-hq-installer-4.5/installer/data/hqdb/tune-os.sh
This script sets up the proper shared memory settings to run the built-in database.
Press Enter after you run the script to continue this installation.
****
```

图 13-9

7. 在另一个终端以 root 用户登录，执行上一步的命令。

`/home/openstack/hyperic-hq-installer-4.5/installer/data/hqdb/tuneos.sh`

8. 返回原来的 shell 继续安装。完成安装后，通过以下命令启动 Hyperic HQ 服务：

`/home/hyperic/server-4.5/bin/hq-server.sh start`

9. 第一次启动速度比较慢，但最终还是能够在浏览器中访问到安装后提示的地址 http://server:7080/。

10. 用 hqadmin 用户登录，密码是 hqadmin。

在节点上

为每个想要用 Hyperic 监控的节点安装一个代理，该代理会获取信息并发送给 Hyperic 服务器。

1. 复制代理压缩包到 Hyperic 需要监控的服务器。

2. 解压代理服务器。

`tar zxvf hyperic-hq-agent-4.5-x86-64.tar.gz`

3. 切换到解压后的目录。

`cd hyperic-hq-agent-4.5`

4. 启动代理，此时会提示用户输入关于安装好的 Hyperic 服务器的有关信息。输入服务器的地址、端口、用户名（hqadmin）和密码（hqadmin）。在提示输入使用的 IP 地址时，指定一个 Hyperic 可以使用的地址。

`bin/hq-agent.sh start`

上一条命令的输出如图 13-10 所示。

```
Starting HQ Agent...
[ Running agent setup ]
What is the HQ server IP address: 172.16.0.9
Should Agent communications to HQ always be secure [default=no]:
What is the HQ server port    [default=7080]:
- Testing insecure connection ... Success
What is your HQ login [default=hqadmin]:
What is your HQ password:
What IP should HQ use to contact the agent [default=127.0.1.1]: 172.16.0.1
What port should HQ use to contact the agent [default=2144]:
- Received temporary auth token from agent
- Registering agent with HQ
- HQ gave us the following agent token
    1337604028694-3863173946525631442-3528732157517579451
- Informing agent of new HQ server
- Validating
- Successfully setup agent
```

图 13-10

5. 完成代理服务的安装后，新的节点会显示在 Hyperic 中，并列出自动发现的服务，如图 13-11 所示。

Auto-Discovery			Status	Changes
⊙	openstack1 - Ubuntu 12.04		new	N/A
☑ HQ Agent 4.5	/home/openstack/hyperic-hq-agent-4.5		new	N/A
☑ NTP 4.x	/usr/sbin/ntpd		new	N/A
☑ Apache 2.2.22	/etc/apache2		new	N/A
☑ memcached	/usr/bin/memcached		new	N/A
Add to Inventory	**Skip Checked Resources**			

图 13-11

6. 点击 **Add to Inventory** 按钮，将这些服务添加到 Hyperic，此时，新的节点以及上面所选服务将出现在列表中。

监控 MySQL

执行以下步骤监控 MySQL。

1. 要监控 MySQL，需要让代理理解如何进行 MySQL 认证。首先，通过选择刚刚添加的主机，将 MySQL 服务添加到主机中。该操作会引导到该主机的主界面，在这里可以点击所监控的服务。

2. 然后点击 **Tools Menu** 选项，并选择 **New Server**，如图 13-12 所示。

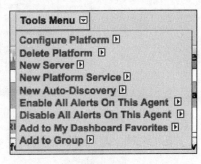

图 13-12

3. 这时会进入一个界面，为新服务添加一个标签及服务类型，如图 13-13 所示。

Name：`openstack1 MySQL`

Server Type：`MySQL 5.x`

Install Path：`/usr`

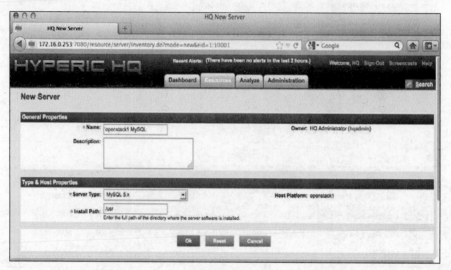

图 13-13

4. 点击 **OK** 按钮，进入到这个新服务的配置界面。在页面底部，有一个 Configuration Propertise 页面，点击 **EDIT...** 按钮，如图 13-14 所示。

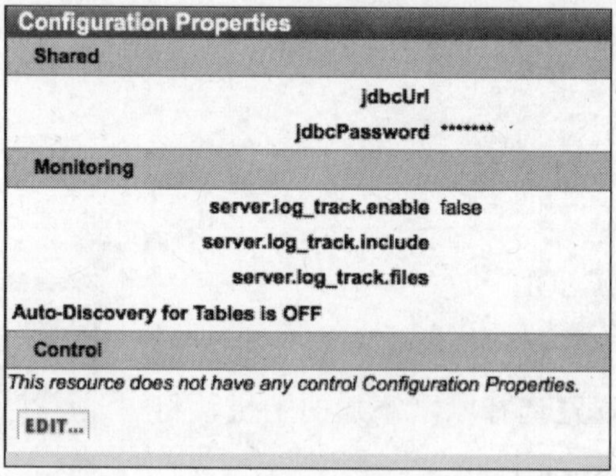

图 13-14

5. 这时，即可以指定用户名、密码和连接 URL，用以连接到运行中的 MySQL 实例。

JDBC User：`root`

JDBC Password：`openstack`

该账号可以访问 MySQL 中所有的数据库。验证 **Auto-Discover Tables** 选项并保留其余选项的默认值，除非需要修改代理连接的 MySQL 地址，如图 13-15 所示。

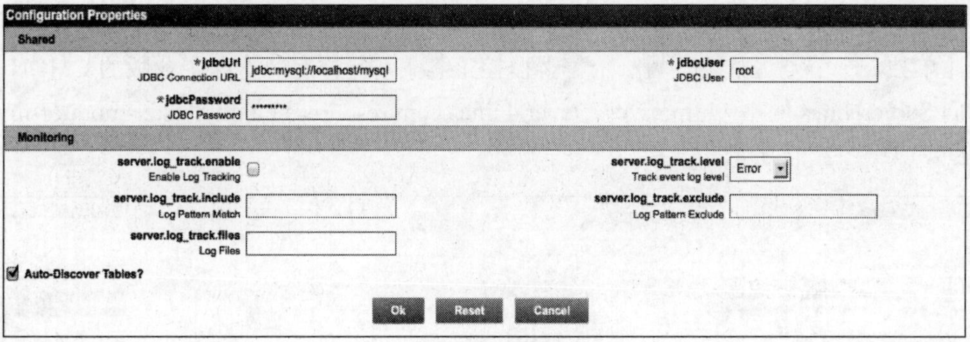

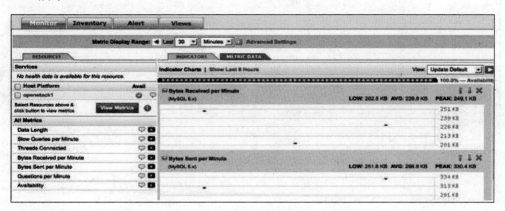

图 13-15

6. 点击 **OK** 按钮，返回 host 页面，这样就配置好了一个第三步时所指定的名为 openstack1 MySQL 的监控选项。然后，代理就能收集关于 MySQL 实例的统计数据，如图 13-16 所示。

图 13-16

工作原理

Hyperic 使用代理收集信息，并发送回 Hyperic 服务器，通过 Hyperic 服务器可以查看环境的统计信息，以及并基于阈值的预设告警信息。该代理非常灵活，通过配置可以监控除 MySQL 以外的多种服务。

通过 Hyperic 服务端界面来配置 MySQL 的代理，其中一个运行中的节点上的服务被称为一个"服务器"。这里可以配置用户名、端口和密码，使代理与该服务可以成功通信。对于 MySQL，该机制与 **jdbc**（Java Database Connector）连接字符串很相似。

更多参考

在数据中心里，可能有一个 MySQL 集群而不是一个单独的服务器。作为一个整体，集群比单独一个节点更重要。另一个集群监控工具集，同样有免费和企业版的 CMON，可以访问 ServerNines 网站（http://www.severalnines.com/resources/cmon-cluster-monitor-mysql-cluster），如图 13-17 所示。

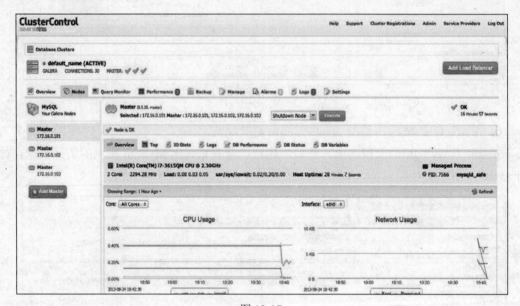

图 13-17